U0895796

世说新语

[南北朝] 刘义庆 ◎ 著
于童蒙 ◎ 编译

江苏凤凰科学技术出版社 · 南京

图书在版编目（CIP）数据

世说新语 /（南北朝）刘义庆著；于童蒙编译．—南京：江苏凤凰科学技术出版社，2018.9（2022.5 重印）

ISBN 978-7-5537-8016-0

Ⅰ．①世… Ⅱ．①刘… ②于… Ⅲ．①笔记小说－中国－南朝时代 Ⅳ．① I242.1

中国版本图书馆 CIP 数据核字 (2017) 第 031185 号

世说新语

著　　者　【南北朝】刘义庆
编　　译　于童蒙
责任编辑　祝　萍
责任监制　方　晨

出版发行　江苏凤凰科学技术出版社
出版社地址　南京市湖南路 1 号 A 楼，邮编：210009
出版社网址　http://www.pspress.cn
印　　刷　天津旭丰源印刷有限公司

开　　本　718 mm × 1 000 mm 1/16
印　　张　18.5
插　　页　2
字　　数　332 000
版　　次　2018 年 9 月第 1 版
印　　次　2022 年 5 月第 2 次印刷

标准书号　ISBN 978-7-5537-8016-0
定　　价　45.00 元

图书如有印装质量问题，可随时向我社印务部调换。

前言

在魏晋南北朝的“志人”逸事小说中，《世说新语》因其广泛丰富的内容和纯熟精美的语言，被推为当之无愧的佼佼者，也确立了其在中国古代小说史上不可忽视的地位。该书是在选录魏晋诸家史书以及郭澄之的《郭子》等文人笔记的基础上编写而成的。它通过记载魏晋时期士族阶层的琐闻逸事，再现了汉末至南朝宋初两百多年的社会政治、军事、思想、文化、社会风尚以及文人的精神风貌和才情。这对中国文学、审美时尚、思想文化，特别是对士人的精神产生过极为深远的影响。

作者刘义庆是南朝宋人，长沙景王刘道怜第二子，过继给刘道规，袭封临川王。他爱好文辞，广招文学人才，当时著名诗人鲍照就曾投身其门下。在宦海沉浮中忙里偷闲，刘义庆召集文人学士著书立说，有人说此书是出自其门客或众文士之手，但其本人主编的功劳还是不应抹杀的。由于刘义庆的组织和重视，《世说新语》才得以诞生，这也是公认的事实。本书原名《世说》，唐代称《世说新书》或《世说新语》，后者成为本书专名大约在北宋。

《世说新语》一经问世，便被世人争相传诵，在一千五百多年的时间里，推崇它的文人学士层出不穷。宋朝的高似孙在其《纬略》中说它“极为精绝”，元朝的刘应登说它“清微简远，居然玄胜”，“临川善述，更自高简有法”。明朝的胡应麟更是非常推崇它，说：“读是语言，晋人面目气韵，恍惚生动；而简约玄澹，真致不穷，古今绝唱也。”到了现代，鲁迅称它为“志人小说”的代表作，并说“记言则玄远冷峻，记行则高简瑰奇。”当代的易中天先生也称赞道：“魏晋是品评人物风气最甚的时代。一部《世说新语》几乎就是一部古代的《品人录》。那时的批评家多半以一种诗性的智慧来看待人物，因此痴迷沉醉，一往情深。这种对优秀人物的倾心仰慕，乃是所谓魏晋风度中最感人的部分。”

《世说新语》是中国古代小说的萌芽，其简洁隽永的传神描写是后世众多仿效者难以企及的。此书不仅在文学上有重要意义，并且记载的大多是真人真事，历来也受史学界的重视。研究魏晋时期思想的人士甚至包括所有研究中国文化的学者，几乎没有不读此书的。该书对后世影响极大，后世的“世说体”模仿之作更是层出不穷。譬如宋代王谠的《唐语林》、孔平仲的《续世说》，明代李绍文的《明世说新语》等二十余种作品。

全书按内容分类编排，分为“德行”“言语”“政事”“文学”“方正”等三十六门，共计一千一百三十则。每一门皆从某一侧面表现出名流士族的思想和生活，也反映了当时社会的政治、历史、道德、哲学和美学的特征。

本书选辑了《世说新语》中的著名篇章。内容分为原文、注释、译文三部分。其中注释着重于解释历史背景、人名、地名、官名，以及译文较难表达含义的词语。译文大多直接翻译，同时结合意译，少数译文不易呈现的细微含义，则于注释中作简要说明。另外，在每篇的开端，都有对该篇内容的简要概述，以及对其主旨的提示。

目录

褒赏篇

贬斥篇

褒赏篇

该部分分别从德行、言语、政事、文学、方正、雅量、识鉴、赏誉、品藻、规箴、捷悟、夙惠、豪爽、容止、自新、企羡、伤逝、栖逸、贤媛、术解、巧艺来表现美好的人性和卓越的才华。

德行第一

德行主要反映两方面的内容。一是赞扬儒家的传统美德，二是反映了魏晋时期特有的道德观念。这些与传统礼教乖违的行为，表现出当时士人的品行心态及追求个性解放的精神。

※ 原文

陈仲举[1]言为士则，行为世范。登车揽辔[2]，有澄清天下之志。为豫章[3]太守[4]，至，便问徐孺子[5]所在，欲先看之。主簿[6]白："群情欲府君[7]先入廨[8]。"陈曰："武王[9]式[10]商容[11]之闾，席不暇暖。吾之礼贤，有何不可！"

※ 注释

1 陈仲举：陈蕃，字仲举，东汉人，官至太傅，因谋诛宦官未成，被害。2 登车揽辔：古代受任的官员通常乘车赴职，登车揽辔表示初到职任。揽辔，拿过缰绳。3 豫章：郡名，治所在今江西南昌。4 太守：郡长官，负责一郡行政事务。5 徐孺子：徐稚，字孺子，终身隐居不仕。陈蕃在豫章时，不接待宾客，只为徐稚特设一榻，徐稚坐过走后，就挂起不用。6 主簿：中央机构或地方官府属官，掌管文书簿籍。魏晋时期，为将帅重臣的幕僚长，地位甚重。7 府君：对太守的尊称。8 廨：官署，官吏办公及居住的地方。9 武王：指周武王姬发，率领天下诸侯伐纣灭商，建立周朝。10 式：通"轼"，车厢前部扶手的横木，这里表示扶着轼。古人乘车俯身扶轼表示敬意。11 商容：商代贤人，因直谏被纣王废黜。

※ 译文

陈仲举的言谈是读书人的榜样，行为是世人的典范。当他开始做官后，便有革新政治的志向。他担任豫章太守时，一到郡，便打听徐孺子的住处，想要先去拜访他。主簿告诉他说："大家都希望您先进入官署。"陈仲举说："周武王得到天下后，连垫席都还没坐暖，就马上去商容居住过的里巷致敬。我以礼敬贤人为先，有什么不可以的呢？"

※ 原文

周子居[1]常云："吾时月[2]不见黄叔度[3]，则鄙吝之心已复[4]生矣。"

※ 注释

1 周子居：周乘，字子居，东汉人，官至泰山太守。2 时月：几个月。3 黄叔度：黄宪，字叔度，因有德行，受到当时名流推崇。4 已复：竟，竟然。

※ 译文

周子居常说："我只要几个月没与黄叔度见面，那么，庸俗贪吝的思想竟然又萌生了。"

※ 原文

郭林宗[1]至汝南[2]，造袁奉高[3]，车不停轨，鸾不辍轭[4]。诣黄叔度，乃弥日[5]信宿。人问其故，林宗曰："叔度汪汪如万顷之陂[6]。澄之不清，扰之不浊，其器深广，难测量也。"

※ 注释

1 郭林宗：郭泰，字林宗，东汉人，博学有德，善处世事和品评人物。2 汝南：郡名，治所在今河南平舆北。3 袁奉高：袁阆，字奉高，东汉人，官至太尉掾。4 "车不"二句：极言下车时间之短，登车离去之速。轨，车轮的轴头，这里指车轮。鸾，通"銮"，车铃，装在轭首或车辕头的横木上，铃内有弹丸，车行则摇动作响。轭，架在拉车牲口脖子上的曲木。5 弥日：连日。信宿：留宿两夜。6 陂：池塘。

※ 译文

郭林宗到汝南去拜访袁奉高时，见面的时间很短。但他去造访黄叔度时，却留宿了两夜。别人问他这是什么缘故？郭林宗说："叔度的学识人品如万顷水塘那样宽阔，无法澄清，也无法搅浑，他的度量又深又广，很难测量啊。"

※ 原文

客有问陈季方："足下家君[1]太丘有何功德而荷天下重名？"季方曰："吾家君譬如桂树生泰山之阿[2]，上有万仞[3]之高，下有不测之深；上为甘露所沾，下为渊泉所润。当斯之时，桂树焉知泰山之高、渊泉之深？不知有功德与无也！"

※ 注释

1 家君：尊称别人的父亲，或对称自己的父亲。2 阿：山的角落。3 仞：长度单位，八尺（一说七尺）为一仞。

※ 译文

有客人问陈季方："令尊太丘，有哪些功业与品德而能在天下享有崇高的声望？"季方说："我父亲就好比生长在泰山一角的桂树，其上有万丈高峰，其下有不测的深渊；上受雨露的沾浸，下受深泉的滋润。在这个时候，桂树哪能知道泰山有多高，深泉有多深呢？不知道这样是有功德还是没有功德！"

※ 原文

陈元方子长文有英才，与季方子孝先[1]各论其父功德，争之不能决，咨于太丘。太丘曰："元方难为兄，季方难为弟[2]。"

※ 注释

1 孝先：陈忠，字孝先，陈谌的儿子。2 "元方"二句：意思是元方、季方兄弟二人论排行有长幼之别，论功德则很难分出高下。

※ 译文

陈元方的儿子长文有出众的才能，和叔叔季方的儿子孝先各自夸耀自己父亲的功业品德，彼此争执，仍无法得到结论，便去请教祖父太丘。太丘说："元方卓尔不群，做哥哥很难啊；季方俊异出众，做弟弟也很难啊。"

※ 原文

荀巨伯[1]远看友人疾，值胡[2]贼[3]攻郡，友人语巨伯曰："吾今死矣，子[4]可去！"巨伯曰："远来相视，子令吾去，败义以求生，岂荀巨伯所行邪？"贼既至，谓巨伯曰："大军至，一郡尽空，汝[5]何男子，而敢独止？"巨伯曰："友人有疾，不忍委之，宁以我身代友人命。"贼相谓曰："我辈无义之人，而入有义之国！"遂班军而还，一郡并获全。

※ 注释

1 荀巨伯：东汉人，生平不详。2 胡：古代对北方和西方各少数民族的泛称，东汉时常指匈奴、乌桓、鲜卑等。3 贼：对敌人的蔑称。4 子：对对方的尊称。5 汝：你，略带轻贱、狎昵意味。

※ 译文

汉朝荀巨伯远道去探望生病的朋友，当时正好遇到外族敌寇攻打该郡，朋友对巨伯说："我这下活不成了，你还是离开这里吧！"荀巨伯说："我从很远的地方来看你，你却叫我离开，败坏道义以求生存的做法，难道是我荀巨伯的作风吗？"敌寇到了，问荀巨伯："大军到来，整个郡城的人都跑光了，你是什么人，竟敢一个人留下来？"荀巨伯说："朋友有病，不忍心让他一个人留在这里，我情愿代他受死。"敌寇说："我们这些不讲道义的人，却侵入这有道义的国家！"于是撤军返回，整个郡城因而保全。

※ 原文

管宁[1]、华歆共园中锄菜，见地有片金，管挥锄与瓦石不异，华捉[2]而掷去之。又尝同席读书，有乘轩冕[3]过门者，宁读如故，歆废书出看。宁割席分坐[4]曰："子非吾友也！"

※ 注释

1 管宁：字幼安，三国时魏国人，曾避居辽东三十余年，不愿做官。2 捉：拿着，握着。3 轩冕：轩，官员乘坐的车子。冕，官员的礼帽。这里"轩冕"连用，是复词偏义，偏指"轩"，"冕"字无义。4 坐：同"座"，座位。

※ 译文

管宁和华歆一起在园中锄菜，看见地上有一片金子，管宁依然挥动锄头，和锄去瓦石没什么不同；华歆却把它捡起来，然后才丢掉。又有一次，两人同席读书，有人乘一辆豪华的车子从门前经过，管宁依旧读着书，华歆却放下书本出去观看。于是管宁便割断坐席，分开座位说："你不是我的朋友！"

※ 原文

华歆、王朗俱乘船避难[1]，有一人欲依附，歆辄难[2]之。朗曰："幸尚宽，何为不可？"后贼追至，王欲舍所携人。歆曰："本所以疑[3]，正为此耳。既已纳[4]其自托，宁可以急相弃邪？"遂携拯如初。世以此定华、王之优劣。

※ 注释

1 难：这里指汉魏之交的动乱。2 难：认为……难。3 疑：迟疑，犹豫不决。4 纳：接受。

※ 译文

华歆和王朗一起乘船逃难，有一个人想搭他们的船，华歆则很为难。王朗说："幸好船还很宽敞，有什么不可以呢？"后来贼兵追到了，王朗想抛弃所带的乘客。华歆说："原先我之所以迟疑，正是为了预防这种情况，既然已接受他托身的请求，怎么可以因为情况危急而抛弃人家呢？"于是仍旧像开始那样帮助他。世人就凭这件事判定华歆、王朗的优劣。

※ 原文

庾公[1]乘马有的卢[2]，或语令卖去。庾云："卖之必有买者，即复害其主。宁可不安己而移于他人哉？昔孙叔敖[3]杀两头蛇以为后人，古之美谈，效之，不亦达乎！"

※ 注释

1 庾公：庾亮，字元规，晋颍川鄢陵（今河南鄢陵西北）人，官至征西大将军、荆州刺史，死后追赠太尉，谥号文康。2 的卢：也作"的颅"，一种白额的马，传说骑它的人会遭遇不幸。3 孙叔敖：姓孙叔，名敖，春秋时楚国人，曾任楚国令尹，辅佐楚庄王称霸诸侯。据贾谊《新书》记载，孙叔敖小时候看见一条两头蛇，当时认为见到这种怪蛇的人一定会死去，他为了避免后人再见到，就把蛇杀死后埋掉。

※ 译文

庾亮的坐骑中有一匹带白额的马，有人建议他把它卖了。庾公说："我卖了就表示一定有人买它，也就是将害了它的新主人，怎么可以因为不利于自己而嫁祸给别人呢？以前孙叔敖杀了双头蛇，为的是怕后人见到而遭到灾难，这件事成了自古以来的美谈，若我能效仿他，不也是通达事理吗！"

言语第二

言语记载了魏晋士人的机智言辞。魏晋士人学识渊博，言语生动，加上受到清谈风气的影响，更使得他们的言谈显现出简约玄澹及清新俊逸的风格。

※ 原文

边文礼[1]见袁奉高[2]，失次序[3]。奉高曰："昔尧[4]聘许由[5]，面无怍[6]色，先生何为颠倒衣裳[7]？"文礼答曰："明府[8]初临，尧德未彰，是以贱民颠倒衣裳耳！"

※ 注释

1 边文礼：边让，字文礼，东汉人，曾任九江太守。2 袁奉高：袁阆，字奉高，官至太尉掾。3 失次序：指举止失措。次序，顺序，条理。4 尧：传说中的远古帝王，先封于陶，后封于唐，号陶唐氏或唐尧，被古人视为贤明之君。5 许由：传说中尧时的隐士，隐于箕山，尧想让位给他，他不肯接受；又请他担任九州长，他认为是玷污了自己的耳朵，跑到水边去洗耳。古人视之为清隐不仕的高节之士。6 怍：羞愧，惭愧。7 颠倒衣裳：语出《诗经·齐风·东方未明》："东方未明，颠倒衣裳。"古人衣与裳有别，衣是上衣，裳是下衣。这里的引用，意在嘲笑边文礼举止失措。8 明府：高明的府君，是汉魏以来对郡太守的尊称。

※ 译文

边文礼去见袁奉高时，举止失措。袁奉高说："从前尧去拜访许由，许由脸上没有惭愧之色，先生为什么举止慌乱失措呢？"边文礼回答："太守您新到任，帝尧之德还没有表现出来，所以我才举止失态的。"

※ 原文

徐孺子[1]年九岁，尝月下戏。人语之曰："若令[2]月中无物，当极明邪？"徐曰："不然。譬如人眼中有瞳子，无此必不明。"

※ 注释

1 徐孺子：徐稚，字孺子，参见《德行》注。2 若令：假使，如果。

※ 译文

徐孺子九岁的时候，曾在月光下玩耍，有人对他说："如果月亮中什么都没有，是不是会更亮呢？"徐孺子回答："不是这样的。这就像人的眼中有瞳仁，没有它，眼睛一定不会明亮。"

※ 原文

孔文举[1]年十岁，随父到洛[2]。时李元礼[3]有盛名，为司隶校尉[4]。诣门者皆俊才清称及中表[5]亲戚乃通。文举至门，谓吏曰："我是李府君[6]亲。"既通，前坐。元礼问曰："君与仆[7]有何亲？"对曰："昔先君[8]仲尼与君先人伯阳[9]有师资之尊[10]，是仆与君奕世为通好也。"元礼及宾客莫不奇之。太中大夫[11]陈炜[12]后至，人以其语语之。炜曰："小时了了[13]，大未必佳！"文举曰："想君小时，必当了了！"炜大踧踖[14]。

※ 注释

1 孔文举：孔融，字文举，东汉人，孔子二十世孙，曾任北海相、少府、太中大夫，因触怒曹操被杀。2 洛：东汉京都洛阳，故城在今河南洛阳东洛水北岸，也是西晋的京都。3 李元礼：李膺，字元礼，东汉人。4 司隶校尉：官名，主管督察京师百官（太尉、司徒、司空除外）及所辖附近各郡。5 中表：中表亲。父亲姐妹的儿女叫外表，母亲兄弟姐妹的儿女叫内表，互称中表。6 李府君：李元礼曾任渔阳太守，所以称为李府君。7 仆：对自己的谦称。8 先君：先人，后辈称自己的祖先。9 伯阳：老子，姓李，名耳，字伯阳。10 师资之尊：指礼敬对方为师的敬意。相传孔子曾经问礼于老子。11 太中大夫：官名，主管议论政事。12 陈炜：宋本作"陈韪"。《后汉书·孔融传》作"陈炜"，《魏书》亦作"陈炜"。今据改之。13 了了：聪明伶俐。14 踧踖：局促不安的样子。

※ 译文

孔文举十岁的时候，跟随父亲来到洛阳。当时李元礼极有名望，担任司隶校尉。到他家拜访的人，只有才子名流和李家的近亲才能通报。孔融到了李家门口，对仆吏说："我是李先生的亲戚。"仆吏通报后，孔融进见就座。李元礼问道："你与我有什么亲戚关系？"孔融回答："我的先君仲尼（孔丘）和你的祖先伯阳（老子）有师生之谊，所以我与您是世代通家之好呀！"李元礼和宾客们都因为他的回答而感到惊讶。太中大夫陈炜后到，有人把孔融刚才的答话告诉了他，陈炜不屑地说："小时候聪明，长大了不见得出众。"孔融答道："想必您小的时候，一定是很聪明！"陈炜顿时窘迫起来。

※ 原文

孔融被收[1]，中外[2]惶怖。时融儿大者九岁，小者八岁；二儿故[3]琢钉戏[4]，了无[5]遽容。融谓使者曰："冀罪止于身，二儿可得全不？"儿徐进曰："大人[6]岂见覆巢之下，复有完卵乎？"寻亦收至。

※ 注释

1 收：逮捕，指孔融被曹操逮捕。2 中外：朝廷内外。3 故：仍然。4 琢钉戏：一种儿童游戏，以掷钉琢地决胜负。5 了无：全然没有。6 大人：对父母或父母辈的尊称。

※ 译文

孔融被捕，朝廷内外一片惶恐。当时孔融的大儿子九岁，小儿子八岁；父亲被捕时两人还在玩琢钉游戏，毫无惊恐之色。孔融对差役说："能否希望罪过只加在我的身上，而保全两个孩子的性命？"儿子从容上前说道："父亲您难道见过捣翻了的鸟巢下面还有完好的鸟蛋吗？"不久两个孩子也被抓了起来。

※ 原文

祢衡[1]被魏武[2]谪[3]为鼓吏，正月半试鼓[4]。衡扬枹[5]为《渔阳掺挝》[6]，渊渊[7]有金石声[8]，四坐为之改容。孔融曰："祢衡罪同胥靡[9]，不能发明王之梦[10]。"魏武惭而赦之。

※ 注释

1 祢衡：字正平，东汉人。孔融向曹操推荐他，但他恃才傲物，称疾不往。曹操怒而令他为击鼓的鼓吏，想羞辱他，他裸身立于曹操前，大骂曹操。后被送给刘表，刘表又送给黄祖，最终被黄祖所杀。2 魏武：曹操，字孟德，小字阿瞒。在汉末军阀纷争中，先后剪除袁绍等割据势力，统一北方，任丞相、大将军，封魏王，后其子曹丕代汉自立，追赠他为武皇帝，庙号太祖，又称魏武帝。3 谪：贬官，降职。4 月半试鼓：《文士传》记载此事说："后至八月朝会，大阅试鼓节。"试，测试。5 桴：鼓槌。6 《渔阳掺挝》：鼓曲名。曲名称渔阳，是借用了东汉彭宠在渔阳起兵反汉，最后兵败身死的故事；掺挝，敲击鼓的调子、节拍。这里祢衡击此鼓乐，意在讽刺曹操。7 渊渊：形容鼓声深沉凝重。8 金石声：钟、磬类乐器发出的声音。9 胥靡：服刑的囚犯。这里指傅说，商天子武丁把他从服劳役的囚徒中起用为相。10 不能发明王之梦：意思指鼓曲感动不了魏王曹操。明王，英明的君王，指曹操。

※ 译文

祢衡被魏武帝曹操贬谪为鼓吏，正遇八月中会集宾客要检验鼓的音色。祢衡扬起鼓槌演奏《渔阳掺挝》鼓曲，鼓声深沉，有金石之声，四座的人都为之动容。孔融说："祢衡之罪，和殷时服刑的犯人傅说相同，可是没能使贤明的君主从梦中惊醒过来。”魏武帝听后很惭愧，就赦免了祢衡。

※ 原文

钟毓[1]、钟会[2]少有令誉。年十三，魏文帝闻之，语其父钟繇[3]曰：“可令二子来！”于是敕[4]见。毓面有汗，帝曰：“卿面何以汗？”毓对曰：“战战惶惶，汗出如浆[5]。”复问会：“卿何以不汗？”对曰：“战战栗栗，汗不敢出。”

※ 注释

1 钟毓：字稚叔，三国时魏国人，十四岁即任散骑侍郎，历任侍中、廷尉、都督荆州军事。2 钟会：字士季，钟毓的弟弟，官至司徒，后因谋反被杀。3 钟繇：字元常，入魏后任廷尉、太傅。4 敕：皇帝的命令。5 浆：一种带有酸味的饮料，常用以代酒。这里的“浆”和“惶”，下文的“出”和“栗”，古代可以押韵。

※ 译文

钟毓和钟会两兄弟，从小就有美好的声誉。钟毓十三岁的时候，魏文帝听到了他们的名声，便告诉他们的父亲钟繇说：“可以叫你的两个儿子来见我！”于是令他们朝见文帝。朝见时，钟毓脸上冒有汗水，魏文帝就问：“你脸上为什么出汗呢？”钟毓回答说：“由于恐惧慌张，所以汗水像水浆一样冒出。”魏文帝又问钟会说：“你为什么不出汗呢？”钟会回答说：“由于恐惧颤抖，所以汗水一点也不敢出。”

※ 原文

满奋[1]畏风。在晋武帝坐，北窗作琉璃屏，实密似疏，奋有难色。帝笑之，奋答曰：“臣犹吴牛[2]，见月而喘。”

※ 注释

1 满奋：字武秋，曾任冀州刺史、尚书令、司隶校尉。2 吴牛：据《世说新语》原注：“今之水牛，唯生江淮间，故谓之‘吴牛’也。南方多暑，而此牛畏热，见月疑是日，所以见月则喘。”

※ 译文

满奋怕风。在晋武帝身旁侍坐，北面的窗前设有琉璃屏风，虽然很严密，看起来却是稀疏透风，满奋面有难色。晋武帝笑话他，满奋回答说：“臣就像吴地的牛，见到月亮也要喘息的。”

※ 原文

诸葛靓[1]在吴，于朝堂[2]大会。孙皓[3]问："卿字仲思，为何所思？"对曰："在家思孝，事君思忠，朋友思信，如斯而已。"

※ 注释

1 诸葛靓：字仲思，三国时魏国人，父亲诸葛诞起兵反司马氏，派他到吴国当人质，吴任用他为右将军、大司马。吴亡，先到洛阳，后逃匿不出。2 朝堂：国君和大臣聚会议事的地方。3 孙皓：字元宗，孙权的孙子，吴国末代君主，荒淫残暴，不理政事，公元二八〇年降晋，吴国灭亡。

※ 译文

诸葛靓在吴国时，有一次于朝堂大会上，孙皓问他："你的字是仲思，你思的是什么呢？"诸葛靓回答："在家思的是孝敬父母，侍奉君主思的是忠诚，交友思的是诚信，如此而已。"

※ 原文

过江诸人，每至美日，辄相邀新亭[1]，藉卉饮宴。周侯[2]中坐而叹曰："风景不殊，正是有山河之异！"皆相视流泪。唯王丞相[3]愀然[4]变色曰："当共戮力王室，克复神州[5]，何至作楚囚相对[6]！"

※ 注释

1 新亭：三国时吴国修筑，也叫劳劳亭，故址在今江苏南京市南。2 周侯：周颇，封武城侯。3 王丞相：王导，字茂弘，晋琅琊临沂（今属山东）人。4 愀然：脸色变化的样子。5 神州：本泛指中国，这里指黄河流域一带的中原地区。6 楚囚相对：比喻在国破家亡时含悲泣苦，束手无策。楚囚，春秋时楚国人钟仪被晋国俘虏，晋人称他为楚囚。

※ 译文

到江南来避难的一些人士，每逢天气晴朗的日子，总是互相邀请到新亭，坐在草地上开筵饮酒。武城侯周在席间喟然叹息说："江南风景跟中原没有两样，只是眼前的山河起了变化！"在座的人都相互对看，流下了眼泪。只有丞相王导神色严肃地说："大家正应当同心协力，报效朝廷，收复中原，哪至于像被俘在晋国的楚囚那样，一味地相对悲泣而不图振作呢？"

※ 原文

谢仁祖[1]年八岁，谢豫章[2]将[3]送客，尔时语已神悟，自参上流[4]。诸人咸共叹之，曰：“年少[5]，一坐之颜回[6]。”仁祖曰：“坐无尼父[7]，焉别颜回？”

※ 注释

1 谢仁祖：谢尚，字仁祖，晋陈郡阳夏（今河南太康）人，官至尚书仆射、镇西将军。2 谢豫章：谢鲲，字幼舆，谢尚的父亲，曾任豫章太守。3 将：带领。4 自参上流：可算是上等人才。5 年少：少年，年轻人。6 颜回：字子渊，春秋时鲁国人，孔子最得意的学生，在孔门中以德行著称。7 尼父：孔子，因为字仲尼，所以尊称为尼父。父，对男子的美称。

※ 译文

谢仁祖八岁的时候，父亲谢豫章带着他送客。此时谢仁祖对言语已有极高的参悟能力，可算是上等人才了。大家都在赞扬他，说道：“少年是坐席中的颜回呀。”谢仁祖答道：“如果座上没有孔子，怎么能识别出颜回呢？”

※ 原文

谢太傅语王右军[1]曰：“中年[2]伤于哀乐[3]，与亲友别，辄作数日恶。”王曰：“年在桑榆[4]，自然至此，正赖丝竹陶写[5]。恒恐儿辈觉损[6]欣乐之趣。”

※ 注释

1 王右军：王羲之，字逸少，晋琅琊临沂（今属山东）人，东晋著名书法家，曾任右军将军、会稽内史。2 中年：指四十岁左右的年纪。3 哀乐：复词偏义，偏指“哀”，“乐”字无义。4 桑榆：本指被落日余晖照射的桑树和榆树，转指夕阳、黄昏，这里用来指人的晚年。5 陶写：陶冶宣泄。6 觉损：减少。

※ 译文

太傅谢安对右军将军王羲之说：“人到中年，很容易感伤。我和亲友告别，就会难过好几天。”王羲之说：“晚年光景，自然会这样，只好靠音乐来陶冶性情了。还总怕子侄们破害这种快乐情绪。”

※ 原文

谢太傅寒雪日内集，与儿女讲论文义。俄而雪骤，公欣然曰：“白雪纷纷何所似？”兄子胡儿[1]曰：“撒盐空中差[2]可拟。”兄女[3]曰：“未若柳絮因风起。”公大笑乐。即公大兄无奕[4]女，左将军王凝之[5]妻也。

※ 注释

1 胡儿：谢朗，字长度，小字胡儿，谢安次兄谢据的长子，官至东阳太守。2 差：大略，差不多。3 兄女：这里指谢韬元，字道韫，谢安长兄谢奕的女儿，聪明而有才识，有诗文传世。4 无奕：谢奕，字无奕。5 王凝之：字叔平，王羲之第二子，曾任江州刺史、左军将军。

※ 译文

太傅谢安在一个寒冷的雪天里召集家人，跟晚辈们探讨文章义理。一会儿雪突然下大了，谢安兴致勃勃地问：“大雪纷纷像什么？”哥哥的儿子胡儿（谢朗）说：“大概像盐巴撒在空中吧。”哥哥的女儿谢道韫说：“不如比作柳絮随风飘起。”谢安高兴地大笑。这个女子是谢安大哥谢无奕的女儿，左将军王凝之的妻子。

※ 原文

孝武将讲[1]《孝经》[2]，谢公兄弟[3]与诸人私庭[4]讲习。车武子[5]难[6]苦[7]问谢，谓袁羊[8]曰：“不问则德音[9]有遗，多问则重劳二谢。”袁曰：“必无此嫌。”车曰：“何以知尔？”袁曰：“何尝见明镜疲于屡照，清流惮于惠风[10]？”

※ 注释

1 讲：研习讨论。2《孝经》：儒家经典之一，讲述孝道和孝治思想。3 谢公兄弟：指谢安、谢石。4 私庭：私人宅邸。5 车武子：车胤，字武子，官至吏部尚书。6 难：感到为难。7 苦：竭力地。8 袁羊：袁乔，字彦叔，小字羊，曾任尚书郎、江夏相。这里的袁羊应是袁虎之误（虎是袁宏的小字），孝武讲经时袁羊已死。9 德音：明哲而有卓识的言谈，这里敬称谢安兄弟的谈话。10 惠风：和风。

※ 译文

孝武帝司马曜将要研讨《孝经》，谢安、谢石兄弟和众人先在自己家学习。车武子不好意思苦苦地请教谢氏兄弟，就对袁羊说：“不问呢，怕遗漏了真知卓识；问多了呢，又怕麻烦谢家兄弟。”袁羊说：“不必有这种烦恼。”车武子说：“你怎么知道是这样呢？”袁羊说：“你什么时候见过明亮的镜子因为屡屡照影而疲倦，清澈的流水会由于微风吹拂而感到害怕呢？”

政事第三

政事记录了当时居官任职者的政务事迹，反映出任职者的道德观念及思想。

※ 原文

陈仲弓[1]为太丘长，时吏有诈称母病求假。事觉，收之，令吏杀焉[2]。主簿请付狱，考[3]众奸。仲弓曰："欺君不忠，病母不孝。不忠不孝，其罪莫大。考求众奸，岂复过此？"

※ 注释

1 陈仲弓：陈寔，字仲弓。2 焉：代词，相当于"之"。3 考：拷问。

※ 译文

陈仲弓任太丘县令，当时有个官吏谎称母亲病重请假。后来事情被发觉，逮捕了这个人，陈仲弓下令杀掉他。主簿请求将罪犯交给狱吏，审查他是否还有其他罪行。陈仲弓说："欺骗君主是不忠，诅咒母亲生病是不孝，不忠不孝，还有比这罪更大的吗？审查别的罪行，难道还能超过这件事吗？"

※ 原文

陈仲弓为太丘长，有劫贼杀财主[1]，主者[2]捕之。未至发所[3]，道闻民有在草[4]不起[5]子者，回车往治之。主簿曰："贼大，宜先按讨。"仲弓曰："盗杀财主，何如骨肉相残？"

※ 注释

1 财主：财物的主人。2 主者：主管事情的人。3 发所：案发地点。4 在草：分娩。5 起：养育。

※ 译文

陈仲弓任太丘县令，有一个盗贼劫财杀人，主管官吏捕获了强盗。陈仲弓还没赶到案发现场，路上又听说有人生了孩子后又将其遗弃的事，就赶忙掉转车头要去处理这件事。主簿说："盗贼的事大，应该先追查处理。"陈仲弓说："强盗杀物主，怎么能比得上骨肉相残呢？”

※ 原文

陈元方[1]年十一时，候袁公[2]。袁公问曰：“贤家君[3]在太丘，远近称之，何所履行？”元方曰：“老父在太丘，强者绥之以德，弱者抚之以仁，恣其所安，久而益敬。”袁公曰：“孤[4]往者尝为邺[5]令，正行此事。不知卿家君法孤，孤法卿父？”元方曰：“周公、孔子，异世而出，周旋[6]动静[7]，万里如一。周公不师孔子，孔子亦不师周公。”

※ 注释

1 陈元方：陈纪，字元方，陈寔的儿子。2 袁公：未详何人。3 贤家君：对对方父亲的尊称。4 孤：古代侯王对自己的谦称。5 邺：县名，治所在今河北临漳西南。6 周旋：应酬，交往。7 动静：行止，这里指活跃社会和安定社会的做法。

※ 译文

陈元方十一岁时，去拜访袁公。袁公问他：“令尊在太丘县为官时，远近的人都赞扬他，他都做了些什么事啊？”元方说：“家父在太丘时，强者以德来安抚，弱者以仁来体恤，让他们安居乐业，时间长了，他们就越加尊敬他了。”袁公说：“我以前曾任邺县县令，做的也是这些事。不知是令尊效法我，还是我效法令尊？”元方答道：“周公和孔子，生在不同的年代，虽然相隔很远，为官和处世却是一样的。周公没有效法孔子，孔子也没有效法周公。”

※ 原文

丞相末年，略[1]不复省事，正封[2]箓[3]诺[4]之。自叹曰：“人言我愦愦[5]，后人当思此愦愦。”

※ 注释

1 略：全，几乎完全。2 封：封事，一种密封的奏章。3 箓：簿籍文书。4 诺：指在文书上批字或签名表示许可。5 愦愦：糊涂。

※ 译文

丞相王导晚年时，几乎不再处理政务，只是在文书上签字同意。自己感叹道：“人们都说我糊涂，后人会怀念我这种糊涂的。”

※ 原文

王、刘[1]与深公[2]共看何骠骑，骠骑看文书，不顾之。王谓何曰："我今故与深公来相看，望卿摆拨[3]常务，应对共言[4]，那得方[5]低头看此邪？"何曰："我不看此，卿等何以得存？"诸人以为佳。

※ 注释

1 王、刘：王濛、刘惔。王濛，字仲祖，曾任司徒左长史。刘惔，字真长，晋沛国相（今安徽濉溪西北）人。2 深公：即竺法深，晋时高僧，善讲佛法。宋本作"林公"。但据程炎震《世说新语笺注》说，东晋康帝时（公元 343 ~ 344 年），何充任骠骑将军辅佐国政，支道尚未到京都；而何充却与深公来往密切，把他当作老师看待。因此林公应是深公之误，今据改。3 摆拨：丢开。4 共言：共同谈论。袁本作"玄言"，疑有误。5 方：还，仍然。

※ 译文

王濛、刘惔和深公一起去看望骠骑将军何充，何充正在看文件，也不理他们。王濛对他说："我今天特意和深公来探望你，希望你能丢下日常的工作，和咱们一起说说话，哪还能埋头看这些东西呢？"何充回答："我不看这个，你们这些人怎么能够活命呢？"大家都认为他说得非常好。

※ 原文

王东亭[1]与张冠军[2]善。王既作吴郡，人问小令[3]曰："东亭作郡，风政[4]何似？"答曰："不知治化何如，唯与张祖希情好日隆耳[5]。"

※ 注释

1 王东亭：王珣。2 张冠军：张玄，字祖希。3 小令：指王珉，王珣的弟弟，曾任中书令。4 风政：教化政绩。5 "不知"二句：张玄当时才学名望都很高，王珉借言王珣和张玄的深厚交情，巧妙地赞美了王珣。治化，治绩教化。

※ 译文

东亭侯王珣和冠军将军张玄关系良好。王珣担任吴郡太守后，人们问王珣的弟弟王珉："东亭担任郡太守，社会风气和政绩怎么样？"王珉回答："不知治理教化得如何？只知道他和张玄的交情一天比一天更深厚了。"

※ 原文

殷仲堪[1]当之荆州，王东亭问曰："德以居全[2]为称[3]，仁以不害物为名。方今宰牧[4]华夏[5]，处杀戮之职，与本操将不[6]乖乎？"殷答曰："皋陶[7]造刑辟[8]之制，不为不贤；孔丘居司寇[9]之任，未为不仁。"

※ 注释

1 殷仲堪：晋陈郡长平（今河南西华东北）人，曾任都督荆益宁三州军事、荆州刺史，后与桓玄相攻伐，兵败被杀。2 居全：这里指具备完美的德行。3 称：称号，名称。4 宰牧：治理。5 华夏：本指我国中原地区，这里指东晋中部的荆襄一带。6 将不：表示推测，意思偏向于肯定，相当于"莫非""大概"。7 皋陶：舜时的法官。8 刑辟：刑法。9 司寇：春秋战国时掌管刑狱、纠察的官。孔子曾担任鲁国司寇。

※ 译文

殷仲堪要出任荆州刺史，东亭侯王珣问他："品格完美称为德，不伤害他人叫作仁。如今你要掌管荆州，身处生杀予夺的高位，这和你原来的操守恐怕相违背吧！"殷仲堪回答："皋陶制定法律制度，不能说不贤；孔丘担任司寇之职，也不能说是不仁。"

文学第四

这里是指学术和文学两方面，其中三分之二的篇幅和学术有关。学术部分主要反映魏晋士人的清谈内容，包括儒学、佛学及名理学。而文学部分占了三分之一，主要在探讨文学内容与形式的关系，显然魏晋士人已开始注重文学理论与批评。

※ 原文

郑玄[1]在马融[2]门下，三年不得相见，高足弟子传授而已。尝算浑天[3]不合，诸弟子莫能解。或言玄能者，融召令算，一转便决，众咸骇服。及玄业成辞归，既而融有"礼乐皆东"之叹。恐玄擅名[4]而心忌焉。玄亦疑有追，乃坐桥下，在水上据屐[5]。融果转式[6]逐之，告左右曰："玄在土下水上而据木，此必死矣。"遂罢追，玄竟以得免。

※ 注释

1 郑玄：字康成，东汉高密（今属山东）人，著名经学家，遍注儒家经典，精通天文历算。2 马融：字季长，著名经学家，才高博洽，学生常有千人，曾任校书郎中、南郡太守。3 浑天：古代解释天体的一种学说，认为天地关系如蛋壳包着蛋黄，天的形状浑圆如弹丸，南北两极固定在天的两端，日月星辰绕南北两极极轴而旋转。天文学家就根据这种观点去推算日月星辰的位置。4 擅名：独享名望。5 屐：木屐，木制的底面有齿的鞋子。6 转式：旋转栻盘进行推演卜算，是一种占卜的方法。式，通“栻”，用来占卜的器具，上圆下方，象征天地。

※ 译文

郑玄在马融门下求学，三年都没有见到马融，只是由马融的高才弟子传授学问而已。马融曾用浑天仪测算天体位置，计算得不准确，弟子们也弄不清楚。有人说郑玄可以解决这个难题，马融就找来郑玄，让他测算，郑玄一推算就得到了结果，大家都惊叹佩服。后来郑玄学成离去，马融发出了“礼乐都随着郑玄东去了”的慨叹。马融担忧郑玄名声超过自己，心里很嫉妒；郑玄也疑心他们会前来追杀，就坐在桥下，脚上穿着木屐踏在水面。马融果然在转动栻盘，占卜他的行踪，他对左右的人说：“郑玄在土下水上，而且脚踩木头，可见得他一定是死了。”于是就停止追赶。郑玄竟然得以脱身。

※ 原文

郑玄欲注《春秋传》，尚未成，时行[1]与服子慎遇，宿客舍。先未相识。服在外车上与人说已注《传》意，玄听之良久，多与己同。玄就车与语曰：“吾久欲注，尚未了[2]。听君向言，多与吾同，今当尽以所注与君。”遂为《服氏注》。

※ 注释

1 行：出行。2 了：完结。

※ 译文

郑玄打算注《春秋传》，还没有完成。他有事外出的时候，与服子慎（虔）不期而遇，他们住在同一家旅店，刚开始两人并不认识对方。服虔在旅店外边同别人讲自己注这本书的想法。郑玄听了很长时间，他认为服虔的见解很多都与自己的相同。于是就走到车前对服虔说：“我一直都想注《春秋传》，现在却还没有完成。刚才听您的话，很多都与我的想法相同。现在我应该将已经作的注全部送给您。”于是就成了服氏《春秋注》。

※ 原文

郑玄家奴婢皆读书。尝使一婢，不称旨，将挞之。方自陈说，玄怒，使人曳[1]著泥中。须臾，复有一婢来，问曰："胡为乎泥中[2]？"答曰："薄言往诉，逢彼之怒[3]。"

※ 注释

1 曳：拉。2 胡为乎泥中：语出《诗经·邶风·式微》，意思是怎么会在泥水中。3 "薄言"二句：语出《诗经·邶风·柏舟》，意思是赶过去诉说，他却大发怒火。

※ 译文

郑玄家的奴婢都读书。郑玄曾经使唤一个奴婢，不合他的心思，要打她，她还在辩解。郑玄十分生气，就让人把她拖到泥水里。一会儿，又有一个奴婢过来，问道："胡为乎泥中？"（意思是，你怎么到了泥里？）那个婢女回答："薄言往诉，逢彼之怒。"（意思是，我要申诉，正赶上他发怒。）

※ 原文

服虔既善春秋，将为注，欲参考同异。闻崔烈集门生讲传，遂匿姓名，为烈门人赁作食。每当至讲时，辄窃听户壁间。既知不能逾己，稍共[1]诸生叙其短长。烈闻，不测何人。然素闻虔名，意疑之。明早往，及未寤，便呼："子慎！子慎！"虔不觉惊应，遂相与[2]友善。

※ 注释

1 共：介词，同，与。2 相与：相互，彼此。

※ 译文

服虔因擅长研究《春秋》，因此准备作注，他想参考一些不同的观点。因听说崔烈召集门徒讲《春秋》，于是就隐姓埋名，让崔烈的门徒雇用自己来煮饭。每当崔烈讲时，他就站在墙外偷听。感到崔烈所讲无法超越自己，就与崔烈的学生稍微探讨了一下崔的得失。崔烈听说后，猜不出是谁，但是因对服虔早有耳闻，于是就怀疑是他。第二天早晨，服虔还在睡着的时候，崔烈就前去大声叫喊："子慎！子慎！"服虔被惊醒，不觉中应了声。从此，两人成为挚友。

※ 原文

钟会[1]撰《四本论》[2]始毕，甚欲使嵇公[3]一见。置怀中，既诣[4]，畏其难[5]，怀不敢出，于户外遥掷，便回急走。

※ 注释

1 钟会：字士季，颍川长社（今河南长葛东部）人。三国后期魏国名将，是太傅钟繇的小儿子。2《四本论》：讨论才性同异的文章。四本指的是才性同、才性异、才性合、才性离。3 嵇公：嵇康。4 既诣：各本有异文，宋本作“既定”，《太平御览》卷三百九十四作“既诣”，《续谈助》卷四引《小说》作“诣宅”。今依《太平御览》。5 难：驳难，质难。

※ 译文

钟会刚写完《四本论》，很想让嵇康看看。于是把稿子抱在怀中，主意已经打定，又怕嵇康刁难，一直将书揣在怀里不敢拿出来。后来就在门外很远的地方，把书扔了进去，然后转身跑走。

※ 原文

何平叔[1]注《老子》[2]始成，诣王辅嗣[3]。见王注精奇，乃神伏，曰：“若斯人，可与论天人之际[4]矣！”因以所注为《道》《德》二论。

※ 注释

1 何平叔：何晏，字平叔。2《老子》：又称为《道德经》，分为道经和德经两部分，相传为春秋时老聃所著。3 王辅嗣：王弼，字辅嗣。4 天人之际：天意和人事的关系。天人关系是古代哲学探讨的核心问题。

※ 译文

何平叔注释《老子》刚刚完成，就去拜访王辅嗣，看到王辅嗣注释的《老子》更精湛非凡，就佩服得五体投地，说：“这样的人，可以和他谈论天人之间的关系了。”于是就把自己的注释改为《道》《德》二论。

※ 原文

王辅嗣弱冠诣裴徽[1]，徽问曰：“夫无[2]者，诚万物之所资[3]，圣人[4]莫肯致言，而老子申之无已，何邪？”弼曰：“圣人体[5]无，无又不可以训，故言必及有；老、庄未免于有，恒训其所不足。”

※ 注释

1 裴徽：字文季，三国时魏国人，善言玄理，官至冀州刺史。2 无：道家术语，和“有”相对。“无”和“有”是道家的两个哲学命题，“有”为万物之源，而“无”是“有”不可感知的精神本原。3 资：凭借。4 圣人：具有极高智能和道德的人，这里指孔子。5 体：本体，这里的意思是“认为……是本体”。

※ 译文

王辅嗣二十岁时去拜访裴徽，裴徽问他说：“无，确实是万物的根源，孔子没有对他发表意见，而老子却反复地论述它，这是为什么呢？”王辅嗣说：“孔子体察到无，而无又是不可说的，所以言必谈有；老子、庄子不能超脱有，所以总是解释他们不足的无。”

※ 原文

傅嘏善言虚胜，荀粲谈尚玄远，每至共语，有争而不相喻。裴冀州释二家之义，通彼我之怀，常使两情皆得，彼此俱畅[1]。

※ 注释

1 畅：畅快，舒畅。

※ 译文

傅嘏爱谈论一些无形的超然境界，荀粲擅长解说深奥悠远的老庄道学。二人在一起时往往争论不休，彼此无法理解。裴冀州（徽）解释双方的义理，往往能使彼此沟通，使双方融洽相处，心情都很畅快。

※ 原文

诸葛宏年少不肯学问，始与王夷甫谈，便已超诣。王叹曰：“卿天才卓出，若复小加研寻，一无所愧。”宏后看《庄》《老》，更与王语，便足相抗衡。

※ 译文

诸葛宏年轻的时候总是不肯用功学习，但是一开始与王夷甫（衍）谈论义理，就已经达到了相当高的境界。王衍感叹道：“你有过人的天赋，倘若能够稍微用功钻研，则无论面对什么人都会面无愧色。”以后诸葛宏阅读了《庄子》《老子》，然后再去和王衍谈论，就同他不相上下了。

※ 原文

卫玠总角[1]时，问乐令[2]“梦”，乐云：“是想[3]。”卫曰：“形神所不接而梦，岂是想邪？”乐云：“因也。未尝梦乘车入鼠穴，捣齑啖铁杵，皆无想无因故也。”卫思“因”，经日不得，遂成病。乐闻，故命驾为剖析之，卫即小差。乐叹曰：“此儿胸中当必无膏肓之疾！”

※ 注释

1 总角：指童年。古人未成年时，将头发梳成双髻，状如角，故称总角。2 乐令：乐广。3 想：思念，即因醒时心想。

※ 译文

卫玠在童年时问乐广“梦”是怎么回事，乐广说：“是心有所想。”卫玠说：“形体并未接触、神思也从未想过的东西却梦见了，难道这是心有所思吗？”乐广说道：“那就是要有因由根据啊。你总归没有梦到过将车子驶进老鼠的洞穴，将捣菜的铁棍吃进肚子里吧。这都是因为你醒着的时候没有想过，于是也就没有形成梦的根据的缘故。”卫玠就去思考形成梦的“因由”，总也想不出来，并因此生病。乐广听说后，专门派人备好车马去为他分析解释，卫玠的病情顿时大有好转。乐广感叹道：“这个孩子心中应该没有无法治愈的病。”

※ 原文

庾子嵩读庄子，开卷一尺许便放去，曰：“了不异人[1]意。”

※ 注释

1 人：相当于“人家”，此处用作第一人称代词“我”。

※ 译文

庾子嵩（敳）读《庄子》，刚展开一尺来长就又放下了，说道：“与我的想法完全相同。”

※ 原文

客问乐令“旨不至”者，乐亦不复剖析文句，直以麈尾柄确[1]几曰：“至不？”客曰：“至。”乐因又举麈尾曰：“若至者，那得[2]去？”于是客乃悟服。乐辞约而旨达，皆此类。

※ 注释

1 确：通“榷”，敲。2 那得：怎么能。

※ 译文

有客人去问乐令（广）“指不至，至不绝”的论题，乐广并没有急着解释文句，只是用麈尾柄敲了敲几案，问道：“到了吗？”客人说：“到了。”于是乐广又举起麈尾，说道：“倘若是到了，又怎能离开呢？”于是客人就领悟了义理，表示信服。乐广往往说得不多，但是意思却非常透彻，大多是这样的。

※ 原文

初，注《庄子》者数十家，莫能究其旨要。向秀[1]于旧注外为解义，妙析奇致，大畅玄风。唯《秋水》[2]《至乐》二篇未竟，而秀卒。秀子幼，义遂零落，然犹有别本。郭象[3]者，为人薄行，有俊才。见秀义不传于世，遂窃以为己注。乃自注《秋水》《至乐》二篇，又易《马蹄》一篇，其余众篇，或定点[4]文句而已。后秀义别本出，故今有向、郭二《庄》，其义一也。

※ 注释

1 向秀：字子期，和嵇康等人相友爱，是“竹林七贤”之一。嵇康被害后，他开始出仕，曾任黄门侍郎、散骑常侍。2《秋水》：和下文《至乐》《马蹄》均为《庄子》一书中的篇名。3 郭象：字子玄，晋人，曾任黄门侍郎、太傅主簿。4 定点：修改。

※ 译文

当初，注释《庄子》的有几十家，但没有谁能探求出它的意旨要领。向秀在前人旧注之外重新解释《庄子》，分析精确玄妙，使玄学之风更为兴盛。只是《秋水》《至乐》两篇的注释尚未完成，他就去世了。向秀的儿子这时还小，所以他的释义就此散落，但还有另外的抄本。郭象这个人，品行低下，但是才华出众，他看到向秀的释义没有流传于世，就剽窃来作为自己的注解，另外又补注了《秋水》《至乐》两篇，改注《马蹄》一篇，其余诸篇，也只是改变一下文句而已。后来，向秀的其他抄本也刊出了，所以现今有向秀、郭象两种《庄子》注本，但解义基本上是一样的。

※ 原文

三乘[1]佛家滞义[2]，支道林分判，使三乘炳然[3]。诸人在下坐听，皆云可通。支下坐，自共说，正当得两，入三便乱。今义弟子虽传，犹不尽得。

※ 注释

1 三乘：佛教用语，指声闻乘、缘觉乘和菩萨乘，是三种浅深不同得道解脱的修行途径，三种途径就好比所乘的三种车子，所以叫三乘。2 滞义：晦涩难解的含义。3 炳然：显明的样子。

※ 译文

佛教三乘的教义，晦涩难懂，支道林进行解剖分析，使三乘的含义清楚。大家在下面坐着听，都说能够通晓明白。支道林下了讲坛后，大家自己讨论，却只能解释到二乘，进入三乘就混乱了。现在的三乘教义，弟子们虽然能够得到传授，但仍没有彻底理解其义理。

※ 原文

殷中军问："自然[1]无心于禀受[2]，何以正善人少，恶人多？"诸人莫有言者。刘尹答曰："譬如写水著地，正自纵横流漫，略无正方圆者。"一时绝叹，以为名通[3]。

※ 注释

1 自然：天然，即道家认为生成万物的大自然。2 禀受：指人从大自然那里接受的品行资质。3 名通：精妙的解释。

※ 译文

中军将军殷浩问："大自然并没有存心赋予人类不同的品行资质，为什么世上恰恰是好人少，坏人多？"众人没有谁能回答。丹阳尹刘惔回答说："这好比把水倾泻于地，只是四处流淌漫延，并没有流成纯然是方形或圆形。"一时间大家都极为赞赏，认为是名言。

※ 原文

康僧渊[1]初过江，未有知者，恒周旋[2]市肆[3]，乞索以自营[4]。忽往殷渊源许，值盛有宾客，殷使坐，粗与寒温[5]，遂及义理[6]。语言辞旨，曾无愧色，领略[7]粗举，一往参诣[8]。由是知之。

※ 注释

1 康僧渊：晋时高僧，本是西域人，生于长安，晋成帝时过江南下。2 周旋：盘桓，游逛。3 市肆：市场，集市。4 自营：自己谋生。5 寒温：寒暄。6 义理：探讨经义名理的学问。7 领略：领会。8 参诣：达到高深的境界。

※ 译文

康僧渊刚到江南时，没有人了解他，经常在集市上游逛，依靠乞讨来养活自己。一天，他突然前往殷渊源那里，正遇上有许多宾客在座，渊源让他坐下，和他稍稍寒暄几句，之后便谈到义理。康僧渊的言谈意旨，简直毫无愧色，领会了基本命题，就直接进入高深的境界。于是，大家开始对他有所了解。

※ 原文

人有问殷中军：“何以将得位[1]而梦棺器，将得财而梦矢[2]秽？”殷曰：“官本是臭腐，所以将得而梦棺尸；财本是粪土，所以将得而梦秽污。”时人以为名通[3]。

※ 注释

1 位：指官位、爵位。2 矢：通“屎”。3 名通：至理名言。

※ 译文

有人问中军将军殷浩：“为什么要得到地位时会梦见棺材，要得到钱财时会梦见粪便呢？”殷浩答道：“官职原本就是腐臭的，所以要得到的时候就会梦见棺材尸体；财物原本就是粪土，所以要得到的时候就会梦见污秽的东西。”当时人们认为这是至理名言。

※ 原文

谢公因子弟集聚，问：“《毛诗》[1]何句最佳？”遏[2]称曰：“‘昔我往矣，杨柳依依；今我来思，雨雪霏霏[3]。’”公曰：“‘讦谟定命，远猷辰告[4]。’谓此句偏[5]有雅人深致。”

※ 注释

1《毛诗》：即《诗经》，是西周初年到春秋中叶的一部诗歌总集。今传《诗经》是由汉代毛亨所注，所以又称《毛诗》。2 遏：谢玄，小字遏。3 “昔我”四句：语出《诗经·小雅·采薇》，意思是，回想当初出征的时候，杨柳依依，随风摆荡；如今回到家乡，大雪纷纷，满天飘扬。思，语末助词。雨雪，下雪。4 “讦谟”二句：语出《诗经·大雅·抑》，意思是建国大计、长远国策一定要及时宣告。，大。谟，谋。猷，谋略。辰，按时。5 偏：最，特别。

※ 译文

谢安趁子侄们聚会的时间问:“《毛诗》里哪句最好?”侄子谢玄说:“‘昔我往矣,杨柳依依;今我来思,雨雪霏霏。’”谢安说:“‘讦谟定命,远猷辰告。’我认为这一句最有高雅人士的深远志趣。”

※ 原文

桓南郡与殷荆州共谈,每相攻难。年余后,但一两番。桓自叹才思转[1]退。殷云:“此乃是君转解。”

※ 注释

1 转:渐渐。

※ 译文

南郡公桓玄和荆州刺史殷仲堪一起谈论,每次都互相驳难。一年后,两人辩论的次数少到只有一两次,桓玄感叹自己才思在逐渐衰退,殷仲堪说:“这正是因为你逐渐感悟了呀。”

※ 原文

文帝[1]尝令东阿王[2]七步中作诗,不成者行大法[3]。应声便为诗曰:“煮豆持作羹,漉菽以为汁。萁在釜下然,豆在釜中泣;本自同根生,相煎何太急[4]?”帝深有惭色。

※ 注释

1 文帝:指魏文帝曹丕。2 东阿王:指曹植,字子建,曹丕的同母弟,曾封为东阿王,后进封陈王,死后谥为思,世称陈思王。早年曾以文才受父曹操宠爱,后备受曹丕父子猜忌,郁闷而死。3 大法:指死刑。4 “煮豆”六句:意思是,煮熟豆子做成羹,滤去豆瓣留下汁。豆茎在锅下燃烧,豆子在锅中哭泣;本来就是同根生长,相互煎熬为何这般迫急?羹,稠汤。漉,过滤。菽,豆类。萁,豆茎。釜,锅。然,同“燃”。

※ 译文

魏文帝曹丕命令东阿王曹植在七步之内做出一首诗,否则就要处以死刑。曹植随声就作成一首诗:“煮豆持作羹,漉菽以为汁。萁在釜下然,豆在釜中泣;本是同根生,相煎何太急?”魏文帝于是露出惭愧的脸色。

※ 原文

乐令善于清言，而不长于手笔[1]。将让[2]河南尹，请潘岳为表[3]。潘云："可作耳，要当[4]得君意。"乐为述己所以为让，标位[5]二百许语，潘直取错综[6]，便成名笔。时人咸云："若乐不假潘之文，潘不取乐之旨，则无以成斯[7]矣。"

※ 注释

1 手笔：撰写散文。2 让：辞让。3 表：上奏皇帝的疏。4 要当：必须，但要。5 标位：列举、揭示、阐明。6 错综：交错安排，组织整理。7 成斯：成就这个。斯，此，指"表"。

※ 译文

乐广非常善于清谈玄理，却并不擅长写文章。他想辞去河南尹的官职，请求潘岳替他写一道奏章。潘岳说："让我写可以，但是我必须得了解你的意思。"于是乐广就叙述了自己辞官的原因，大概说了二百多字。潘岳按照乐广的意思组织整理，就写成了名篇，当时的人们纷纷说道："若乐广不借潘岳的文采，潘岳不按照乐广的意思，则无法写成这么好的文章。"

※ 原文

庾子嵩作《意赋》成，从子文康[1]见，问曰："若有意邪，非赋[2]之所尽；若无意邪，复何所赋？"答曰："正在有意无意之间。"

※ 注释

1 文康：庾亮，谥号文康。2 赋：本是诗歌的表现方法之一，特点是铺叙直陈，汉魏六朝时发展成为一种韵文文体，仍然具有叙事成分多于抒情成分的特点。下文的"赋"字作动词用，指写赋。

※ 译文

庾子嵩完成了《意赋》，侄子文康看了，问道："如果有心意的话，不是一篇赋能表达得尽的；如果是没有心意的话，又何必写这篇赋呢？"庾子嵩回答："正是在有意无意之间。"

※ 原文

郭景纯[1]诗云："林无静树，川无停流[2]。"阮孚云："泓峥[3]萧瑟[4]，实不可言。

每读此文，辄觉神超形越。”

※ 注释

1 郭景纯：即郭璞。2 “林无”二句：林中没有静止不动的树，河中没有静止不流的水。3 泓峥：水深山高，比喻郭诗境界高妙。4 萧瑟：形容风吹动林木的声音。

※ 译文

郭璞诗中写道：“林无静树，川无停流。”阮孚评价说：“这首诗描绘了水深山高，气象萧瑟的景象，真是妙不可言啊。每当读到它，就会有精神形体超凡脱俗的感觉。”

※ 原文

孙兴公作《庾公诔》[1]，袁羊[2]曰：“见此张缓[3]。”于时以为名赏。

※ 注释

1《庾公诔》：叙述庾亮生平德行，以表示哀悼的文章。诔，哀悼死者的一种文体。2 袁羊：袁乔，字彦叔，小字羊。3 张缓：义同“张弛”，紧张和轻松。比喻处理政务能适当调节，有张有弛。

※ 译文

孙兴公写《庾公诔》，袁羊说：“能从这里面看出有张有弛的节奏。”当时的人们认为这是有名的评鉴。

※ 原文

庾仲初作《扬都赋》成，以呈庾亮。亮以亲族之怀，大为其名价，云可三《二京》，四《三都》。于此人人竞写，都下[1]纸为之贵。谢太傅云：“不得尔。此是屋下架屋耳，事事拟学，而不免俭狭[2]。”

※ 注释

1 都下：京城，这里指东晋京都建康。2 俭狭：贫乏，狭隘。

※ 译文

庾仲初写完《扬都赋》后，拿给庾亮看。庾亮因为同宗的关系，极力加以赞扬：“此赋可以和《二京赋》并列为‘三京’，可以和《三都赋》并列为四都。”于是人人竞相抄写，京城的纸张因此涨价。太傅谢安说：“不应该这样，这不过是高屋下架屋而已，写文章处处都模仿，就免不了内容贫乏而眼界狭窄。”

※ 原文

习凿齿史才不常，宣武甚器之，未三十，便用为荆州治中。凿齿谢笺亦云：“不遇明公，荆州老从事耳！”后至都，见简文，返命，宣武问：“见相王何如？”答云：“一生不曾见此人。”从此忤旨，出为衡阳郡，性理遂错。于病中犹作《汉晋春秋》，品评卓逸。

※ 译文

习凿齿的史学才能卓著，宣武（桓温）对其非常器重，不到三十岁，他就被升迁为荆州治中。在他写给桓温的谢函中说：“如果不是遇到您，我还依然是荆州的一个老从事罢了！”后来，他在建康见到简文帝（司马昱），回来复命时，桓温问他：“看见了相王，你觉得怎么样？”他答道：“我生来还没有见过这样的人！”从此便违背了桓温的旨意，被降职到衡阳做太守，也因此而精神错乱。病中撰写了《汉晋春秋》一书，书中对历史人物和历史事件的评价独到，见解卓越。

※ 原文

孙兴公云：“《三都》《二京》，五经鼓吹[1]。”

※ 注释

1 鼓吹：乐队演奏，这里是指宣传。

※ 译文

孙兴公（绰）说：“《三都赋》和《二京赋》，都是五经的宣传。”

※ 原文

谢太傅问主簿陆退：“张凭何以作母诔，而不作父诔？”退答曰：“故当是丈夫[1]之德，表于事行；妇人之美，非诔不显。”

※ 注释

1 丈夫：男子，男人。

※ 译文

谢太傅（安）问主簿陆退："张凭为何只为母亲写诔文而不给父亲写？"陆退答道："大概是男人的德行，表现在其生平所做的事业上；而妇女的德行，没有诔文就显扬不出来。"

※ 原文

孙兴公云："潘文烂若披锦，无处不善；陆文若排沙简[1]金，往往见宝。"

※ 注释

1 简：选取。

※ 译文

孙兴公（绰）说："潘岳的文章就好像是披着锦缎，文采斑斓，没有一处不是美的；陆机的文章就好比披沙淘金，总是可以从中发现瑰宝。"

※ 原文

孙兴公作《天台赋》成，以示范荣期[1]，云："卿试掷地，要作金石声[2]。"范曰："恐子之金石，非宫商[3]中声！"然每至佳句，辄云："应是我辈语。"

※ 注释

1 范荣期：范启，字荣期，官至黄门侍郎。2 金石声：金石类乐器撞击之声，比喻辞赋音韵之美。3 宫商：古代把音阶定为宫、商、角、徵、羽五级，叫作五音，五音配合而构成音乐。这里举宫商以代表五音。

※ 译文

孙兴公写成了《天台赋》，拿给范荣期看，说："你扔到地上试试看，一定会发出金石一般的铿锵之声。"范荣期说："恐怕你的金石之声，并不是五音协和的声音。"但每当读到优美的文句，就赞叹道："的确是我们这些人才能说的话啊！"

※ 原文

桓公见谢安石作简文谥议，看竟，掷与坐上诸客曰："此是安石碎金[1]。"

※ 注释

1 碎金：比喻篇幅短小的美文。

※ 译文

桓温看到谢安石作简文帝的谥议，看完后，扔给当时在座的众多客人，并说道：“这可是安石的美文啊。”

※ 原文

孙兴公云：“潘[1]文浅而净，陆[2]文深而芜[3]。”

※ 注释

1 潘：指潘岳。2 陆：指陆机。3 芜：繁杂。

※ 译文

孙兴公说：“潘岳的文章浅显纯净，陆机的文章虽然深刻，却很繁杂。”

※ 原文

裴郎作《语林》，始出，大为远近所传。时流年少，无不传写，各有一通。载王东亭作《经王公酒垆下赋》，甚有才情。

※ 译文

裴郎（启）撰写《语林》这本书，一经问世，便被远近的人们争相传诵。当时的风流少年，无不传抄，人手一本。书中载有王珣所做的《经王公酒垆下赋》，非常有才华。

※ 原文

孙兴公道曹辅佐[1]才如白地明光锦，裁为负版绔[2]，非无文采，酷无裁制。

※ 注释

1 曹辅佐：曹毗，东晋谯国（今安徽亳县）人。善辞赋，曾著《扬都赋》。官至光禄勋。2 负版绔：服役者穿的裤子。负版：给官府背文书簿籍的人。绔，裤子。

※ 译文

孙绰评说曹毗的文才好比白底子的明光锦，裁做杂役者穿的裤子，并不是缺乏文采，而是没有裁剪制作的巧匠。

※ 原文

桓宣武北征，袁虎时从，被责免官。会须露布文，唤袁倚[1]马前令作。手不辍笔，俄得七纸，殊可观。东亭在侧，极叹其才。袁虎云：“当令齿舌间得利。”

※ 注释

1 倚：站，立。

※ 译文

桓宣武（温）北伐，袁虎（宏）当时也随从出征，他因犯错而被罚免去官职。这时正好需要起草一份紧急檄文，于是就又把袁虎叫来，让他站在马前动笔。他奋笔疾书，一会儿工夫就写满了七张纸，文笔非常好。王珣在旁对其才气极力称赞。袁虎说：“应当让我在你的言辞中得到些好处。”

※ 原文

袁宏始作《东征赋》[1]，都不道陶公。胡奴[2]诱之狭室中，临以白刃，曰：“先公勋业如是！君作《东征赋》，云何相忽略？”宏窘蹙无计，便答：“我大道公，何以云无？”因诵曰：“精金百炼，在割能断[3]。功则治人，职思靖乱[4]。长沙之勋，为史所赞[5]。”

※ 注释

1《东征赋》：赞颂江东英杰的赋，为世所重。2 胡奴：陶范，陶侃之子，历任乌程令、光禄勋。3 “精金”二句：意好钢经过百炼，切割东西迎刃而断。喻陶侃精明强干。4 “功则”二句：担任官职，文能治国，武能平乱。5 “长沙”二句：意陶公的功勋，载于史册，为后人称赞。长沙：指陶侃。

※ 译文

袁宏开始写《东征赋》，完全不提陶侃。陶范就把他骗进一间小屋里，把雪亮的刀子对准袁宏说：“先父有那么大的功绩，而你在写《东征赋》时为何将其忽略过去了呢？”袁宏窘迫为难，无计可施，就说：“我在极力称赞陶公，怎么能说没有呢？”

于是就朗诵道："精金百炼，在割能断。功则治人，职思靖乱。长沙之勋，为史所赞。"

※ 原文

或问顾长康："君《筝赋》何如嵇康《琴赋》？"顾曰："不赏者作后出相遗。深识者亦以高奇见贵。"

※ 译文

有人问顾恺之道："你的《筝赋》同嵇康的《琴赋》相比怎样？"顾恺之答道："不能赏识的人将其看作后出之作而将其遗弃，有见识的人则会因其高超精妙而推崇它。"

※ 原文

殷仲文天才宏赡，而读书不甚广博，亮叹曰："若使殷仲文读书半袁豹，才不减班固。"

※ 译文

殷仲文才华横溢，只是读书不多，傅亮叹息道："倘若殷仲文读的书能赶上袁豹的一半，那他的文才不会在班固之下。"

方正第五

方正指为人公正，不为外力屈服，是我国知识分子的传统美德。这里记载了许多感人至深的故事，给后人以深深的激励。

※ 原文

陈太丘[1]与友期行，期日中。过中不至，太丘舍去，去后乃至。元方[2]时年七岁，门外戏。客问元方："尊君[3]在不？"答曰："待君久不至，已去。"友人便怒曰："非人哉！与人期行，相委而去。"元方曰："君与家君期日中。日中不至，则是无信；对子骂父，则是无礼。"友人惭，下车引之。元方入门不顾。

※ 注释

1 陈太丘：陈寔，字仲弓。2 元方：陈纪，字元方，陈寔的儿子。3 尊君：尊称对方的父亲。

※ 译文

陈太丘和朋友相约出行，约定在中午时分，过了中午，朋友却没有到，陈太丘就先离开了。等他离开后，他的朋友才到。陈太丘的儿子陈元方那时七岁，正在家门外玩耍。客人问他："你父亲在吗？"陈元方回答说："因为等了很久，您都没有来，已经先离开了。"客人便生气地说："真不是人啊！和别人约好一起出行，却抛弃别人先离去。"陈元方说："您与我父亲约定在中午见面，到了中午您却没有到，这就是没有信用；对着孩子骂他的父亲，这便是没有礼貌。"客人觉得惭愧，赶紧下车前来，想拉陈元方。陈元方连头也不回地走入家门，不再理他。

※ 原文

南阳[1]宗世林[2]，魏武同时，而甚薄其为人，不与之交。及魏武作司空，总朝政，从容问宗曰："可以交未？"答曰："松柏之志犹存。"世林既以忤旨见疏，位不配德。文帝兄弟[3]每造其门，皆独拜床[4]下，其见礼如此。

※ 注释

1 南阳：郡名，治所在宛县（今河南南阳）。2 宗世林：宗承，字世林，以德行高尚受到世人敬重，官至直谏大夫。3 文帝兄弟：指曹丕、曹植等。曹丕，字子桓，曹操次子。曹植，字子建，为曹丕的弟弟。4 床：这里指坐具，相当于现在的榻。

※ 译文

南阳宗世林和魏武帝曹操是同时代的人，宗世林很鄙夷曹操的为人，不愿和他来往。等曹操做了司空，总揽朝廷大权的时候，他不经意地对宗世林说："现在我们可以结交为朋友了吗？"宗世林回答："我的松柏之志还在。"宗世林因为违背曹操的旨意遭疏远，职位与其威望不相符。但曹丕兄弟到他这里拜访时，还是行弟子礼，在榻下跪拜，每次他都受到如此的礼遇。

※ 原文

魏文帝受禅，陈群有戚容。帝问曰："朕应天受命，卿何以不乐？"群曰："臣与华歆服膺先朝，今虽欣圣化，犹义形于色。"

※ 译文

魏文帝曹丕接受禅让称帝，陈群脸上流露出愁苦悲哀的神色。文帝问他：“我顺应天命接受帝位，你有什么不高兴的？”陈群答道：“我与华歆都曾忠心耿耿地服侍汉朝，如今虽然欣逢陛下圣明的教化，可是不忘前朝之情还是不免会流露于外。”

※ 原文

郭淮作关中都督，甚得民情，亦屡有战庸[1]。淮妻，太尉王凌之妹，坐凌事，当并诛，使者征摄甚急。淮使戒装[2]，克日当发。州府文武及百姓劝淮举兵，淮不许。至期遣妻，百姓号泣追呼者数万人。行数十里，淮乃命左右追夫人还，于是文武奔驰，如徇身首之急。既至，淮与宣帝书曰：“五子哀恋，思念其母。其母既亡，则无五子；五子若殒，亦复无淮。”宣帝乃表，特原[3]淮妻。

※ 注释

1 战庸：即战功。庸，即功劳。2 戒装：准备行装。3 原：赦免。

※ 译文

郭淮担任关中都督时，深得民心，也屡建战功。他的夫人是太尉王凌的妹妹，由于王凌犯罪而受到牵连，应该一同被处死。朝廷使者加紧追捕。郭淮就让夫人准备行装，按限定的日期出发。州府官员和百姓纷纷劝导郭淮起兵反抗，可是郭淮不同意。到了规定的日子，便打发夫人动身上路。几万百姓哭号追随。行数十里后，郭淮才命令左右随从去把夫人追回来。于是百官赶忙跑去，就像救自己的性命一样急迫。夫人被追回后，郭淮向司马懿上书道：“我的五个儿子苦苦地想念着他们的母亲，一旦他们的母亲死了，五个儿子也就完了；五个儿子完了，我也就不会存在了。”于是司马懿上表魏帝，将郭淮的夫人赦免了。

※ 原文

夏侯玄既被桎梏，时钟毓为廷尉，钟会先不与玄相知，因便狎之。玄曰：“虽复刑余之人，未敢闻命！”考掠初无一言，临刑东市，颜色不异。

※ 译文

夏侯玄被逮捕后，当时钟毓担任掌管刑狱的廷尉，钟会之前同夏侯玄相处不融洽，趁此机会就戏弄他。夏侯玄说：“我虽然是服刑的人，也不能按照你的意思做！”他受到拷问鞭打，却始终没有说一句话。直到执行死刑时，都面不改色。

※ 原文

高贵乡公[1]薨，内外喧哗。司马文王[2]问侍中陈泰曰："何以静之？"泰云："唯杀贾充[3]以谢天下。"文王曰："可复下此不？"对曰："但见其上，未见其下。"

※ 注释

1 高贵乡公：曹髦，曹丕的孙子。2 司马文王：司马昭，司马懿之子。3 贾充：魏晋之臣，贾逵之子。司马昭的心腹，指挥杀害皇帝曹髦。

※ 译文

高贵乡公被杀后，朝廷内外议论纷纷。司马昭问侍中陈泰道："怎么才能使这种局面平静下来呢？"陈泰答道："只有把贾充杀了来向天下人谢罪。"司马昭说："可以再想一个比这轻的办法吗？"陈泰说："只看到比这更严厉的办法，没看到比这轻的。"

※ 原文

和峤为武帝所亲重，语峤曰："东宫顷似更成进[1]，卿试往看。"还，问何如。答曰："皇太子圣质如初。"

※ 注释

1 成进：即大有长进。成，通"诚"，确实，非常。

※ 译文

和峤受到晋武帝的亲近和器重，他对和峤说："东宫太子近些日子好像比以前大有长进了，你可以去看一下。"看完返回后，武帝问："怎么样啊？"答道："皇太子的资质同以前没有两样。"

※ 原文

诸葛靓后入晋，除[1]大司马，召不起。以与晋室有仇，常背洛水而坐。与武帝有旧，帝欲见之而无由，乃请诸葛妃呼靓。既来，帝就太妃间相见。礼毕，酒酣，帝曰："卿故复忆竹马之好不？"靓曰："臣不能吞炭漆身[2]，今日复睹圣颜。"因涕泗百行。帝于是惭悔而出。

※ 注释

1 除：授任。2 吞炭漆身：《史记·刺客列传》载，赵国时智伯的门客豫让为报知遇之恩，吞咽木炭，用漆涂身，毁容变音去刺杀杀害智伯的赵襄子，事败而死。诸葛靓以此典故来喻指为父报仇。

※ 译文

诸葛靓在吴灭亡后去了晋朝，被晋武帝任命为大司马，但是他不去就任。原因是他与晋王室有着杀父之仇，他常背对洛水而坐。他同晋武帝有旧交情，武帝想见他却又想不出理由，于是就请叔母诸葛妃把诸葛靓叫来。诸葛靓来了以后，晋武帝就在叔母处同他见面。行过礼，酒喝得正畅快淋漓时，武帝说："你还记得我们儿时的友谊吗？"诸葛靓说："我没能像豫让那样吞炭漆身，为父报仇，现在又看到了皇上的尊颜。"说着泪流满面。武帝于是惭愧而又懊悔地出去了。

※ 原文

武帝语和峤曰："我欲先痛骂王武子[1]，然后爵之。"峤曰："武子俊爽，恐不可屈。"帝遂召武子，苦责之，因曰："知愧不？"武子曰："'尺布斗粟[2]'之谣，常为陛下耻之！他人能令疏亲，臣不能使亲疏，以此愧陛下[3]。"

※ 注释

1 王武子：王济，字武子。晋武帝曾命同母弟齐王司马攸回到封国，王济多次劝谏，并派自己妻子常山公主等求情，想把齐王留在京都，因而触怒武帝，被降职为国子祭酒。2 尺布斗粟：喻指兄弟失和。据《史记·淮南衡山列传》记载，汉文帝的弟弟淮南厉王刘长因谋反罪被流放到蜀地，途中绝食而死。后来有民间歌谣唱道："一尺布，尚可缝；一斗粟，尚可舂。兄弟二人，不能相容。"意思是一尺布能缝成衣服共穿，一斗粟可舂出米来共吃，而天下之大，兄弟却不能相容。王济引用这首民谣，意在讽刺晋武帝对待弟弟也像汉文帝对待弟弟一样不讲亲情。3 "他人"二句：这是讽刺晋武帝的话，意思是别人能使疏远的人变得亲近，我却未能使亲近的人变得疏远，所以对您有愧。

※ 译文

晋武帝司马炎对和峤说："我要先痛骂王武子一顿，然后再封他爵位。"和峤说："王武子才智超群，是俊迈豪爽之人，恐怕不能使他屈服。"武帝于是召来王武子，狠狠地斥责他，随后说："你知道有愧吗？"王武子说："民间流传'一尺布，尚可缝；一斗粟，尚可舂；兄弟二人，不能相容’这样的歌谣，我常常为皇上感到羞耻！别人能让疏远的人亲近，我却不能使亲近的人疏远，因此我很愧对陛下。”

※ 原文

晋武帝时，荀勖为中书监，和峤为令。故事[1]，监、令由来共车。峤性雅正，常疾勖谄谀。后公车来，峤便登，正向前坐，不复容勖。勖方更觅车，然后得去。监、令各给车，自此始。

※ 注释

1 故事：惯例。

※ 译文

晋武帝的时候，荀勖任中书监，和峤任中书令。按惯例，中书监和中书令应该同坐一辆车。和峤性格典雅正直，常常看不惯荀勖的谄媚奉承。后来，官府的车来了，和峤便先上车，在前边的正中间坐下，再也容不下荀勖了。荀勖只好另找车，才得以离去。自此，开始实行给中书监和中书令各派一辆公车。

※ 原文

山公大儿著短帢，车中倚。武帝欲见之，山公不敢辞，问儿，儿不肯行。时论乃云胜山公。

※ 译文

山涛的大儿子头戴便帽，倚坐在车中。晋武帝想见见他，山涛不敢推辞，问儿子，儿子又不肯去。当时社会舆论认为他要胜过其父山涛。

※ 原文

向雄[1]为河内[2]主簿，有公事不及雄，而太守刘准[3]横怒，遂与杖遣之。雄后为黄门郎[4]，刘为侍中，初不交言。武帝闻之，敕雄复君臣[5]之好，雄不得已，诣刘，再拜曰：“向受诏而来，而君臣之义绝，何如？”于是即去。武帝闻尚不和，乃怒问雄曰：“我令卿复君臣之好，何以犹绝？”雄曰：“古之君子[6]，进[7]人以礼，退人以礼；今之君子，进人若将加诸膝，退人若将坠诸渊。臣于刘河内，不为戎首[8]，亦已幸甚，安复为君臣之好？”武帝从之。

※ 注释

1 向雄：字茂伯，曾任御史中丞、侍中。2 河内：郡名，治所在今河南沁阳。3 刘准：《晋书·向雄传》作“刘毅”，现据其字“君平”推论，当以“刘准”为是，宋本亦将“准”误为“淮”。刘准，字君平，曾任侍中、尚书仆射、司徒。4 黄门郎：官名，即黄门侍郎，负责侍从皇帝，传达诏命。5 君臣：指上下级，当时府王和属吏之间也称为君臣。6 君子：这里指达官贵人。7 进：指举荐，提拔。下文“退”则指撤职，降职。8 戎首：指挑动事端的人。

※ 译文

向雄担任河内主簿，有件公事和向雄并无关联，太守刘准却迁怒于他，对他杖责并辞退其官位。向雄后来做了黄门侍郎，刘准做了侍中，二人从来不说一句话。晋武帝司马炎听说后，命令向雄恢复和刘准的君臣情义。向雄不得已，就去刘准那里，行再拜礼后说：“刚才受皇上之命到你这里，不过我们的君臣情义确实是断了，你看怎么办呢？”说完立刻就走了。晋武帝听说二人依旧不和，就怒斥向雄：“我命令你恢复君臣情义，为什么你们还是互不往来呢？”向雄说：“古代的君子，按礼制选用人，按礼制罢免人；现在的君子，提拔谁就把谁抱到膝盖上，罢免谁就把谁推到深渊里。我对于刘太守，不把他当挑衅生事的人，就已经很庆幸了，怎么可能与他恢复君臣情义呢？”晋武帝只好随他去了。

※ 原文

齐王冏为大司马，辅政，嵇绍为侍中，诣冏咨事。冏设宰会[1]，召葛旟、董艾等共论时宜。旟等白冏：“嵇侍中善于丝竹，公可令操之。”遂送乐器。绍推却不受，冏曰：“今日共为欢，卿何却邪？”绍曰：“公协辅皇室，令作事可法。绍虽官卑，职备常伯。操丝比竹盖乐官之事，不可以先王法服为伶人之业。今逼高命[2]，不敢苟辞，当释冠冕，袭私服，此绍之心也。”旟等不自得而退。

※ 注释

1 宰会：官员集会。2 高命：尊贵的命令。

※ 译文

齐王冏任大司马辅政，嵇绍担任侍中去齐王冏那里请示公事。司马冏正在举行官吏集会，召葛旟和董艾等人来共商国是。葛旟等人禀告司马冏说：“嵇绍擅长乐器，可以让他弹奏一曲。”于是命人将乐器送上。嵇绍推辞而不肯演奏。司马冏说：“今天大家在一起欢聚，你为何要推辞呢？”嵇绍答道：“您辅佐皇室，要求僚属办事要符合法度。我虽然官位低，可也是侍中。演奏乐器是乐官的事情，我不能穿着先王制定的官服去做伶工才做的事情。如今因为是您的命令，我不敢随便推辞，但是那也得脱去官服，换上便服，再遵命演奏，这就是我个人的想法。”葛旟等人自觉无趣，便退了下去。

※ 原文

卢志[1]于众坐问陆士衡[2]：“陆逊[3]、陆抗[4]是君何物？”答曰：“如卿于卢毓[5]、卢珽[6]。”士龙[7]失色。既出户，谓兄曰：“何至如此，彼容[8]不相知也。”士衡正色曰：“我父、祖名播海内，宁有不知？鬼子[9]敢尔！”议者疑二陆优劣，谢公以此定之。

※ 注释

1 卢志：字子道，曾任卫尉卿、尚书郎。2 陆士衡：陆机，字士衡，西晋文学家。3 陆逊：字伯言，三国时吴国人，陆机的祖父，曾任荆州牧，官至丞相。4 陆抗：字幼节，陆机的父亲，曾任镇军大将军，官至大司马、荆州牧。这里卢志对陆机的祖父和父亲直呼其名，触犯了陆机的家讳，因而陆机也直呼卢志祖父和父亲之名作为报复，下文陆云惊慌失色的道理也在于此。5 卢毓：字子家，三国时魏国人，卢志的祖父，入魏后曾任黄门侍郎、吏部尚书。6 卢珽：字子笏，卢志的父亲，曾任泰山太守。7 士龙：陆云，字士龙，陆机的弟弟，曾任清河内史、大将军右司马，世称“陆清河”。8 容：或许。9 鬼子：骂人的话。据《孔氏志怪》一书所记，卢志的先人和崔氏已死之女结婚而生卢温休，温休生卢植，卢植即卢志的曾祖。

※ 译文

卢志在大庭广众之下问陆士衡：“陆逊、陆抗是你什么人？”陆士衡回答：“就像你和卢毓、卢珽的关系。”士龙听完惊慌得变了脸色。从屋里出来后，就对哥哥说：“你何必要这样做，他可能真的不了解我们的家世呢。”士衡严肃地说：“我们的父亲和祖父名扬四海，他难道会不知道，鬼孙子竟敢如此无礼！”当时评论的人难分陆氏兄弟的优劣，谢公（谢安）以此来判定他们的高下。

※ 原文

羊忱性甚贞烈，赵王伦为相国，忱为太傅长史，乃版[1]以参相国军事。使者卒至，忱深惧豫祸，不暇被马，于是帖骑而避。使者追之，忱善射，矢左右发，使者不敢进，遂得免。

※ 注释

1 版：因王封官用版，称为“版官”，此为授官之意。

※ 译文

羊忱性格特别刚烈忠直，赵王司马伦在做相国时，羊忱任太傅长史。后来赵王诏羊忱做参相国军事。使者突然赶到，羊忱担心因接受司马伦的封官而受牵连、遭祸患。因此他来不及套上马鞍，就急忙贴身于马背而逃。使者追赶他，因其擅长骑射，而左右开弓射向使者，使者因此不敢再追，羊忱方得以免任司马伦所授官职。

※ 原文

王太尉不与庾子嵩交，庾卿之不置。王曰：“君不得为尔。”庾曰：“卿自君我，我自卿卿；我自用我法，卿自用卿法。”

※ 译文

太尉王衍不与庾嵩交往，而庾嵩却总是用“卿”来称呼他。王衍就说：“君不能这样称呼我。”庾嵩说：“您自用‘君’称呼我，我自用‘卿’称呼您；我用我的方式，卿用卿的方式。”

※ 原文

阮宣子论鬼神有无者[1]，或以人死有鬼，宣子独以为无，曰：“今见鬼者云，著生时衣服，若人死有鬼，衣服复有鬼邪？”

※ 注释

1 者：代词，这样的事。

※ 译文

阮宣子论述鬼神是否存在的问题。有人认为，人死后有鬼，阮宣子却认为没有鬼，他说：“现在自称见到鬼的人，说鬼穿着活着时的衣服，如果人死后有鬼，衣服也有鬼吗？”

※ 原文

诸葛恢大女适太尉庾亮儿，次女适徐州刺史羊忱儿。亮子被苏峻害，改适江彪。恢儿娶邓攸女。于时谢尚书求其小女婚，恢乃云：“羊、邓是世婚，江家我顾伊，庾家伊顾我，不能复与谢裒儿婚。”及恢亡，遂婚。于是王右军往谢家看新妇，犹有恢之遗法：威仪端详，容服光整。王叹曰：“我在遣女裁得尔耳！”

※ 译文

诸葛恢的大女儿嫁给了太尉庾亮的儿子，二女儿嫁给了徐州刺史羊忱的儿子。庾亮的儿子被苏峻杀害后，诸葛恢的大女儿改嫁给江虨。诸葛恢的儿子娶了邓攸的女儿。这时，谢尚书请求诸葛恢的小女儿做自己的儿媳。诸葛恢说：“羊、邓两家世代通婚，江家是由我来照顾他，庾家则是由他们来顾念我，不能再与谢家结亲了。”直到诸葛恢去世后，谢的儿子才同诸葛恢的小女儿成了亲。当时王右军（羲之）去谢家看新娘子，认为新娘身上还保留有诸葛恢的风范：仪容安详，举止端庄；容光焕发，服饰整洁。王羲之赞叹道：“我嫁女，才能这样啊！”

※ 原文

周叔治作晋陵太守，周侯、仲智往别，叔治以将别，涕泗不止。仲智恚之曰：“斯人乃[1]妇女，与人别，唯啼泣！”便舍去。周侯独留与饮酒言话，临别流涕，抚其背曰：“奴[2]好自爱。”

※ 注释

1 乃：动词，如，像。2 奴：同“阿奴”，尊对卑或长对幼的爱称。

※ 译文

周叔治做晋陵太守，周侯和仲智前去送别。叔治因为兄弟三人将要分开而泪流不止。仲智生气地说：“你就像个妇女，与人离别时就只知道哭。”于是就丢下他走了。周侯单独留下来同他一起喝酒聊天。临别时还拍了拍叔治的背，流泪说道：“你自己多保重啊！”

※ 原文

周伯仁为吏部尚书，在省内，夜疾危急，时刁玄亮为尚书令，营救备亲好之至，良久小损。明旦，报仲智，仲智狼狈来。始入户，刁下床对之大泣，说伯仁昨危急之状。仲智手批之，刁为辟易于户侧。既前，都不问病，直[1]云：“君在中朝，与和长舆齐名，那与佞人刁协有情？”径便出。

※ 注释

1 直：只，只是。

※ 译文

周伯仁任吏部尚书，在尚书省中，夜里突然急病发作。当时刁玄亮任尚书令，全力救护，表现得非常亲密友好。很长时间后，周伯仁病情才稍微有所好转。第二天早晨，通知仲智，仲智很狼狈地赶到，刚一进门，刁玄亮就离开坐榻，哭着诉说昨夜周伯仁病情危急的情景。仲智挥手就要打，刁玄亮赶忙退避到门边。仲智走到周伯仁跟前，丝毫不问病情，只是说："你中朝时同和长舆（峤）齐名，现在怎么同谄媚的小人刁协有交情呢？"说完后就径直走了。

※ 原文

王含作庐江郡，贪浊狼藉。王敦护其兄，故于众坐称："家兄在郡定佳，庐江人士咸称之！"时何充为敦主簿，在坐，正色曰："充即庐江人，所闻异于此！"敦默然。旁人为之反侧，充晏然，神意自若。

※ 译文

王含任庐江郡太守的时候，贪赃枉法，声名狼藉。弟弟王敦替他辩护，专门在大庭广众之下称颂道："我兄长在庐江郡一定有很好的业绩，庐江人都在称颂他。"当时何充担任王敦的主簿，也在座，他表情严肃地说："我就是庐江人，但是所听说的却跟你说的不一样。"王敦沉默不语。一旁的人都为何充感到不安，而何充却神情泰然自若。

※ 原文

明帝在西堂，会诸公饮酒，未大醉，帝问："今名臣共集，何如尧、舜时？"周伯仁为仆射，因厉声曰："今虽同人主，复那得等于圣治！"帝大怒，还内，作手诏满一黄纸，遂付廷尉令收，因欲杀之。后数日，诏出周，群臣往省之。周曰："近知当不死，罪不足至此。"

※ 译文

晋明帝在西堂聚集群臣饮酒。喝到半醉时，明帝问："今天名臣共聚一堂，同尧、舜时相比怎么样？"周伯仁任仆射，他厉声说道："现今尽管同为人主，然而这又怎么可以等同于尧舜的圣明之治呢？"明帝异常恼怒，回宫后便亲手写了满满一张诏书，交给廷尉，命他们逮捕周伯仁，准备将其杀掉。几天后，明帝又下诏将周伯仁释放，群臣前去看望他。周伯仁说："这几天我知道自己还不应当死，因为我的罪还不致如此。"

※ 原文

王大将军当下，时咸谓无缘尔。伯仁曰："今主非尧、舜，何能无过？且人臣安得称兵以向朝廷？处仲狼抗[1]刚愎，王平子[2]何在？"

※ 注释

1 狼抗：高傲，自高自大。2 王平子：王平子素有盛名，他勇力过人，为王敦所惧，死于王手。

※ 译文

王大将军即将率兵顺江而下，当时大家纷纷议论没有理由这么做。周伯仁说："当今的皇帝不是尧、舜，怎么可能没有过失呢？况且做臣子的，怎么可以用兵攻打朝廷呢？处仲（王敦）这个人狂妄自大，目中无人，王平子现在在哪里呢？"

※ 原文

王敦既下，住船石头，欲有废明帝意。宾客盈坐，敦知帝聪明，欲以不孝废之。每言帝不孝之状，而皆云："温太真所说。温尝为东宫率[1]，后为吾司马，甚悉之。"须臾，温来，敦便奋其威容，问温曰："皇太子作人何似？"温曰："小人无以测君子。"敦声色并厉，欲以威力使从己，乃重问温："太子何以称佳？"温曰："钩深致远[2]，盖非浅识所测。然以礼侍亲，可称为孝。"

※ 注释

1 率：官名。2 钩深致远：指贤能聪明。

※ 译文

王敦起兵东下，将船停泊在石头城，企图废黜明帝的太子名分。当时宾客满座，王敦自知太子聪明，便想用不孝的罪名来将其废掉。每当讲太子不孝的罪状时，王敦总是说："这是温峤说的。温峤曾担任东宫官职，后来又担任我的司马，对宫中的事情非常熟悉。"过了一会儿，温峤进来了。王敦便装出威严的面色，问温峤："皇太子为人怎么样？"温峤说："小人无法揣测君子。"王敦声色俱厉，想以威胁来强迫温峤听从自己，就再次问道："太子哪里好？"温峤答道："他聪明贤能、见多识广，不是浅薄之人所能测度的。他完全遵从礼教来侍奉亲长，可以称得上是孝子。"

※ 原文

苏峻既至石头，百僚奔散，唯侍中钟雅独在帝侧。或谓钟曰："见可而进，知难而退，古之道也。君性亮直，必不容于寇雠，何不用随时之宜、而坐待其弊邪？"钟曰："国乱不能匡，君危不能济，而各逊遁以求免，吾惧董狐[1]将执简而进矣！"

※ 注释

1 董狐：春秋时敢于冒死秉笔直书的史家。

※ 译文

苏峻的叛军到达石头城，朝中官员纷纷落荒而逃，只有侍中钟雅一个人守着成帝。有人对钟雅说："看到可行的事情就前进，知道有困难就后退，这是自古以来的道理。你这么忠诚坦率的性格，肯定不被仇敌所容。为何不见机行事，反而在这里等着祸患的来临呢？"钟雅说："国家混乱而不去匡救，皇上危难而不去保护，反而各自逃跑以求免祸，我恐怕古代的良史董狐即将拿着竹简来了。"

※ 原文

庾公[1]临去[2]，顾语钟后事，深以相委。钟曰："栋折榱崩[3]，谁之责邪？"庾曰："今日之事，不容复言，卿当期克复之效[4]耳！"钟曰："想足下不愧荀林父[5]耳。"

※ 注释

1 庾公：庾亮。下文"钟"指钟雅。2 临去：指苏峻之乱时百官奔散一事。3 栋折榱崩：梁柱折断，房子崩塌，喻指国家倾危。榱，椽子。4 克复之效：指击败叛军，收复京都。5 荀林父：春秋时晋国大臣。据《左传》记载，宣公十二年，荀林父带兵去楚救郑，结果大败而归，但是晋侯采纳士贞子的劝谏，对他未加处罚。宣公十五年，荀林父果然在曲梁大败赤狄，灭了潞国。

※ 译文

庾公（庾亮）离开时，回头叮嘱钟雅今后需要做的事情，将朝廷大事托付给他。钟雅说："国家遭难，这是谁的责任呢？"庾公说："现在的事情，不容许再多说了，你应当期待光复后的情景啊。"钟雅说："想必你不会愧对荀林父吧。"

※ 原文

苏子高事平，王、庾诸公欲用孔廷尉为丹阳。乱离之后，百姓凋弊。孔慨然曰："昔肃祖临崩，诸君亲升御床，并蒙眷识，共奉遗诏。孔坦疏贱，不在顾命之列。既有艰难，则以微臣为先，今犹俎上腐肉，任人脍截耳！"于是拂衣而去，诸公亦止。

※ 译文

苏子高（峻）的叛乱平定后，王导和庾亮等大臣想任孔廷尉（坦）做丹阳尹。因战乱不断，百姓颠沛流离，生活困苦。孔坦感慨地说："之前肃祖（司马绍）临终时，你们几个亲临御床边，共同受到眷顾和赏识，也一起接受了遗诏。我孔坦由于位卑才疏而不在顾命大臣之列。如今有了困难，却把我推到最前面。现在我就像是砧板上的烂肉，任人切割。"说罢拂袖而去，大臣们也只好作罢。

※ 原文

梅颐[1]尝有惠于陶公[2]。后为豫章太守，有事，王丞相遣收之。侃曰："天子富于春秋[3]，万机自诸侯[4]出，王公既得录，陶公何为不可放！"乃遣人于江口夺之。颐见陶公，拜，陶公止之。颐曰："梅仲真膝，明日岂可复屈邪！"

※ 注释

1 梅颐：字仲真，曾任豫章太守。梅颐的弟弟梅陶曾任王敦手下的咨议参军，王敦听信谗言想杀陶侃，梅、陶劝阻，陶侃得免。这里说梅颐有惠于陶侃，当是误记。2 陶公：陶侃。3 富于春秋：婉词，指年轻。4 诸侯：这里指高级官员。

※ 译文

梅颐曾于陶公（陶侃）有恩。后来梅颐担任豫章太守，因为犯事，丞相王导派人逮捕他。陶侃说："天子年轻，国家的事情常由大臣做主，王公既然能够抓了梅颐，我陶公怎么不能够放了他呢！"于是派人在江口将他夺下。梅颐见到陶公，屈身行跪拜礼，陶公阻止他，梅颐说："我梅仲真的双膝，日后难道还会再跪下吗？"

※ 原文

何次道、庾季坚二人并为元辅[1]。成帝初崩，于时嗣君未定。何欲立嗣子，庾及朝议以外寇方强，嗣子冲幼，乃立康帝。康帝登阼，会群臣，谓何曰："朕今所以承大业，为谁之议？"何答曰："陛下龙飞[2]，此是庾冰之功，非臣之力。于时用微臣之议，今不睹盛明之世。"帝有惭色。

※ 注释

1 元辅：首辅，即宰相。2 龙飞：比喻帝王登基。

※ 译文

何次道、庾季坚二人同是成帝的宰相。成帝刚去世，当时还没有选定继承帝位的人选。何次道想立皇太子，而庾季坚和其他朝廷官员则认为目前外寇正是强大之时，皇太子年幼，因此立了康帝。康帝即位，会见群臣，他对何次道说："我今天之所以能够登上帝位，是谁的提议呢？"何次道答道："陛下能够继承帝位，都是庾冰（季坚）的功劳，而非我的力量。当时要是按照我的意见，就看不到现在这种昌盛的时代了。"康帝听后，脸上流露出惭愧的表情。

※ 原文

江仆射年少，王丞相呼与共棋。王手尝不如两道许，而欲敌道戏，试以观之。江不即下。王曰："君何以不行？"江曰："恐不得尔。"傍有客曰："此年少戏乃不恶。"王徐举首曰："此年少，非唯围棋见胜。"

※ 译文

江仆射（彪）年少时，王丞相（导）将其叫来一起下棋。王的棋艺原比江的差两道左右，却想与他对等下棋，试看他怎么样。江并没有马上动子。王说："你怎么不走呢？"江说道："恐怕不能这样吧？"旁边就有客人说道："这个年轻人的棋艺非常不错。"王缓缓地抬起头来说："这个年轻人，不只是围棋胜出。"

※ 原文

孔君平疾笃，庾司空为会稽，省之，相问讯甚至，为之流涕。庾既下床，孔慨然曰："大丈夫将终，不问安国宁家之术，乃作儿女子相问！"庾闻，回谢之，请其话言。

※ 译文

孔坦病重，庾冰当时正任会稽内史，他去探望孔坦，问候病情，情真意切，并因其病重而难过地流泪。庾冰离开坐榻后，孔坦感慨地说："大丈夫即将离开人世，不去问他治国安邦之道，却像个小儿女一样前来问候！"庾冰听到后，赶忙转身向他道歉，并请求孔坦说出临终教诲的话。

※ 原文

桓大司马诣刘尹，卧不起。桓弯弹弹刘枕，丸进碎床褥间。刘作色而起曰：“使君如馨地[1]，宁可斗战求胜？”桓甚有恨容。

※ 注释

1 如馨地：如此，这样。

※ 译文

桓大司马（温）去走访刘尹，刘躺在床上不起身。桓就用弹弓来弹刘的枕头，结果弹丸破碎，散落在了床褥上。刘变了脸色，起身说道：“使君居然这样，难道这种情况也可以靠打仗来获胜吗？”桓听后，脸上流露出恼怒的神色。

※ 原文

后来年少，多有道深公者。深公谓曰：“黄吻年少，勿为评论宿士[1]。昔尝与元明二帝、王庾二公周旋[2]。”

※ 注释

1 宿士：老成饱学之士。2 周旋：交往。

※ 译文

后生少年们经常谈论深公（竺法深）。深公对他们说：“你们这些黄口小儿，不要总是随便议论老成饱学之士。以前，我曾与元、明二帝（司马睿和司马绍）以及王导、庾亮二公交往。”

※ 原文

王述转尚书令，事行便拜。文度曰：“故应让杜许。”蓝田云：“汝谓我堪此不？”文度曰：“何为不堪，但克让自是美事，恐不可阙。”蓝田慨然曰：“既云堪，何为复让？人言汝胜我，定不如我。”

※ 译文

王述升任尚书令，一接到诏命就忙去赴任。他的儿子王文度说：“本该谦让给杜许二人。”王述说：“你觉得我能胜任这个任务吗？”文度说：“当然能胜任了，不过谦让是美德，恐怕还是应该不能缺的。”王述感慨地说：“既然可以胜任，为何还要谦让？别人都说你比我强，看来到底还是不如我。”

※ 原文

孙兴公作《庾公诔》，文多托寄之辞。既成，示庾道恩，庾见，慨然送还之，曰：“先君与君，自不至于此。”

※ 译文

孙兴公撰写《庾公诔》，文中很多话都寄有深情厚谊。写成后，给庾亮的儿子庾羲看，庾羲看完后感慨地将其送还，并说：“先父同您的关系原本不至于像您在文中写的那样交情深厚。”

※ 原文

刘简作桓宣武别驾，后为东曹参军，颇以刚直见疏。尝听记[1]，简都无言。宣武问：“刘东曹何以不下意[2]？”答曰：“会不能用。”宣武亦无怪色。

※ 注释

1 听记：听候处理公文的意见。2 下意：提出意见。

※ 译文

刘简担任桓温的别驾，后来又担任东曹参军，往往因为刚正率直而被疏远。有一次，刘简曾去听候桓温有关处理公文的意见，刘简一直都没有说话。桓温问：“刘东曹怎么不发表意见。”刘简答道：“终归是不会被采用的。”桓温对他也没有责怪之意。

※ 原文

阮光禄赴山陵，至都，不往殷、刘许[1]，过事便还。诸人相与追之。阮亦知时流必当逐己，乃遄疾而去，至方山，不相及[2]。刘尹时为会稽，乃叹曰：“我入，当泊安石渚下耳，不敢复近思旷傍。伊便能捉杖打人，不易。”

※ 注释

1 许：同“所”，表示住所。2 相及：赶上他。相，表示动作偏向一方。

※ 译文

阮光禄（裕）参加成帝（司马衍）的丧礼，到京都后没有到殷浩和刘惔的处所，事情结束后就往回返。众人都一起去追赶他。阮光禄也早就猜到这些当地名流会追赶自己，就急忙离开。这些人追到方山，还是没有追上。刘惔当时正谋求出任会稽太守，他叹息道："我要是到会稽去，就只能将船停泊在安石（谢安）的处所旁，而不敢靠近思旷（阮裕）。不然他会举起木棒打人，肯定的。"

※ 原文

王、刘与桓公共至覆舟山看。酒酣后，刘牵脚加桓公颈，桓公甚不堪，举手拨去。既还，王长史语刘曰："伊讵可以形色加人不？"

※ 译文

王濛、刘惔和桓公（温）一同到覆舟山游览。喝够了酒后，刘惔抬起脚架在桓公的脖子上，桓公实在受不了了，就用手将刘惔的脚拨开。回来后，王长史（濛）对刘惔说："他难道可以给人凶横的脸色看吗？"

※ 原文

罗君章[1]曾在人家，主人令与坐上客共语。答曰："相识已多[2]，不烦复尔。"

※ 注释

1 罗君章：罗含，字君章，晋人，官至廷尉、长沙相。2 多：这里的意思是时间久。

※ 译文

罗君章曾在别人家做客，主人让他和客人们一起聊聊，他回答说："大家都相识已久，不必麻烦再这样做了。"

※ 原文

韩康伯病，拄杖前庭消摇[1]。见诸谢皆富贵，轰隐交路[2]，叹曰："此复何异王莽时？"

※ 注释

1 消摇：同"逍遥"，悠闲自适的样子。2 轰隐交路：车马、仆从往来于道路。

※ 译文

韩康伯生病，拄着拐杖在庭前散步，看见谢家人人富贵，车马仆从往来不断于大路上。他叹道："这同王莽专权时有什么区别啊！"

※ 原文

王文度为桓公长史时，桓为儿求王女，王许咨蓝田。既还，蓝田爱念文度，虽长大，犹抱著膝上。文度因言桓求己女婚。蓝田大怒，排文度下膝，曰："恶见[1]，文度已复痴，畏桓温面？兵，那可[2]嫁女与之！"文度还报云："下官家中先得婚处。"桓公曰："吾知矣，此尊府君不肯耳。"后桓女遂嫁文度儿。

※ 注释

1 恶见：少见。恶，形容词，难。2 那可：怎么能。

※ 译文

王文度任桓公（温）的长史，桓公就为儿子求娶王的女儿。王答应回家请示父亲蓝田（王述）。回到家里，王述因疼爱儿子的缘故，还是将已经长大成人的儿子抱起来放在膝上。文度就趁机将桓温求亲的事说给了父亲。王述听后勃然大怒，他把文度推下膝说："真是太少见了！文度竟然犯傻。害怕桓温的脸色吗？身为一个兵士，怎么能把女儿嫁给他们家呢？"文度只好回桓温道："女儿早就有婆家了。"桓公听后说："我知道了，这是你父亲不同意罢了。"后来，桓公的女儿最终嫁给了文度的儿子。

※ 原文

王右军与谢公诣阮公[1]，至门，语谢："故当共推[2]主人。"谢曰："推人正自难。"

※ 注释

1 阮公：阮裕，字思旷。2 推：推崇，推许。

※ 译文

右军将军王羲之和谢公（谢安）去拜访阮公（阮裕），走到门口，王羲之对谢公说："我们应当共同推崇主人。"谢公说："正是推崇别人这件事，让人觉得很难。"

※ 原文

太极殿始成，王子敬时为谢公长史，谢送版，使王题之，王有不平色，语信云："可掷著门外。"谢后见王，曰："题之上殿何若？昔魏朝韦诞诸人，亦自为也。"王曰："魏祚所以不长。"谢以为名言。

※ 译文

太极殿刚刚建成，王子敬当时担任谢安的长史，谢安命人送匾去让王子敬题写。王子敬显露出不满的神情，对来人说：“可丢在门外。”谢后来又见到王，问道：“给正殿题的匾怎么样了？以前魏朝韦诞等名流，也都是这样做的。”王说：“这就是魏朝江山为什么不能长久的原因。”谢安认为这是一句名言。

※ 原文

王恭欲请江卢奴为长史，晨往诣江，江犹在帐中。王坐，不敢即言。良久乃得及。江不应，直唤人取酒，自饮一碗，又不与王。王且笑且言：“那得独饮？”江曰：“卿亦复须邪？”更使酌与王。王饮酒毕，因得自解去。未出户，江叹曰：“人自量，固为难！”

※ 译文

王恭想请江卢奴做长史，早晨到江家去，江还在帐中。王坐下后不敢立即开口，好长时间才说明来意。江没有说什么，只是命人拿来酒。自己喝了一碗，也不请王喝。王就边笑边说：“怎么可以一个人喝酒呢？”江说：“你也要喝吗？”于是就命人给王斟酒。王喝了酒后就趁机离开。还没有走出门，江便感叹道：“一个人要正确估量自己，本来就是很困难的啊！”

※ 原文

孝武[1]问王爽[2]：“卿何如卿兄？”王答曰：“风流[3]秀出，臣不如恭，忠孝亦何可以假人[4]！”

※ 注释

1 孝武：指晋孝武帝司马曜。2 王爽：他是王恭的弟弟，下文问的“卿兄”即指王恭。3 风流：风采，神韵。4 忠孝忠孝亦何可以假人：意思是在忠孝方面自己比哥哥强。假人，借给别人。

※ 译文

晋孝武帝司马曜问王爽：“你和你哥哥王恭相比如何？”王爽回答：“风流与才华，我比不上王恭，若说起忠孝之德，又怎么可以让给别人！”

雅量第六

雅量指风雅恢宏的度量，即遇事镇静自若，处之泰然，这里记载的即是士人豁达处世的事例。雅量是魏晋风度中的一种，因此常以此来品评人物，很受士人的重视。

※ 原文

豫章太守顾劭[1]，是雍[2]之子。劭在郡卒，雍盛集僚属，自围棋。外启信至，而无儿书，虽神气不变，而心了其故。以爪掐掌，血流沾褥。宾客既散，方叹曰："已无延陵之高[3]，岂可有丧明之责[4]？"于是豁情散哀，颜色自若。

※ 注释

1 顾劭：字孝则，三国时吴国人，官至豫章太守。2 雍：顾雍，字元叹，顾劭的父亲，曾任会稽丞，行太守事，在吴任丞相，执政十九年。3 延陵之高：延陵本为春秋时吴国贵族季札的封邑（在今江苏武进），这里代指季札。据《礼记》记载，季札在儿子死后埋葬时很平静地说："骨肉重新回到土里是命里注定的。他的魂魄则到处都可以存在。"孔子评价他这种态度合于礼数。顾雍用"延陵之高"来表示自己对丧子持坦然的态度。4 丧明之责：丧明，指丧失视力。《礼记·檀弓》中说，子夏死了儿子后，把眼睛哭瞎了。曾子批评他的这种行为，子夏听后连连认错。这里用"丧明之责"来表示儿子死后因哀毁过礼而受到责备。

※ 译文

豫章太守顾劭，是顾雍的儿子。顾劭在任内去世时，顾雍正兴味盎然地与大批部属们欢聚，而他自己正在下围棋。仆人禀告豫章的信使到了，却没有儿子的书信。虽然当时神情未变，但心里已经明白是怎么回事了。他的指甲掐进了手掌，血流出来，染到了座褥。宾客们散去后，顾雍才叹息道："我虽然没有延陵季札失去儿子时那样的豁达，难道可以像子夏那样，因为丧子而哭瞎眼睛，招来众人的指责吗？"于是放宽胸怀，抒解心中的哀痛，神色坦然自若。

※ 原文

嵇中散[1]临刑东市，神气不变。索琴弹之，奏《广陵散》[2]。曲终，曰："袁孝尼[3]尝请学此散，吾靳固[4]不与，《广陵散》于今绝矣！"太学生[5]三千人上书，请以为师，不许。文王[6]寻亦悔焉。

※ 注释

1 嵇中散：嵇康，字叔夜，三国时魏谯郡铚（今安徽宿州西南）人。2《广陵散》：琴曲名，又称《广陵止息》，是篇幅最长的琴曲之一。3 袁孝尼：袁准，字孝尼，为人忠信正直，自甘淡泊。入晋后，官至给事中。4 靳固：吝惜，舍不得。5 太学生：太学是我国古代的最高学府，其中的学生称为太学生。6 文王：指晋文王司马昭。

※ 译文

中散大夫嵇康押到东市被处决时，神色不变，向人要琴弹奏《广陵散》。他演奏完说："袁孝尼曾经想跟我学弹此曲，我舍不得传授给他，如今《广陵散》将要成为绝响了！"当时有三千多太学生上书朝廷，请求拜嵇康为师，没有获准。嵇康死后不久，晋文王司马昭也后悔杀了嵇康。

※ 原文

夏侯太初尝倚柱作书，时大雨，霹雳破所倚柱，衣服焦然，神色无变，书亦如故。宾客左右，皆跌荡不得住。

※ 译文

夏侯太初曾经靠着柱子写字，当时正值大雨倾盆，雷电将他靠着的柱子给劈开了，同时烧焦了他的衣服。可是他面不改色，依旧写字。宾客随从都吓得东倒西歪，站都站不稳了。

※ 原文

王戎七岁，尝与诸小儿游。看道边李树，多子折枝，诸儿竞走取之，唯戎不动。人问之，答曰："树在道边而多子，此必苦李。"取之，信然。

※ 译文

王戎七岁的时候，曾经同一些小孩子在一起玩儿。他们看到路边有一棵李子树，上面结了很多果实，树枝都被压弯了。小孩儿们争着去摘李子，只有王戎不动。有人问他为什么不去，他说："这树在路边，却还有那么多果实，说明这必是苦李。"拿来一尝，果然像他所说。

※ 原文

魏明帝于宣武场上断虎爪牙[1]，纵百姓观之。王戎七岁，亦往看。虎承间[2]攀栏而吼，其声震地，观者无不辟易颠仆，戎湛然不动，了无恐色。

※ 注释

1 断虎爪牙：即把老虎关在笼子里。2 承间：承着空隙。

※ 译文

魏明帝在宣武场上把老虎关到笼子里，让百姓观看。当时，七岁的王戎也去看。老虎抓着笼子的空隙攀上栅栏怒吼，声音撼天动地，观看的人都惊退跌倒，王戎却神情镇定，安然不动，毫无惊恐之色。

※ 原文

裴叔则被收，神气无变，举止自若。求纸笔作书[1]，书成，救者多，乃得免。后位仪同三司[2]。

※ 注释

1 作书：写信。2 仪同三司：散官名，位非三公但是待遇同等。

※ 译文

裴楷被牵连而逮捕，他面不改色，举止同往常一样自然。他索要纸笔写信。书信送出去后，很多人前来营救，因此得以免罪。后来官至仪同三司。

※ 原文

王夷甫尝属族人事，经时未行。遇于一处饮燕，因语之曰："近属尊事，那得[1]不行？"族人大怒，便举樏掷其面。夷甫都无言，盥洗毕，牵[2]王丞相臂，与共载去。在车中照镜，语丞相曰："汝看我眼光，乃出牛背上[3]。"

※ 注释

1 那得：怎么。2 牵：拉，引。3 出牛背上：牛背为着鞭之处，眼光出于牛背上，意指不计较挨打受辱之类的小事。

※ 译文

王夷甫（衍）托族人办一件事，过了一段时间后还没有办完。一天两个人在宴会上相遇，王借机对这位族人说："前些日子嘱办的事情，怎么还没有办好呢？"族人听后大发雷霆，举起食盒子扔到王的脸上。王夷甫没有说一句话，盥洗完毕，他就拉着王丞相（导）的手，一起坐车离开。在车上他照了照镜子，对王丞相说："你看我的眼光就好像是从牛背上射出一样。"

※ 原文

裴遐[1]在周馥[2]所，馥设主人[3]。遐与人围棋，馥司马行酒[4]。遐正戏，不时为饮。司马恚，因曳遐坠地。遐还坐，举止如常，颜色不变，复戏如故。王夷甫问遐："当时何得颜色不异？"答曰："直是暗当[5]故耳！"

※ 注释

1 裴遐：字叔道，曾任散骑郎。2 周馥：字祖宣，曾任平东将军，以功封永宁伯。3 设主人：作主人宴请。4 行酒：依次劝酒。5 暗当：默默承受。

※ 译文

裴遐在周馥家里，周馥以主人身份请客款待。裴遐和人下围棋，周馥手下的司马过来给他敬酒，裴遐正下着棋，没有及时喝酒，司马很生气，把裴遐扯倒在地。裴遐站起来后又回到座位上，举止和平时一样，脸色也没变，继续下棋。事后王夷甫问裴遐："当时你怎么能做到面不改色的地步呢？"裴遐回答："只是默默忍受罢了！"

※ 原文

刘庆孙[1]在太傅[2]府，于时人士多为所构，唯庾子嵩[3]纵心事外，无迹可间。后以其性俭家富，说太傅令换[4]千万，冀其有吝，于此可乘。太傅于众坐中问庾，庾时颓然[5]已醉，帻[6]堕几上，以头就穿取，徐答云："下官家故可有两娑[7]千万，随公所取。"于是乃服。后有人向庾道此，庾曰："可谓以小人之虑，度君子之心。"

※ 注释

1 刘庆孙：刘舆，字庆孙，曾任宰府尚书郎、颍川太守、东海王司马越长史。2 太傅：这里指司马越，字元超，封东海王，历任中书令、司空、太傅。晋怀帝时，代表皇族势力专擅国政。3 庾子嵩：庾敳，字子嵩，晋颍川鄢陵（今属河南）人。4 换：借贷。5 颓然：瘫下来的样子。6 帻：头巾，中空顶圆，形制如帽子。7 娑：

"三"字的转音。两娑就是两三。

※ 译文

刘庆孙在太傅府任长史时，很多有名望的人遭到他设计陷害，只有庾子嵩因为不关心政事而超然物外，没有什么事情让刘庆孙离间。后来刘庆孙就以庾子嵩生性节俭，家中必定存有一笔钱为由，劝太傅司马越向庾子嵩借财千万，企望他会因吝惜而不借，这样就有了可乘之机。太傅在聚会时向庾子嵩提到这件事情，庾子嵩此时已喝得酩酊大醉，头巾落到几案上，他用头凑上去戴起来，缓缓地答道："我家确实有两三千万，您随便拿去用吧。"刘庆孙这才服了。后来有人把这件事告诉庾子嵩，庾子嵩说："这可以说是以小人之心，度君子之腹。"

※ 原文

王夷甫与裴景声志好不同，景声恶[1]欲取[2]之，卒不能回。乃故诣王，肆言极骂，要王答己，欲以分谤。王不为动色，徐曰："白眼儿遂作。"

※ 注释

1 恶：厌恶。2 取：任用。

※ 译文

王衍和裴景声两人志趣爱好不一样，裴景声讨厌王夷甫想任用自己，可是始终没办法改变王夷甫的主意。于是就故意到王夷甫那里拜访，肆意攻击。痛骂一番，想迫使王夷甫回骂自己，以此让王夷甫分担别人的指责。王丝毫不为所动，只是缓慢地说道："这个白眼的小子终于发作了。"

※ 原文

祖士少[1]好财，阮遥集好屐，并恒自经营。同是一累，而未判其得失。人有诣祖，见料视财物。客至，屏当[2]未尽，余两小簏，着背后，倾身障之，意未能平。或有诣阮，见自吹火蜡屐，因叹曰："未知一生当著几量[3]屐！"神色闲畅。于是胜负始分。

※ 注释

1 祖士少：祖约，祖逖之弟。2 屏当：同"摒挡"，料理，收拾。3 量：量词，"双"的意思。

※ 译文

祖约爱好钱财，阮孚爱好木屐，两人常常亲自料理。虽然同样是一种嗜好之累，但当时还无法分辨二人的优劣高下。有人到祖约家里拜访，看到他正在检点查看财物，客人到了都还没有收捡起来，剩下两个小竹箱子，于是就把他藏在背后，侧身将其挡住，神色有些慌乱。有人去阮孚家里拜访，见他正亲自吹火给木屐上蜡，并感叹道："不知道我这一辈子能穿几双木屐！"他的神色悠闲舒畅。于是二人的优劣高下便分辨出来了。

※ 原文

许侍中、顾司空俱作丞相从事，尔时已被遇，游宴集聚，略无不同。尝夜至丞相许戏，二人欢极，丞相便命使入己帐眠。顾至晓回转，不得快孰。许上床便咍台[1]大鼾。丞相顾诸客曰："此中亦难得眠处。"

※ 注释

1 咍台：叠韵联绵词，睡觉鼾声。

※ 译文

许侍中（璪）和顾司空（和）都在丞相（王导）手下做从事，当时均已受到丞相的赏识。但凡遇到游览宴饮，宾朋聚会，两人待遇没有丝毫的差异。有一次夜里到丞相那里去玩，二人都很尽兴，丞相就留他们睡在自己的床上。顾和翻来覆去，直到天亮都没有睡着，而许璪一上床就鼾声大作。丞相回头对客人们说："这里也是难得安眠的地方。"

※ 原文

庾太尉风仪伟长，不轻举止，时人皆以为假。亮有大儿数岁，雅重之质，便自如此，人知是天性。温太真尝隐幔怛[1]之，此儿神色恬然，乃徐跪曰："君侯何以为此？"论者谓不减[2]亮。苏峻时遇害。或云："见阿恭[3]，知元规非假。"

※ 注释

1 怛：吓唬。2 减：比……差。3 阿恭：庾会小字。庾会，字会宗，晋太尉庾亮之长子。

※ 译文

庾太尉（亮）风度仪表伟岸俊美，举止端庄稳重。世人认为他矫揉造作。庾亮的大儿子才几岁，文雅庄重的气质就是那样，世人才感到这是天性使然。温太真（峤）有一次躲在帐幕后吓唬他，他神态安然，只是慢慢地跪下问道："君侯为何要这么做？"人们认为这个小孩子不会比他的父亲差。在苏峻之乱时遇害。有人说："见了阿恭，就知道庾亮并非矫揉造作。"

※ 原文

褚公于章安令迁太尉记室参军，名字已显而位微，人未多识。公东出，乘估客船，送故吏数人投钱唐亭住。尔时，吴兴沈充为县令，当送客过浙江，客出，亭吏驱公移牛屋下。潮水至，沈令起彷徨，问："牛屋下是何物[1]？"吏云："昨有一伧父[2]来寄亭中，有尊贵客，权移之。"令有酒色，因遥问："伧父欲食饼不？姓何等？可共语。"褚因举手答曰："河南褚季野。"远近久承公名，令于是大遽，不敢移公，便于牛屋下修刺诣公，更宰杀为馔，具于公前，鞭挞亭吏，欲以谢惭。公与之酌宴，言色无异，状如不觉。令送公至界。

※ 注释

1 何物：什么人。2 伧父：北方佬。南北朝时南人蔑称北人为"伧人"。

※ 译文

褚公由章安令升迁为太尉记室参军，虽然名声很大，但是官位却很低，认识他的人并不多。有一次，他乘商船到东边去，与为他送行的几位属吏投宿钱塘亭。这时吴兴沈充担任县令，正要送客过浙江。客人来后，亭吏便将褚公赶到牛棚里住。潮水涌来时，沈充到庭院间散步，问："牛棚里是什么人？"亭吏说："昨天有一个北方佬来钱塘亭投宿，由于贵客到来，暂且把他移到了那里。"沈充有些醉意，就远远地问道："北方佬，你想吃饼吗？姓什么，可以一起聊聊。"褚公举手答道："河南褚季野。"远近的人早就知道褚公的大名，沈充听后窘迫异常，又不敢移动他，就在牛棚下恭恭敬敬地将自己的名帖递上，来拜谒他，并杀鸡宰羊，设宴款待。同时在褚公面前鞭打亭吏，以赔礼谢罪。褚公与沈充一起喝酒聊天，言语神色一如既往，好像什么事情都没有发生过。沈充一直把他送到县界。

※ 原文

郗太傅在京口，遣门生[1]与王丞相书，求女婿。丞相语郗信："君往东厢，任意选之。”门生归，白郗曰：“王家诸郎亦皆可嘉，闻来觅婿，咸自矜持，唯有一郎在东床上坦腹卧，如不闻。”郗公云：“正此好！”访之，乃是逸少[2]，因嫁女与焉。

※ 注释

1 门生：门客。2 逸少：王羲之，王导之侄。

※ 译文

太傅郗鉴在京口，他派门人给丞相王导送信，想在王家找个女婿。王导对郗鉴派来送信的人说："你到东厢房去随便选吧。"门客回去禀报郗鉴道："王家的几位男子都很好，听说您选女婿，个个庄重得有些拘谨，只有一个在东床上坦腹而卧，仿佛不知道这回事似的。"郗鉴说："正是这个好！"一去打听，原来是王羲之，于是就将女儿嫁给了他。

※ 原文

过江初，拜官，舆饰供馔。羊曼拜丹阳尹，客来早者，并得佳设，日晏渐罄，不复及精，随客早晚，不问贵贱。羊固拜临海，竟日皆美供，虽晚至，亦获盛馔。时论以固之丰华，不如曼之真率。

※ 译文

晋室南渡之初，新任命的官员都要大办酒席。羊曼被任命为丹阳尹时，来得早的客人都能吃到美味佳肴，天色渐晚，菜肴也逐渐被吃光，精美食物已经没有。来客不分贵贱，只有早晚的不同。羊固担任临海太守时，一天到晚都供应美味佳肴。有人虽然来得晚，也可以吃到好的饭菜。当时舆论认为，羊固的丰盛华美比不上羊曼的真诚直率。

※ 原文

周仲智饮酒醉，瞋目还面谓伯仁曰："君才不如弟，而横得重名！"须臾，举蜡烛火掷伯仁，伯仁笑曰："阿奴[1]火攻[2]，固出下策耳！"

※ 注释

1 阿奴：尊对卑或长对幼的爱称。2 火攻：出自《孙子兵法》："火攻有五：一曰火人，二曰火积，三曰火辎，四曰火库，五曰火队。凡军必知五火之变，故以火佐攻者明。"

※ 译文

周仲智（嵩）喝醉了酒，瞪双眼，转过脸去对哥哥周伯仁说：“你的才华不如你的弟弟，却徒有盛名。”一会儿，举起燃着的蜡烛就投向伯仁。伯仁笑着说：“阿奴用火攻，不过是出于下策罢了。”

※ 原文

顾和始为扬州从事，月旦[1]当朝，未入顷[2]，停车州门外。周侯诣丞相，历和车边，和觅虱，夷然不动。周既过，反还，指顾心曰：“此中何所有？”顾搏虱如故，徐应曰：“此中最是难测地[3]。”周侯既入，语丞相曰：“卿州吏中有一令仆才。”

※ 注释

1 月旦：农历每月初一。2 未入顷：还未入衙的片刻间。3 此中最是难测地：心中是最难猜测的地方，即人心难测。

※ 译文

顾和刚担任扬州刺史的从事，每月的初一都要入衙聚会。在尚未入衙的片刻间隙，将车停在门外。周侯来拜访丞相王导，经过顾和的车，顾和正在安闲自在地敞开胸襟捉虱子，没有理会周侯。周侯走过去，又返回，指着顾和的心说：“这里面有什么？”顾和依然捉虱子，缓慢地答道：“这里是最难测度的地方。”周侯走进去后对王导说：“你的州吏中有一个人才可以担任尚书令、尚书仆射。”

※ 原文

庾太尉与苏峻战，败，率左右十余人乘小船西奔，乱兵相剥掠，射，误中舵工，应弦而倒，举船上咸失色分散。亮不动容，徐曰：“此手[1]那可使著[2]贼！”众乃安。

※ 注释

1 手：技艺，此处指射技。2 著：即“着”。

※ 译文

庾太尉（亮）和苏峻作战，战败后带领十来个随从坐小船向西逃跑。乱兵抢夺财物，向船上的人射箭，却误中了舵工，舵工随箭倒下。全船人都被吓坏了，个个脸色苍白。庾亮却不动声色，他从容地说：“这样的射技，怎么可能让他射中敌兵呢？”大家听后方安定下来。

※ 原文

王劭[1]、王荟[2]共诣宣武，正值收庾希[3]家。荟不自安，逡巡[4]欲去；劭坚坐不动，待收信还，得不定[5]，乃出。论者以劭为优。

※ 注释

1 王劭：字敬伦，小字大奴，王导第五子，官至吴国内史。2 王荟：字敬文，小字小奴，王导的小儿子，官至镇军将军，死后追赠卫将军。3 庾希：字始彦，曾任徐、兖二州刺史。庾家是外戚，有权势，遭到桓温的忌恨，庾希的两个弟弟被桓温设计杀死，后来庾希聚众起兵，事败被杀。4 逡巡：犹豫，徘徊。5 得不定：得和不得成为定局。得，指捕获。

※ 译文

王劭、王荟一起去拜访宣武侯桓温，正好遇上桓温下令抓捕庾希一家。王荟坐立不安，徘徊不定地想离去。王劭却一直坚定地坐在那里，等抓捕的差役回来，知道自己没什么事了，才出来。清谈的人以此判定王劭较为优秀。

※ 原文

桓宣武与郗超[1]议芟夷[2]朝臣，条牒[3]既定，其夜同宿。明晨起，呼谢安、王坦之[4]入，掷疏示之。郗犹在帐内，谢都无言，王直掷还，云："多。"宣武取笔欲除，郗不觉[5]窃从帐中与宣武言。谢含笑曰："郗生可谓入幕宾也[6]。"

※ 注释

1 郗超：字嘉宾，一字景兴，晋高平金乡（今属山东）人，参与桓温废立晋帝，历任中书侍郎、司徒左长史，权势甚重。2 芟夷：除掉。3 条牒：分项陈述的文书。4 王坦之：字文度，太原晋阳人。5 不觉：禁不住。6 郗生可谓入幕宾也：这里谢安采用了双关的修辞方式，说郗超既是幕府之宾，同时又是幕帐之宾，讽刺他在幕后出主意。生，儒生，读书人。幕宾，本是将军、大官幕府中的属官，也称幕僚，这里同时指帐幕中的宾客。

※ 译文

宣武侯桓温和郗超商议除去朝廷大臣，上奏文书拟定以后，当晚二人住在一起。第二天早晨起来，桓温就招呼谢安、王坦之进来，把奏疏稿扔给他们看，郗超这时还在帐里。谢安一言不发，王坦之又把奏疏扔还给桓温，说："太多了。"桓温拿起笔来准备要删，郗超忍不住偷偷地在帐中和桓温说话，于是谢安笑着说道："郗超真可说是入幕之宾了。"

※ 原文

谢太傅盘桓东山时，与孙兴公诸人泛海戏。风起浪涌，孙、王诸人色并遽，便唱[1]使还。太傅神情方王，吟啸不言。舟人以公貌闲意说，犹去不止。既[2]风转急，浪猛，诸人皆喧动不坐。公徐云："如此，将无[3]归！"众人即承响[4]而回。于是审其量，足以镇安朝野。

※ 注释

1 唱：同"倡"，提议。2 既：既而，不久。3 将无：莫非，还是。4 承响：应声。

※ 译文

谢安在东山隐居时，与孙绰等人一起出海游玩。这时，风起浪涌，孙绰和王羲之他们都神色惊恐，嚷着要回去。谢安却正有兴致，边吟诗边长啸，不说别的话。船工因谢安神色安定而心情愉悦，便继续前进不停。一会儿，风势更强，浪涛更猛，众人又都惊恐喧哗，不敢坐下。谢安这才缓慢地说："要是这样的话，还是回去好了。"众人于是应声坐回原处。由此事来审察谢安的度量，足以镇抚朝野，安定官民。

※ 原文

桓公伏甲设馔，广延朝士，因此欲诛谢安、王坦之[1]。王甚遽，问谢曰："当作何计？"谢神意不变，谓文度曰："晋阼[2]存亡，在此一行。"相与俱前。王之恐状，转见于色。谢之宽容[3]，愈表于貌。望阶趋席，方作洛生咏，讽"浩浩洪流"。桓惮其旷远，乃趣[4]解兵。王、谢旧齐名，于此始判优劣。

※ 注释

1 王坦之：字文度，太原晋阳人。2 阼：皇位，国统。3 宽容：从容不迫。4 趣：急忙。

※ 译文

桓温埋伏好兵士，摆设宴席，遍请朝中官员，准备趁此机会将谢安和王坦之杀掉。王坦之非常担忧，他问谢安："我们该怎么办呢？"谢安神色镇定地对王坦之说："晋朝国运的存亡，就看我俩此行了。"于是两人一同前往。王坦之脸上的恐惧神情越来越明显，谢安的神色却更加从容。谢安向着台阶迅速走向席位，并模仿洛阳书生吟咏的腔调，背诵“浩浩洪流”的诗句。桓温被谢安的旷达风度所震慑，便赶紧将伏兵撤走了。本来王坦之与谢安齐名，可是却由此事分辨出他俩气度胆识的高下。

※ 原文

谢太傅与王文度共诣郗超，日旰[1]未得前。王便欲去，谢曰：“不能为性命忍俄顷[2]？”

※ 注释

1 旰：天晚。2 俄顷：片刻。

※ 译文

谢安和王坦之一同去拜访郗超，天色很晚了还没有被接见。王坦之便要离开，谢安说：“难道不能为了保全性命而忍一会儿吗？”

※ 原文

支道林还东，时贤并送于征虏亭。蔡子叔前至，坐近林公。谢万石后来，坐小远。蔡暂起，谢移就其处。蔡还，见谢在焉，因合褥举谢掷地，自复坐。谢冠帻倾脱，乃徐起，振衣就席，神意甚平，不觉瞋沮。坐定，谓蔡曰：“卿奇人，殆坏我面。”蔡答曰：“我本不为卿面作计。”其后，二人俱不介意。

※ 译文

支道林要回会稽去，当时的名流齐聚征虏亭为他送行。蔡子叔先到达，座位离林公很近。谢万石后来，就坐得稍远。蔡子叔暂时起身，谢万石就挪到他那里。蔡子叔回来后，看见谢万石坐在自己的座位上，就把谢万石连同坐垫一起举起来扔在地上，自己坐上去。谢万石的帽子和头巾都因此倾斜跌落，于是慢慢站起，整理好衣冠后重新入座，神情安定，毫无发怒或懊恼的样子。他坐定后，对蔡子叔说：“你这个人真怪，差点就把我的脸碰伤了。”蔡子叔说：“我本来就没有替你的脸考虑。”后来，二人对此事都不介意。

※ 原文

郗嘉宾钦崇释道安[1]德问，饷米千斛[2]，修书累纸，意寄殷勤。道安答直云：“损[3]米，愈觉有待[4]之为烦。”

※ 注释

1 释道安：东晋名僧，俗姓卫，饱读经典，以博学闻名。2 斛：容量单位，十斗为一斛。3 损：客套话，意为承蒙赐予。4 有待：有所待，有所凭借。《庄子·逍遥游》认为，只有无所待，才能获得精神的真正自由。

※ 译文

郗嘉宾钦佩道安和尚的道德学问，送他一千斛米，还写了好几页纸的长信，表达诚恳的情意。道安只回复说：“感谢你赐米，但更觉得有所依靠是做人烦恼的来源。”

※ 原文

戴公[1]从东出[2]，谢太傅往看之。谢本轻戴，见，但与论琴书。戴既无吝色[3]，而谈琴书愈妙。谢悠然[4]知其量。

※ 注释

1 戴公：戴逵，字安道，擅长鼓琴、绘画、铸造和雕刻，曾被征为国子博士，未就职，后移居会稽剡县。2 东出：这里指从会稽往京都建康。3 吝色：不乐意的神色。4 悠然：超远闲适的样子。

※ 译文

戴公（戴逵）从会稽来京都，谢太傅前去探望他。谢安原本瞧不起戴逵，虽然与其见面，但只和他谈论琴艺书法。戴逵对此不但没有丝毫不快的神色，反而谈得越来越精妙。谢安这才从他超远闲适的态度中，了解到他的器量。

※ 原文

谢公与人围棋，俄而谢玄淮上[1]信至，看书竟，默然无言，徐向局。客问淮上利害，答曰：“小儿辈大破贼。”意色举止，不异于常。

※ 注释

1 淮上：淮河上，因淝水为淮河上游的支流，故称淮上。这里是指淝水之战。

※ 译文

谢公和人下围棋，不一会儿谢玄从淮上前线派来信使，谢安看完信后，沉默不语，然后又慢慢地接着下棋。客人询问淮上战争的胜负情况，谢安说："孩子们大破了敌兵。"他说话的神情举止同平常没有丝毫的差别。

※ 原文

王子猷、子敬曾俱坐一室，上忽发火，子猷遽走避，不惶取屐；子敬神色恬然，徐唤左右扶凭而出，不异平常。世以此定二王神宇。

※ 译文

王子猷（徽之）、子敬（献之）兄弟俩曾一起坐在室内，忽然屋上起火，子猷赶忙逃跑，慌得连木屐都没顾上穿；子敬却神态安然，慢慢地叫侍从来把他扶出去，同平常一样。世人就此事评定出二人气宇的高下。

※ 原文

苻坚游魂近境，谢太傅谓子敬曰："可将当轴[1]，了其此处。"

※ 注释

1 当轴：掌握权力的重要人物。

※ 译文

苻坚来犯边境，谢安对王子敬说："选用掌握实权的得力将领，在此处消灭他们。"

※ 原文

王僧弥、谢车骑共王小奴许集。僧弥举酒劝谢云："奉使君一觞。"谢曰："可尔。"僧弥勃然起，作色曰："汝故是吴兴溪中钓碣[1]耳！何敢诪张[2]！"谢徐抚掌而笑曰："卫军，僧弥殊不肃省[3]，乃侵陵[4]上国也。"

※ 注释

1 钓碣：便于垂钓的石头。谢玄，小名羯，爱好钓鱼。羯与碣音同，此为双关。2 诪张：放肆，狂妄。3 肃省：谨慎自省。4 侵陵：即"侵凌"。

※ 译文

王僧弥和谢玄同在王小奴家里做客。僧弥举起酒杯向谢玄祝酒道："敬使君一杯。"

谢玄说："应该这样。"僧弥一听就生气地站起来，变了脸色说道："你本不过是吴兴溪中的石头而已，怎么可以如此放肆！"谢玄慢慢地笑着鼓掌，并说道："卫军（指王小奴），僧弥太不自量了，居然敢侵犯中原诸侯。"

※ 原文

王东亭为桓宣武主簿，既承藉，有美誉，公甚欲其人地为一府之望。初，见谢失仪，而神色自若。坐上宾客即相贬笑[1]，公曰："不然。观其情貌，必自不凡，吾当试之。"后因月朝阁下伏，公于内走马直出突之，左右皆宕仆，而王不动。名价于是大重，咸云："是公辅器也。"

※ 注释

1 相贬笑：嘲笑他。相，表示一方对另一方的动作。

※ 译文

王东亭做桓宣武主簿，既受荫于祖辈，又享有好的声誉，桓温非常希望他的人品和门第能够在司马府中树立声望。当初，王东亭在拜见、告辞时有失礼之处，却并不慌张，依然神情自若。座上有客人嘲笑他，桓公说："不是这样。看其神情举止，必定不平常。我得试试他。"后来，在月初聚会的时候，王东亭和同僚们一道拜伏在官署阁下，桓温骑着马从里面冲出来，两旁的人全都摇晃跌倒，只有王东亭一动不动。于是王东亭声名鹊起，身价倍增，人们都说："这是辅国的人才啊。"

※ 原文

羊绥第二子孚，少有俊才，与谢益寿相好。尝早往谢许，未食。俄而王齐、王睹来。既先不相识，王向席有不说色，欲使羊去。羊了不眄，唯脚委几上，咏瞩自若。谢与王叙寒温数语毕，还与羊谈赏，王方悟其奇，乃合共语。须臾食下，二王都不得餐，唯属羊不暇。羊不大应对之，而盛进食，食毕便退。遂苦相留，羊义不住，直云："向者不得从命，中国尚虚。"二王是孝伯两弟。

※ 译文

羊绥的次子羊孚，年轻时非常有才气，与谢益寿很要好。有一次早晨到谢益寿那里，还没有吃饭。没多长时间，王齐和王睹也来了。原来他们彼此不认识，二王坐在席位上脸色很难看，想让他走开。羊孚看都不看，只是将脚放在几案上，吟咏诗句，四处张望，悠然自得。谢益寿同二王寒暄了几句，便回身同羊孚谈论、品评，这时二王才发现了羊孚的不一般，便同他一起交谈。不久，饭食摆上来，二王自己顾不上吃，只是不停地招呼羊孚进食。羊孚对他们爱答不理的，只顾大吃大喝，吃完后就走了。他们苦苦挽留，羊孚还是执意要走，只说："刚才不能顺从你们心意离开这里，只是由于腹中空虚。"二王是孝伯（王恭）的两个弟弟。

识鉴第七

识鉴记载了对士人的认识和鉴别，也包括对事态发展的洞察。魏晋人士的识鉴虽然不再像东汉时那样作为进身仕途的依凭，但仍能影响一个人的名誉和地位。

※ 原文

曹公[1]少时见乔玄[2]，玄谓曰："天下方乱，群雄虎争，拨[3]而理之，非君乎？然君实乱世之英雄，治世之奸贼。恨吾老矣，不见君富贵，当以子孙相累[4]。"

※ 注释

1 曹公：即曹操。2 乔玄：字公祖，东汉人，官至尚书令。3 拨：整治。4 累：牵累。

※ 译文

曹公（曹操）年轻时拜见乔玄，乔玄对他说："现在天下正动乱不安，各路英雄如猛虎一般，群起争斗，能够治理乱世的，不就只有你吗？不过你是乱世的英雄，盛世中的奸贼。遗憾的是我老了，不能见到你荣华富贵的那一天，我就把子孙托付给你了。"

※ 原文

曹公问裴潜[1]曰："卿昔与刘备共在荆州[2]，卿以备才如何？"潜曰："使居中国，能乱人，不能为治；若乘边守险，足为一方之主。"

※ 注释

1 裴潜：三国魏河东闻喜人，为人博雅有才。曾任曹操参丞相军事。入魏后为散骑常侍、尚书令等。2 共在荆州：指裴潜和刘备同在刘表处共事。

※ 译文

曹操问裴潜说："你曾与刘备同在荆州共事，你认为刘备的才能如何？"裴潜说："若让他据守中原，他就只能扰乱民心，却治理不好民众；若让他把守边塞，则他足以成为一方霸主。"

※ 原文

何晏、邓飏、夏侯玄并求傅嘏交[1]，而嘏终不许。诸人乃因荀粲[2]说合之，谓嘏曰："夏侯太初一时之杰士，虚心于子，而卿意怀不可，交合则好成，不合则致隙。二贤若穆[3]，则国之休[4]，此蔺相如所以下廉颇也[5]。"傅曰："夏侯太初，志大心劳[6]，能合虚誉，诚所谓利口覆国[7]之人。何晏、邓飏有为而躁，博而寡要[8]，外好利而内无关籥[9]，贵同恶异，多言而妒前。多言多衅[10]，妒前无亲。以吾观之，此三贤者，皆败德之人耳！远之犹恐罹祸，况可亲之邪？"后皆如其言。

※ 注释

1 何晏、邓飏、夏侯玄并求傅嘏交：何晏，字平叔，南阳宛（今河南南阳）人，三国时玄学家。邓飏，字玄茂，三国时魏国人，曾任颍川太守、侍中尚书，司马氏篡魏后，和曹爽、何晏等同时被杀。夏侯玄，字太初，三国时魏国人。傅嘏，字兰硕，三国时魏国人，官至尚书。何晏、邓飏、夏侯玄三人均是魏朝名流，当时名位高于傅嘏，因此这里所说求交于傅嘏，可能是传闻致误（参见余嘉锡《世说新语笺疏》）。2 荀粲：字奉倩，三国时魏国人。3 穆：和睦。4 休：吉庆。5 此蔺相如所以下廉颇也：据《史记·廉颇蔺相如列传》记载，赵国蔺相如原是宦者令缪贤的门客，后因完璧归赵和随赵王赴渑池之会而立功，拜为上卿，位在名将廉颇之上。廉颇不服气，想当众羞辱他。蔺相如以国家利益为重，不计个人得失，一再避让。廉颇得知后，肉袒负荆请罪。6 心劳：用尽心机。7 利口覆国：不切实际的能言善辩会使国家败亡。语出《论语·阳货》："恶利口之覆邦家者。"8 寡要：缺少要领。9 关籥：门闩，这里喻指检点、约束。10 衅：破绽，漏洞。

※ 译文

何晏、邓飏、夏侯玄三个人都想和傅嘏结交，但傅嘏始终没有答应。三人就通过荀粲为他们说合，荀粲对傅嘏说："夏侯太初，是当代优秀的人才，诚心和你结交，而你却不和他交往。能够交好，就有了情谊，不能交好，就会产生嫌隙。两位贤人如果能和睦相处，就是国家的幸事，这就是蔺相如情愿居于廉颇之下的原因。”傅嘏说：“夏侯太初志向远大，心胸狭窄，用尽心机。这样的人只喜欢虚名，正是那种花言巧语、颠覆国家的人。何晏、邓飏有所作为却很浮躁，学识广博却不精专，贪财好利，不知检点，只喜欢认同自己的人，厌恶观点不同的人，爱说话，嫉贤妒能。说话多破绽就多，爱嫉妒就没有人愿意亲近。依我看，这三个贤人，都是败坏道德的人，远离他们都还怕惹来灾祸，更何况要去亲近他们呢？”后来事实果然如傅嘏所说的那样。

※ 原文

晋武帝[1]讲武[2]于宣武场[3]，帝欲偃武修文[4]，亲自临幸，悉召群臣。山公[5]谓不宜尔，因与诸尚书言孙、吴[6]用兵本意。遂究论，举坐无不咨嗟。皆曰：“山少傅乃天下名言。”后诸王[7]骄汰，轻遘[8]祸难，于是寇盗处处蚁合，郡国多以无备不能制服，遂渐炽盛，皆为公言。时人以谓山涛不学孙、吴，而暗与之理会[9]。王夷甫[10]亦叹云：“公暗与道合。”

※ 注释

1 晋武帝：司马炎。2 讲武：讲习武事。3 宣武场：操场名，在洛阳宣武观北面。4 偃武修文：停息武备，倡导文教。5 山公：山涛，字巨源，魏末晋初河内怀县（今河南武涉西）人，“竹林七贤”之一，曾任吏部尚书、太子少傅尚书右仆射、司徒。6 孙、吴：指孙子、吴起。孙子是春秋时齐国的著名军事家，著有《孙子兵法》；吴起是战国时卫国的著名将领。二人都以善于用兵著称，所以后世多以孙、吴并称。7 王：皇帝对同宗、臣僚所封的最高一级爵位，诸王都有自己的封国。8 遘：酿成，造成。9 理会：见解一致。10 王夷甫：王衍，字夷甫。

※ 译文

晋武帝司马炎在宣武场讲习军事，他想停止武备，提倡教化，所以亲自驾到，并且召集所有大臣参加。山公（山涛）认为这样不妥，就和各位尚书谈论孙武、吴起用兵的本意。还进一步做了探讨，座上的人无不交口称赞，都说：“山少傅所说的话真是至理名言。”后来，王侯们骄奢放纵，给国家造成祸害。各地的兵寇强盗也如同蚂蚁般纷纷聚合，因为多数郡国没有武备，不能加以制伏，以致他们逐渐扩大起来，一切都和山公说的一样。当时人们认为，山公虽然没有向孙子、吴起学习兵法，却无形中和他们的见解相通。王夷甫说：“山公不知不觉中合乎用兵之道。”

※ 原文

王夷甫父乂，为平北将军，有公事，使行人论，不得。时夷甫在京师，命驾见仆射羊祜、尚书山涛。夷甫时总角，姿才秀异，叙致既快，事加有理，涛甚奇之。既退，看之不辍，乃叹曰："生儿不当如王夷甫邪？"羊祜曰："乱天下者，必此子也！"

※ 译文

王夷甫的父亲王乂担任平北将军，有公事需要派使者去陈述，但没有找到合适的人选。当时王夷甫在京师，就乘车去见仆射羊祜和尚书山涛。当时夷甫尚未成年，但容貌秀美、才华出众。不仅说话爽快，而且叙事还很有条理，为此，山涛感到十分惊讶。王夷甫出去时，山涛还一直看着他，并叹息道："生儿子不就应该像王夷甫那样吗？"羊祜说："将来扰乱天下者，必定是此人！"

※ 原文

潘阳仲[1]见王敦[2]少时，谓曰："君蜂目[3]已露，但豺声[4]未振[5]耳。必能食人，亦当为人所食。"

※ 注释

1 潘阳仲：潘滔，字阳仲，曾任洗马、河南尹。2 王敦：字处仲，小字阿黑，晋琅琊临沂（今属山东）人。3 蜂目：比喻眼睛像毒蜂一样地突露。据《左传·文公元年》记载，楚成王将立商臣为太子，征求令尹子上的意见，子上认为商臣目蜂而声豺，是极为残忍的人，不可立为太子。后来就用蜂目豺声形容为人残忍。4 豺声：喻指说话像豺叫一样尖利。5 振：这里指声音响起来。

※ 译文

潘阳仲见到王敦少年时的模样，对他说："你已经流露出毒蜂一般的目光，只是说话尚未像豺声那样尖利罢了。你一定能够吃人，也将会被人吃掉。"

※ 原文

石勒[1]不知书，使人读《汉书》[2]。闻郦食其[3]劝立六国[4]后，刻印将授之，大惊曰："此法当失，云何得遂有天下？"至留侯[5]谏，乃曰："赖有此耳！"

※ 注释

1 石勒：字世龙，羯族，曾聚众起义，于晋元帝太兴二年（公元319年）自称赵王，建立后赵政权，晋成帝咸和四年（公元329年）灭前赵，称帝后不久病死。2《汉书》：东汉班固撰，是记载西汉王朝主要事迹的史书。3 郦食其：西汉人，刘邦的谋士，曾献计攻下陈留，被封为广野君。4 六国：指战国期间函谷以东的楚、齐、燕、韩、赵、魏六国。5 留侯：张良，字子房，曾在博浪沙椎击秦始皇未中，后率众归汉，是刘邦的重要谋士。汉朝建立，封为留侯。

※ 译文

石勒不识字，叫人读《汉书》给他听，听到郦食其劝说刘邦立六国的后代为王侯，并刻好了大印准备授给他们的时候，石勒大惊，说："这个办法不妥，这样怎么能得到天下？"等听到留侯张良阻止此事时，又说："幸亏张良劝阻啊！"

※ 原文

张季鹰[1]辟齐王[2]东曹掾[3]，在洛，见秋风起，因思吴中菰菜、莼羹[4]、鲈鱼脍[5]，曰："人生贵得适意尔，何能羁宦[6]数千里以要[7]名爵！"遂命驾便归。俄而齐王败，时人皆谓为见机[8]。

※ 注释

1 张季鹰：张翰，字季鹰，晋吴郡吴（今江苏苏州）人，曾任大司马东曹掾，因思乡弃官归家。2 齐王：指司马冏。3 东曹掾：东曹中的属官。曹，官署中分科办事的机构。4 菰菜、莼羹：宋本作"菰菜羹"，疑"羹"上有"莼"字。《晋书·张翰传》作"菰菜、莼羹"，今从《晋书》本。莼羹，用莼菜加调味料制成的稠汤。5 脍：切得很细的鱼肉。6 羁宦：旅居外地做官。7 要：求，谋求。8 见机：事前洞察事情变化的迹象。

※ 译文

张季鹰担任齐王司马冏的东曹属官，住在洛阳，见到秋风起了，就想到家乡吴地的菰菜、莼羹和鲈鱼脍，说："人生贵在快活称心，怎么能为了功名，在数千里外做官来谋求名声爵位呢？"说完就让人备车回故乡了。不久，齐王失败，时人都觉得张季鹰有远见。

※ 原文

王平子素不知眉子[1]，曰："志大其量，终当死坞壁[2]间。"

※ 注释

1 王平子：王澄，字平子，晋琅琊临沂（今属山东）人。眉子：王玄，字眉子，王澄的侄儿，担任吴国内史时，为政苛急，大行威罚，后代理陈留太守，遭人袭击被害。2 坞壁：防御敌军或寇盗的小城堡。

※ 译文

王平子一向不赏识侄子眉子，他说："眉子志向大，器量小，最终必定会死在战乱的小城堡中。"

※ 原文

王大将军[1]始下，杨朗[2]苦谏不从，遂为王致力。乘中鸣云露车[3]径前，曰："听下官鼓音，一进而捷。"王先把其手曰："事克，当相用为荆州。"既而忘之，以为南郡。王败后，明帝[4]收朗，欲杀之。帝寻崩，得免。后兼三公[5]，署[6]数十人为官属。此诸人当时并无名，后皆被知遇[7]，于时称其知人。

※ 注释

1 王大将军：王敦。2 杨朗：字世彦，曾任南郡太守，官至雍州刺史。3 中鸣云露车：即云车，又名楼车，车上有望楼可以观察敌情，车中置鼓锣以指挥军队进退。4 明帝：指晋明帝司马绍。5 三公：指尚书省中的三公曹尚书。三公曹尚书是西晋时的官职，东晋时已撤销，而杨朗是东晋人，不可能担任这一职务，此处应为误传。6 署：任用，委任。7 知遇：赏识，厚待。

※ 译文

大将军王敦将要东下进攻建康时，杨朗极力劝阻，可是王敦不听从，杨朗只好尽心为王敦效力。他坐着中鸣云露车直奔王敦面前，说："听我的鼓声，一次进攻即可获胜。"王敦握着他的手说："事情成功之后，我要任命你来担任荆州刺史。"后来他忘了自己的承诺，只让杨朗当了南郡太守。王敦失败后，晋明帝司马绍逮捕了杨朗，要杀掉他。不久明帝驾崩，杨朗得以赦免。后来杨朗位居三公，有几十人被他任命为属吏。这些人当时并没有名望，后来都受到朝廷赏识重用，因此人们赞扬杨朗有识才之能。

※ 原文

周伯仁母冬至举酒赐三子曰："吾本谓渡江托足无所，尔家有相[1]，尔等并罗列吾前，复何忧？"周嵩起，长跪而泣曰："不如阿母[2]言。伯仁为人志大而才短，名重而识暗，好乘人之弊，此非自全之道；嵩性狼抗，亦不容于世；唯阿奴碌碌，当在阿母目下耳。”

※ 注释

1 有相：有荣华富贵之相或吉祥福气之相。2 阿母：（当面称呼）母亲。亲属称谓前加“阿”，是汉魏六朝时的称谓习惯，带有亲昵的意味。

※ 译文

周伯仁的母亲在冬至这一天赐酒给三个儿子，说：“我本以为过江后无落脚之地，幸亏你们周家有福气，你们兄弟几人都在我身边，我也就没什么可忧虑的了。”周嵩起身恭敬地跪在母亲的膝前，流着泪说：“并不像母亲所讲。大哥伯仁为人志向远大却才能不足，名声显赫却见识肤浅，且爱乘人之危，这并不是保全自己的方法。我本人性格耿直高傲，为世所难容。只有小弟弟平庸，可以时常在母亲跟前罢了。”

※ 原文

王大将军既亡，王应欲投世儒，世儒为江州；王含欲投王舒，舒为荆州。含语应曰：“大将军平素与江州云何[1]，而汝欲归之？”应曰：“此乃所以宜往也。江州当人强盛时，能抗同异，此非常人所行。及睹衰危，必兴愍恻。荆州守文，岂能作意表行事？”含不从，遂共投舒。舒果沈含父子于江。彬闻应当来，密具船以待之。竟不得来，深以为恨。

※ 注释

1 云何：怎么样。

※ 译文

王大将军败亡之后，王应想投奔王彬（世儒），世儒为江州刺史；王含想投奔王舒，王舒为荆州刺史。王含对王应说：“大将军以前与江州的关系如何，你如今要去投靠他？”王应说道：“正是因为他们平时感情不好，因此才该去他那里的。江州王彬能够在别人强盛的情况下坚持己见，这不是一般人能够做得到的。当他知道别人面临危难，就必然会有怜悯恻隐之心，荆州王舒，拘泥于成法，他怎么会做出超出常规、让人感到意外的事情呢？”王含却不听他的意见，于是两人一起去投奔王舒。王舒用船将王含父子沉入江底。王彬本来听说王应要来，就私下里准备等待他，可是最终王应都没有来，他因此深感遗憾。

※ 原文

武昌[1]孟嘉[2]作庾太尉[3]州从事，已知名。褚太傅[4]有知人鉴，罢豫章[5]，还过武昌，问庾曰："闻孟从事佳，今在此不？"庾云："试自求之。"褚眄睐[6]良久，指嘉曰："此君小异，得无[7]是乎？"庾大笑曰："然！"于时既叹褚之默识[8]，又欣嘉之见赏。

※ 注释

1 武昌：郡名，治所在武昌（今湖北鄂城）。2 孟嘉：字万年，祖上移居武昌，庾亮兼任江州刺史时召为庐陵从事。3 庾太尉：庾亮，字元规，晋颍川鄢陵人，官至征西大将军、荆州刺史，死后追赠太尉，谥号文康。4 褚太傅：褚裒，字季野，晋河南阳翟（今河南禹县）人。曾任兖州刺史，封都乡亭侯，死后追赠侍中太傅。为人性格深沉持重，虽对别人不加褒贬，但心中是非分明。5 罢豫章：据《晋书·褚裒传》来推算，褚裒被免去豫章太守应在庾亮死后，因此下文所记识别孟嘉可能是在褚裒任豫章太守，正月初一去谒见庾亮时的事。6 眄睐：目光左右流动地观察。7 得无：表示推测，语气偏向于肯定，相当于"大概""恐怕"。8 默识：暗自识别。

※ 译文

武昌的孟嘉担任太尉庾亮的江州从事，当时他已经有名气了。太傅褚裒有鉴赏品评人物的才能，被罢免豫章太守后，归途中路过武昌，他问庾亮："听说孟从事这个人很不错，今天在这里吗？"庾亮说："你自己找找看吧！"褚裒环视了良久，指着孟嘉说："这一位有点与众不同，可能就是他吧？"庾亮大笑，说："对啊。"此时他既赞褚裒的鉴识能力，又替孟嘉受到赏识而感到高兴。

※ 原文

王仲祖、谢仁祖、刘真长俱至丹阳墓所省殷扬州[1]，殊有确然[2]之志。既反，王、谢相谓[3]曰："渊源不起，当如苍生何？"深为忧叹。刘曰："卿诸人真忧渊源不起邪？"

※ 注释

1 殷扬州：殷浩，字渊源，陈郡长平（今河南）人。2 确然：态度坚定。确，"榷"的同音借字，表示坚硬。3 相谓：互相谈论。

※ 译文

王仲祖、谢仁祖、刘真长一起到丹阳墓地探望隐居的殷扬州，殷扬州表示了自己长期隐居的坚定信念。回来的路上，王仲祖和谢仁祖相互议论道：“殷渊源不出来做官，怎么向百姓交代啊？”深深地为此忧虑叹息。刘却说：“你们几位真的担心渊源不出来做官吗？”

※ 原文

小庾临终，自表以子园客为代。朝廷虑其不从命，未知所遣，乃共议用桓温。刘尹曰：“使伊去，必能克定西楚，然恐不可复制。”

※ 译文

小庾（翼）临终时上奏章推荐自己的儿子园客（庾爰之）接替荆州刺史。朝廷担心园客不服从安排，找不到派去的人选，众人进行一番商讨后决定让桓温去。刘尹说：“派他去，肯定会使西楚稳定，可是恐怕今后再也无法控制他了。”

※ 原文

桓公将伐蜀，在事诸贤咸以李势在蜀既久，承藉累叶[1]，且形据上流，三峡未易可克。唯刘尹云：“伊必能克蜀。观其蒲博，不必得则不为。”

※ 注释

1 承藉累叶：继承（前代事业）好几代。

※ 译文

桓温即将讨伐蜀地，座下幕僚都认为李家的势力在蜀地的时间已经很长了，继承祖辈的基业也已经有好几代了，并且他们在地形上又控制了长江上游，三峡是不会轻而易举被攻破的。只有刘尹说：“桓温肯定能够将蜀地征服。我看过他赌博，没有绝对的把握他就不会出手。”

※ 原文

谢公在东山[1]畜妓[2]，简文[3]曰：“安石必出。既与人同乐，亦不得不与人同忧。”

※ 注释

1 东山：谢安早年隐居的地方。当时他常和王羲之等人带着女妓出游。2 妓：表演音乐、歌舞的女侍。3 简文：晋简文帝司马昱，此时担任丞相。

※ 译文

谢公（谢安）在东山养有歌舞女妓，简文帝司马昱说："安石一定会出仕，他既然能与人同乐，也就不会不与人同忧。"

※ 原文

郗超与谢玄不善。苻坚将问晋鼎[1]，既已狼噬梁、岐，又虎视淮阴矣。于时朝议遣玄北讨，人间颇有异同之论。唯超曰："是必济事。吾昔尝与共在桓宣武府，见使才皆尽，虽履屐之间[2]，亦得其任。以此推之，容必能立勋。"元功[3]既举[4]，时人咸叹超之先觉，又重其不以爱憎匿善。

※ 注释

1 问晋鼎：指谋夺东晋的政权。传说夏朝铸九鼎，将其作为国宝，成为国家权力的象征。2 履屐之间：比喻处理小事情。3 元功：首功，大功。4 举：成，实现。

※ 译文

郗超和谢玄的关系不好。苻坚将要对东晋政权图谋不轨，早已像饿狼一样吞食了梁州和岐山，然后又对淮水之南虎视眈眈。当时朝廷商议派谢玄率兵北伐，持不同意见的人有很多。只有郗超说："谢玄肯定可以成功。我以前曾在桓温幕府与他共事，发现他用人可以尽其才。就是处理小事情也都能委任得当。从这些情形来推断，他一定可以建功立业。"谢玄凯旋后，世人纷纷赞叹郗超的预见能力，同时又对他不因个人的爱憎而隐瞒别人长处的品德非常敬重。

※ 原文

王恭随父在会稽，王大自都来拜墓，恭暂往墓下看之。二人素善，遂十余日方还。父问恭："何故多日？"对曰："与阿大语，蝉连不得归。"因语之曰："恐阿大非尔之友，终乖爱好。"果如其言。

※ 译文

王恭随同父亲住在会稽，王大从京都来会稽扫墓，王恭到墓地去看他。两人素来友好，因此逗留了十多天才回去。父亲问王恭："怎么去了这么多天？"王恭说："与阿大谈话，说起来没完没了，因此回不来。"父亲对他说："恐怕阿大不会成为你的朋友，你们最终会因为志趣爱好不同而背离。"后来果然如父亲所说。

赏誉第八

赏誉包含了对士人的称赏和赞誉。和《识鉴》不同的是，它不包括对于事态发展的预见，完全是从不同侧面对人物品格、才华、风度进行评论和赞誉。

※ 原文

陈仲举[1]尝叹曰："若周子居[2]者，真治国之器。譬诸宝剑，则世之干将[3]。"

※ 注释

1 陈仲举：陈蕃，字仲举。2 周子居：周乘，字子居。3 干将：宝剑名。相传春秋时，吴国干将和妻子镆铘为吴王阖闾铸成两剑，雄剑就叫干将，雌剑就叫镆铘。

※ 译文

陈仲举（蕃）曾赞叹地说："像周子居（乘）这样的人，的确是治国的人才。如果用宝剑来比喻，就是世上的干将。"

※ 原文

世目[1]李元礼[2]："谡谡[3]如劲松下风。"

※ 注释

1 目：品评，评价。2 李元礼：李膺，字元礼，东汉人，曾任司隶校尉。当时朝廷纲纪不振，他独持法度，名声很高。后因反对宦官专政，未成被杀。3 谡谡：形容风声疾速强劲。

※ 译文

世人品评李元礼（膺）说："清凛刚直，就像吹过劲松的大风。"

※ 原文

公孙度[1]目邴原[2]："所谓云中白鹤，非燕雀之网所能罗[3]也。"

※ 注释

1 公孙度：字升济，东汉人，曾任冀州刺史、辽东太守。2 邴原：字根矩，东汉人。黄中起义时，避乱到辽东公孙度处，后想回乡里，公孙度不许，便设计离开。手下人要追赶，公孙度说，云中白鹤不是捉小鸟的网所能捕到的。3 罗：网罗。

※ 译文

公孙度评论邴原说："他是人们所说的云中白鹤，不是用捕捉燕雀的罗网所能捉到的。"

※ 原文

王浚冲、裴叔则二人，总角诣钟士季，须臾去，后客问钟曰："向二童何如？"钟曰："裴楷清通，王戎简要。后二十年，此二贤当为吏部尚书，冀尔时天下无滞才。"

※ 译文

王浚冲（戎）和裴叔则（楷）在童年时去拜访钟士季，没待多长时间就离开了。走后，客人问钟士季："刚才那两个孩子如何？"钟说道："裴楷清廉通达，王戎简明扼要。二十年后，这两位贤人将会做吏部尚书。但愿到那时候，天下人才都可以尽其所用。"

※ 原文

裴令公目夏侯太初[1]："肃肃[2]如入廊庙[3]中，不修敬而人自敬。"一曰："如入宗庙，琅琅[4]但见礼乐器。""见钟士季，如观武库，但睹矛戟。见傅兰硕[5]，汪翔[6]靡所不有。见山巨源[7]，如登山临下，幽然[8]深远。"

※ 注释

1 夏侯太初：夏侯玄，字太初。2 肃肃：严整的样子。3 廊庙：本指殿下屋和太庙，是君臣议论政事的地方，这里指朝廷。4 琅琅：形容玉石的光彩。5 傅兰硕：傅嘏，字兰硕，三国时魏国人，官至尚书。6 汪翔：宋本作"汪廧"，《晋书·裴楷传》作"汪翔"。吴士鉴《斠注》："汪廧，为汪翔之伪文。"今依吴说。7 山巨源：山涛，字巨源。8 幽然：深远的样子。

※ 译文

中书令裴令公品评夏侯太初（玄）："见到他那严整的样子，就像进入朝廷一样，令人肃然起敬。自己不造作，让人自然而然地敬重。"还有一种说法是："就像进了宗庙，看到的都是美妙的礼器乐器。""见到钟士季，就像参观武器库，只看到矛戟之类的兵器。见到傅兰硕（嘏），就像看到汪洋大海，感到深厚广博，无所不有。见到山巨源，就像登上高山往下看，幽远深邃。"

※ 原文

王戎目山巨源："如璞玉浑金[1]，人皆钦[2]其宝，莫知名[3]其器[4]。"

※ 注释

1 璞玉浑金：未经雕琢的玉和未经冶炼的金。比喻人质朴。2 钦：看重。3 名：称呼。4 器：器量，才识。

※ 译文

王戎评山涛："他好比未经雕琢的玉和未经冶炼的金，人人都看重他的珍贵，却无人知道该如何评价他的才识和度量。"

※ 原文

山公举阮咸为吏部郎，目曰："清真寡欲[1]，万物不能移也。"

※ 注释

1 清真：清雅纯真。

※ 译文

山涛推荐阮咸担任吏部郎，并评价阮咸道："纯真淡雅，清心寡欲，没有什么能够改变他高洁的品格。"

※ 原文

庾子嵩[1]目和峤[2]："森森[3]如千丈松，虽磊砢[4]有节目[5]，施之大厦，有栋梁之用。"

※ 注释

1 庾子嵩：庾敳，字子嵩。2 和峤：字长舆，晋汝南西平（今河南舞阳）人。武帝时任中书令，因丧母离职；惠帝即位，拜为太子少傅。他家境富有，却为人吝啬，因此受到世人讥讽。3 森森：茂盛的样子。4 磊砢：树木多节疤的样子。5 节目：树木分出枝杈的地方。

※ 译文

庾子嵩（敳）品评和峤："有如茂盛的千丈松柏，虽然有节疤枝杈，但用来建造高楼，有栋梁的用途。"

※ 原文

王戎云："太尉[1]神姿高彻[2]，如瑶林琼树[3]，自然是风尘[4]外物。"

※ 注释

1 太尉：指王衍，字夷甫。2 高彻：高迈豪爽。3 瑶林琼树：传说仙境中美好洁净的玉树。4 风尘：尘世，世俗。

※ 译文

王戎说："太尉王衍的仪态高迈豪爽，犹如美好洁净的玉树，天生就是超脱世俗之外的人物。"

※ 原文

王汝南既除所生服，遂停墓所。兄子济每来拜墓，略不过叔，叔亦不候。济脱时过，止寒温而已。后聊试问近事，答对甚有音辞，出济意外，济极惋愕；仍与语，转造精微。济先略无子侄之敬，既闻其言，不觉懔然，心形俱肃。遂留共语，弥日累夜。济虽俊爽，自视缺然，乃喟然叹曰："家有名士，三十年而不知！"济去，叔送至门。济从骑有一马绝难乘，少能骑者。济聊问叔："好骑乘不？"曰："亦好尔。"济又使骑难乘马，叔姿形既妙，回策如萦，名骑无以过之。济益叹其难测，非复一事。既还，浑问济："何以暂行累日？"济曰："始得一叔。"浑问其故，济具叹述如此。浑曰："何如我？"济曰："济以上人。"武帝每见济，辄以湛调之，曰："卿家痴叔死未？"济常无以答。既而得叔后，武帝又问如前，济曰："臣叔不痴。"称其实美。帝曰："谁比？"济曰："山涛以下，魏舒以上。"于是显名，年二十八始宦。

※ 译文

王汝南（湛）为父亲服丧三年，脱掉丧服后就在墓地居住。他的侄子王济每次来扫墓，都不去看叔叔，而叔叔也从不等他。王济偶然经过，不过寒暄几句而已。后来王济随意问了一些最近的事情，王汝南回答得言辞华美、语调悦耳，出乎王济预料，令他大吃一惊。继续与王汝南谈论，越谈越精深微妙。这之前，王济对王汝南完全没有子侄应有的恭敬，听完他的言辞，王济敬畏之情顿生，身心肃穆。于是留下来一起谈论，一连好几天都是通宵达旦。王济虽然才华出众，性格豪放，但还是认识到了自己的不足之处，他长叹了一口气说："家里有位名士，三十年来却都不知道。"王济告辞时，叔叔将他送到门口。王济的随从中有一匹马，不好驾驭，很少有人能骑它。王济就顺便问叔叔道："您喜欢骑马吗？"叔叔答道："喜欢啊！"王济就让叔叔去骑那匹烈马。发现叔叔跨上马背的姿势非常漂亮。马鞭向后一甩，就形成了一个圆圈，即使是著名的骑手，都很难超越他。王济越发赞叹叔叔的高深莫测，其才能并非仅仅表现在某一个方面。回家后，父亲王浑问王济："怎么去了这么久？"王济说："我方才找到一位好叔叔。"父亲问他是什么意思，他就边赞叹边述说自己的见闻。父亲又问："跟我比如何？"王济说："是在我之上的人物。"以往晋武帝每次见到王济，都会拿王湛跟他开玩笑，问他："你家的那个傻叔叔死了吗？"王济往往不知怎么回答。重新认识了叔叔以后，当晋武帝又像往常那样问他时，王济便说："我叔叔并不傻。"并极力称赞叔叔的各种美德。晋武帝问："可以与谁相比呢？"王济说："在山涛之下、魏舒之上。"王湛从此闻名于世，二十八岁才开始做官。

※ 原文

张华见褚陶，语陆平原曰："君兄弟龙跃云津[1]，顾彦先凤鸣朝阳[2]。谓东南之宝已尽，不意复见诸生。"陆曰："公未睹不鸣不跃者耳！"

※ 注释

1 龙跃云津：像龙从天上银河跃出。比喻英才崛起。2 凤鸣朝阳：像凤鸟在早上鸣叫。比喻贤才遇时而起。

※ 译文

张华见到褚陶后，对陆机说："你们兄弟俩就像飞龙从天上银河跃出；顾彦先就像凤鸟迎着朝阳鸣叫。我本来以为东南的珍宝已经全在这里了，没想到现在又遇见了褚先生。"陆机说："那只是因为您没有看到不鸣叫不跳跃的人而已。"

※ 原文

卫伯玉为尚书令，见乐广与中朝名士谈议，奇之，曰：“自昔诸人没已来，常恐微言[1]将绝。今乃复闻斯言于君矣！”命子弟造之，曰：“此人，人之水镜[2]也，见之若披[3]云雾睹青天。”

※ 注释

1 微言：精深微妙的言辞。指玄学清谈。2 水镜：像水一样清澈明亮的镜子。3 披：拨开，分开。

※ 译文

卫瓘担任尚书令时，看到乐广与西晋的名士谈论，感到非常出乎意料，说：“自从过去那些名士去世以来，我总是担心清谈即将断绝。如今又从您这里听到了这种谈论！”于是他就命弟子去拜访乐广，并说：“此人就像清澈明亮的镜子，见到他就仿佛拨开云雾见青天一样。”

※ 原文

王平子[1]目太尉[2]：“阿兄形似道[3]，而神锋[4]太俊[5]。”太尉答曰：“诚不如卿落落穆穆[6]。”

※ 注释

1 王平子：王澄，字平子。2 太尉：指王衍，王澄的哥哥。3 道：有道，有德行。4 神锋：精神气概。5 俊：突出。6 落落穆穆：豁达而又沉静。

※ 译文

王平子（澄）品评太尉王衍：“哥哥的外表像是很有德行，只是锋芒太露。”太尉回答说：“我的确不如你豁达沉静。”

※ 原文

林下诸贤，各有俊才子：籍子浑，器量弘旷；康子绍，清远雅正；涛子简，疏通高素；咸子瞻，虚夷有远志，瞻弟孚，爽朗多所遗；秀子纯、悌，并令淑有清流；戎子万子，有大成之风，苗而不秀；唯伶子无闻。凡此诸子，唯瞻为冠，绍、简亦见重当世。

※ 译文

竹林七贤都有才智出众的儿子：阮籍的儿子浑，器量宽广恢宏；嵇康的儿子绍，清雅高远、耿直正派；山涛的儿子简，宁静淡泊、高洁通达；阮咸的儿子瞻，谦逊平和、志存高远；阮瞻的弟弟孚，坦率开朗，不拘小节；向秀的儿子纯、悌，都善良美好、品行高洁；王戎的儿子万子，气度非凡，足以成就大业，但可惜英年早逝；唯独刘伶的儿子默默无闻。在这些人的儿子中，只有阮瞻堪称第一，嵇绍和山简也被世人看重。

※ 原文

太傅东海王镇许昌，以王安期为记室参军，雅[1]相知重。敕世子毗曰："夫学之所益者浅，体之所安者深。闲习礼度，不如式瞻[2]仪形；讽味遗言，不如亲承音旨。王参军人伦之表，汝其师之。"或曰："王、赵、邓三参军，人伦之表，汝其师之。"谓安期、邓伯道、赵穆也。袁宏作《名士传》，直云王参军。或云："赵家先犹有此本。"

※ 注释

1 雅：副词，甚，很。2 式瞻：即"瞻"，观看。式，发语词。

※ 译文

太傅东海王（司马越）镇守许昌时，任命王安期（承）为记室参军，对他非常赏识。告诫自己的儿子司马毗说："从书中学来的东西比较肤浅，亲身体验到的感受比较深刻。学习掌握礼仪法度，不如亲眼去观看礼仪形式；吟咏品味先人的遗言，不如亲身接受贤人的教诲。王参军是众人的表率，你要向他学习，以他为师。"还有一种这样的说法："王、赵、邓三位参军是人们的表率，你要以他们为师。"说的是王安期、邓伯道（攸）、赵穆。袁宏撰写《名士传》时，就只提到了"王参军"。有人说："以前赵穆家里还保存着这个抄本。"

※ 原文

王公目太尉："岩岩清峙，壁立千仞。"

※ 译文

王导评价王衍说："他就像巍峨的高山，清秀挺拔；就像千仞峭壁，耸立于前。"

※ 原文

庾太尉目庾中郎："家从谈谈之许。"

※ 译文

庾太尉（亮）评价庾中郎（敳）道："我家叔父思想言论深邃。"

※ 原文

时人目庾中郎："善于托大，长于自藏。"

※ 译文

当时的人们评价庾中郎（敳）道："他善于寄身大道而超脱世事，长于韬光养晦而不露锋芒。"

※ 原文

王平子与人书，称其儿"风气日上，足散人怀"。

※ 译文

王澄给朋友写信，称赞他的儿子"风度翩翩，气质渐长，足以排遣内心的苦闷"。

※ 原文

王丞相云："刁玄亮[1]之察察[2]，戴若思[3]之岩岩[4]，卞望之之峰距[5]。"

※ 注释

1 刁玄亮：刁协，字玄亮，深得晋元帝信任重用，官至尚书令。2 察察：清察明辨。3 戴若思：戴渊，字若思，多才善辩，风采过人，官至征西将军。4 岩岩：高峻挺拔，比喻人态度严峻。5 峰距：山峰高尖突出，比喻人整饬而有锋芒。

※ 译文

丞相王导说："刁玄亮明察秋毫，戴若思性情严峻，卞望之整饬而有锋芒。"

※ 原文

大将军语右军："汝是我佳子弟，当不减阮主簿。"

※ 译文

大将军王敦对右军（王羲之）说：“你是我们家的优秀弟子，应该不落后于阮主簿（裕）。”

※ 原文

世目周侯：“嶷如断山。”

※ 译文

世人评价周侯：“他清高刚正，好像一座陡峭壁立的大山，让人望而生畏。”

※ 原文

王蓝田为人晚成，时人乃谓之痴。王丞相以其东海子，辟为掾。常集聚，王公每发言，众人竞赞之；述于末坐曰：“主非尧、舜，何得事事皆是？”丞相甚相叹赏。

※ 译文

蓝田侯王述成名比较晚，当时的人都说他傻。丞相王导因他是东海太守王承的儿子而征召他来做属官。大家经常聚会，王导每次发言都会得到众人竞相赞美。王述坐在末座，却说：“丞相并非尧、舜，怎么能什么都对呢？”王导很赞赏他的话。

※ 原文

庾公为护军，属桓廷尉觅一佳吏，乃经年。桓后遇见徐宁而知之，遂致于庾公，曰：“人所应有，其不必有；人所应无，己不必无，真海岱清士。”

※ 译文

庾亮担任护军时，嘱托桓廷尉给他寻找一位好的属官，居然过了一年还没找到。桓廷尉后来遇到了徐宁，对他很赏识，就将其引荐给了庾亮，说：“常人应该有的，他不一定有；常人应该没有的，他却不一定没有，实在是海岱之间的高洁之士。”

※ 原文

桓茂伦云：“褚季野皮里阳秋。”谓其裁中也。

※ 译文

桓茂伦说："褚季野（裒）肚子里藏着春秋。"这就是说他内心对人事有褒有贬。

※ 原文

何次道尝送东人，瞻望，见贾宁在后轮中，曰："此人不死，终为诸侯上客。"

※ 译文

何次道（充）曾送从会稽来的客人，他远远地看到贾宁坐在后面的车中，便说："此人若不死的话，就必定会成为诸侯的座上客。"

※ 原文

庾公云："逸少国举。"故庾倪为碑文云："拔萃国举。"

※ 译文

庾亮说："王羲之是全国上下所推崇的人物。"因此庾倪为他作碑文"拔萃国举"。

※ 原文

谢太傅未冠，始出西，诣王长史，清言良久。去后，苟子问曰："向客何如尊？"长史曰："向客亹亹，为来逼人。"

※ 译文

谢太傅（安）还没有成年时，初到建康拜访王长史（濛），清谈了很长时间。走后，王苟子（修）问他的父亲："刚才那位客人与父亲相比如何？"王长史说："他说话娓娓动听，早晚都会凌驾于众人之上。"

※ 原文

谢公称蓝田："掇皮皆真。"

※ 译文

谢公（安）称赞蓝田（王述）说："此人性情表里如一，就算搓掉了表皮，显露出来的也是真的。"

※ 原文

桓温行经王敦墓边过，望之云：“可儿！可儿！”

※ 译文

桓温外出，路过王敦的墓地，他望着陵墓说：“可心的人啊！可心的人啊！”

※ 原文

王长史谓林公：“真长可谓金玉满堂[1]。”林公曰：“金玉满堂，复何为简选[2]？”王曰：“非为简选，直致言处自寡耳。”

※ 注释

1 金玉满堂：比喻非常有才学。2 简选：挑选。

※ 译文

王长史（濛）对林公（支遁）说：“真长（刘惔）应该说是满腹经纶，就好比金玉满堂。”林公说：“既然是满腹经纶，为什么还要挑选言辞呢？”王说：“并非挑选言辞，只不过是他本来就寡言少语而已。”

※ 原文

王右军道谢万石“在林泽中，为自遒上”，叹林公“器朗神俊”，道祖士少“风领毛骨，恐没世不复见如此人”，道刘真长“标云柯而不扶疏”。

※ 译文

王羲之说谢万石“在丛林水泽中，自然会挺拔向上”。称赞支道林（遁）说“器宇轩昂，神采非凡”。称赞祖士少（约）“相貌独具风韵，恐怕这辈子都见不到这样的人了”。评价刘真长（惔）“好比高耸入云的柯树，但是枝叶并不茂盛”。

※ 原文

简文目庾赤玉：“省率治除”，谢仁祖云：“庾赤玉胸中无宿物。”

※ 译文

简文帝（司马昱）评价庾赤玉（统）：“简约直率，不蔓不枝。”谢仁祖（尚）评价说：“庾赤玉胸中没有陈腐的东西。”

※ 原文

殷中军道韩太常[1]曰："康伯少自标置[2]，居然[3]是出群器。及其发言遣辞，往往[4]有情致。"

※ 注释

1 韩太常：韩伯，字康伯，殷浩的外甥。2 标置：标榜自负，自视甚高。3 居然：显然。4 往往：处处。

※ 译文

中军将军殷浩评价韩伯说："康伯年少时就很自负，果然是出类拔萃的人才。当他开口说话时，言谈措辞，每一句都很有意味情趣。"

※ 原文

简文道王怀祖："才既不长，于荣利又不淡[1]；直以真率少许，便足对人多多许。"

※ 注释

1 于荣利又不淡：并不淡泊功名利禄。

※ 译文

简文帝（司马昱）称赞王述说："他并没有突出的才能，也不淡泊功名利禄，只是由于他天真坦率，只这一点就已经抵上了别人的许多优点。"

※ 原文

林公谓王右军云："长史[1]作数百语，无非德音[2]，如恨不苦[3]。"王曰："长史自不欲苦物。"

※ 注释

1 长史：指王濛，官至司徒左长史。2 德音：有卓识的言谈。3 苦：这里指在谈论中用言辞使人陷入困境。

※ 译文

支道林（遁）对右军将军王羲之说："左长史王濛谈了几百句话，没有一句不是卓越的见解，遗憾的是不能说服别人。"王羲之说道："长史本来就不想为难别人信服他。"

※ 原文

殷中军与人书，道谢万："文理转[1]遒，成[2]殊不易。"

※ 注释

1 转：愈，更加。2 成：通"诚"，实在，确实。

※ 译文

殷中军（浩）在给别人写的信中评价谢万，说道："文辞义理越来越刚劲有力，实在是非常不容易。"

※ 原文

王长史云："江思悛思怀所通，不翅儒域。"

※ 译文

王长史（濛）说："江思悛心中所通晓的，并不仅仅限于儒学。"

※ 原文

许玄度送母，始出都，人问刘尹："玄度定称所闻不？"刘曰："才情过于所闻。"

※ 译文

许玄度（询）因送母亲而初次来到京都。有人问刘尹（惔）道："玄度本人与社会上的传闻相符吗？"刘尹说："此人的才华远远超出了社会上的传闻。"

※ 原文

谢公道豫章："若遇七贤，必自把臂入林。"

※ 译文

谢公（安）称赞豫章（谢鲲）说："倘若他遇上了七贤，则必定会挽着他们的胳膊进入山林中。"

※ 原文

殷中军道右军："清鉴贵要。"

※ 译文

殷浩称赞王羲之："识鉴高明，尊贵显要。"

※ 原文

桓大司马病。谢公往省病，从东门入。桓公遥望，叹曰："吾门中久不见如此人！"

※ 译文

大司马桓温生病了，谢安前去探望，从东门进去。桓温远远看到谢安进来，感叹道："我家中好久没有看到像谢安这样品高才卓的人了。"

※ 原文

孙兴公为庾公参军，共游白石山，卫君长[1]在坐。孙曰："此子神情都不关山水，而能作文。"庾公曰："卫风韵虽不及卿诸人，倾倒处亦不近[2]。"孙遂沐浴此言。

※ 注释

1 卫君长：卫永，东晋济阴成阳（今山东曹县东北）人，曾任温峤左军长史。2 近：浅近，平凡。

※ 译文

孙绰担任庾亮的参军，有一次，他们一起游白石山，卫永当时也在。孙绰说："此人的神情并不留意于山水却可以写文章。"庾亮说："卫永的风韵气度虽然不能与其他人相提并论，但是其令人敬佩之处也不同凡响。"孙绰于是久久沉浸在这话中。

※ 原文

王右军目陈玄伯[1]："垒块[2]有正骨。"

※ 注释

1 陈玄伯：陈泰。司马昭杀高贵乡公曹髦阴谋篡权，陈泰忧愤呕血而死。2 垒块：土块。比喻胸中有不平之气。正骨：刚正的品格。

※ 译文

王羲之评价陈泰，说："胸中积郁不平，但有凛然之气。"

※ 原文

初，法汰北来，未知名，王领军供养之。每与周旋，行来往名胜许，辄与俱。不得汰，便停车不行。因此名遂重。

※ 译文

当初，法汰刚从北方来，还没有什么名气，由王领军（洽）供养。王领军每每同他交往，拜访社会名流，都与法汰一同去。若法汰没有来，王领军就停下车子不肯前进。法汰因此而闻名。

※ 原文

桓公语嘉宾："阿源有德有言，向使作令仆，足以仪刑百揆。朝廷用[1]违其才耳。"

※ 注释

1 用：使用，这里指让殷浩带兵。

※ 译文

桓温对嘉宾（郗超）说："阿源（殷浩）很有德行，口才也好，之前若让他做尚书令或仆射，完全可以成为百官的典范。可朝廷的任命却与他的才干完全相悖。"

※ 原文

孙兴公、许玄度共在白楼亭，共商略先往名达。林公既非所关，听讫，云："二贤故自有才情。"

※ 译文

孙兴公和许玄度同在白楼亭评论过去的名士。林公与这些没有任何关系，听了他们的话后说："二位贤人的确有才华。"

※ 原文

王右军道东阳："我家阿林[1]，章清太出。"

※ 注释

1 阿林：应为"阿临"，指王临之。王临之是王羲之的同宗晚辈，因此说"我家"。

阿，为前辅助词。

※ 译文

王羲之称赞东阳（王临之）道："我们家的阿临，彰明廉洁，特别突出。"

※ 原文

王长史与刘尹书，道渊源"触事长[1]易[2]"。

※ 注释

1 长：通"常"。2 易：平和。

※ 译文

左长史王濛在给丹阳尹刘惔的信中，评论殷渊源（浩）"遇事常常很平和"。

※ 原文

谢太傅道安北："见之乃不使人厌，然出户去，不复使人思。"

※ 译文

谢安评价安北（王坦之）说："看见他后虽然不至于令人厌烦，但是他出门后却不会令人再想念他。"

※ 原文

刘尹云："见何次道饮酒[1]，使人欲倾家酿。"

※ 注释

1 何次道：即何充，据说他饮酒不失礼容，人们都喜爱他的饮酒风度。

※ 译文

刘尹（惔）说："看何充喝酒，让人情愿把家里的好酒都拿出来请他。"

※ 原文

谢公云："长史语甚不多，可谓有令音。"

※ 译文

谢安说："王长史（濛）虽然不多说话，但是总可以说出妙言。"

※ 原文

谢镇西道敬仁："文学[1]镞镞[2]，无能不新。"

※ 注释

1 文学：辞章学问。2 镞镞：挺拔出众的样子。

※ 译文

镇西将军谢尚评论王敬仁（修）："辞章学问十分突出，如果没有才能，就不会有这样的新意。"

※ 原文

林公云："见司州警悟交至，使人不得住，亦终日忘疲。"

※ 译文

林公（支遁）说："看到王胡之（司州）机巧的话语纷至沓来，让人听后欲罢不能，并且可以整日不知疲劳。"

※ 原文

世称"苟子[1]秀出，阿兴[2]清和。"

※ 注释

1 苟子：王修，字敬仁，小字苟子。2 阿兴：王蕴，字叔仁，小字阿兴，苟子的弟弟。阿，前辅助语词。

※ 译文

世人称赞"苟子才华出众，阿兴清静平和。"

※ 原文

简文云："刘尹茗柯[1]有实理。"

※ 注释

1 茗柯：榠樝和柯树。“茗”是“榠”的同音借字。本句以乔木榠和柯树来比喻刘尹身居高位，以柯木的质地坚实来比喻刘尹的“有实理”，也就是善于清谈。

※ 译文

简文帝（司马昱）说：“刘尹（惔）就好像榠樝和柯树，虽然身居高位，言谈却非常有实理。”

※ 原文

吴四姓旧目[1]云：“张文，朱武，陆忠，顾厚。”

※ 注释

1 旧目：旧时评说。

※ 译文

过去人们评论吴地的四大望族时说：“张姓崇尚文，朱姓崇尚武，陆姓崇尚忠贞，顾姓崇尚宽厚。”

※ 原文

许掾尝诣简文，尔时风恬月朗，乃共作曲室中语。襟情之咏，偏是许之所长。辞寄清婉，有逾平日。简文虽契素，此遇尤相咨嗟，不觉造膝，共叉手语，达于将旦。既而曰：“玄度才情，故未易多有许。”

※ 译文

许掾（询）有一次去拜访简文帝（司马昱），那天晚上，风静月明，于是一起在内室清谈。直抒胸臆恰是许掾的长处。言辞清新婉约，远远超过平常。简文帝虽然一直与许掾很合得来，但这一次还是大加赞赏，不知不觉中两人便促膝而坐，执手共语，直到天亮。事后，简文帝说：“玄度才华横溢，其他人实在是很难达到那样的高度。”

※ 原文

谢车骑问谢公：“真长至峭，何足乃重？”答曰：“是不见耳！阿见子敬，尚使人不能已。”

※ 译文

谢玄问谢安："真长（刘惔）性格非常严峻，怎么值得受到这么大的敬重呢？"谢安说："那是因为没有见到他。见到了子敬（王献之）尚且让人忍不住心里敬仰之情。"

※ 原文

谢公领中书监，王东亭有事应同上省。王后至，坐促，王、谢虽不通，太傅犹敛膝容之。王神意闲畅，谢公倾目。还谓刘夫人曰："向见阿瓜，故自未易有。虽不相关，正是使人不能已已。"

※ 译文

谢安兼任中书监，王东亭（珣）有公事和谢安一起上朝。王东亭后到，车上座位狭窄，王东亭和谢安虽然平时不来往，但是谢安还是将双膝收拢，腾出地方让王东亭坐下。王东亭神态安闲自在，令谢安禁不住倾心注目。回来后，对刘夫人说："刚才见到阿瓜，确实是个不可多得的人。虽然我和他没有任何关系，不过他依然让人倾慕不已。"

※ 原文

王子敬语谢公："公故萧洒。"谢曰："身不萧洒，君道身最得，身正自调畅。"

※ 译文

王子敬（献之）对谢安说："你的确是非常潇洒。"谢安说："我并非潇洒，你却评价我最得当，我只是适意舒畅。"

※ 原文

范豫章[1]谓王荆州[2]："卿风流俊望，真后来之秀。"王曰："不有此舅，焉有此甥？"

※ 注释

1 范豫章：范宁。2 王荆州：王忱。王忱是范宁的外甥。

※ 译文

范宁对王忱说："你仪容秀美，才智超群，实在是后起之秀啊！"王忱说："如果没有您这样的舅父，怎么会有我这样的外甥呢？”

※ 原文

张天锡世雄凉州，以力弱诣京师，虽远方殊类，亦边人之桀也。闻皇京多才，钦羡弥至[1]。犹在渚住，司马著作往诣之。言容鄙陋，无可观听。天锡心甚悔来，以遐外可以自固。王弥有俊才美誉，当时闻而造焉。既至，天锡见其风神[2]清令，言话如流，陈说古今，无不贯悉。又谙人物氏族，中[3]来皆有证据。天锡讶服。

※ 注释

1 弥至：更甚，备至。2 风神：风度神采。3 中：讲，说，谈论。

※ 译文

张天锡世代称雄凉州，后来由于势力衰弱而来到了京都，他虽然是边远地区的人，但也称得上是边陲的杰出人物。他听说京都到处都是人才，就非常羡慕钦佩。在长江停泊时，司马著作前去拜访他，言语粗俗，容貌鄙陋，实在是不堪入人耳目。天锡心里很后悔来到了南方，他认为将自己置身于荒原的凉州，还可以自保。王弥（珉）才华出众，闻名当地，他听说后就去拜访此人。到后，天锡看他风度翩翩，神采飞扬，言语流畅，谈古论今，无不通晓。并且他还熟悉名士的氏族姻亲，说出来都很有根据，天锡不觉惊叹佩服。

※ 原文

殷仲堪[1]丧后，桓玄问仲文[2]：“卿家仲堪，定是何似人？”仲文曰：“虽不能休明[3]一世，足以映彻九泉[4]。”

※ 注释

1 殷仲堪：晋陈郡长平（今河南西华）人，曾任都督荆益宁三州军事、荆州刺史。他是在与桓玄的相互攻伐中失败被杀的，因此下文殷仲文的回答比较谨慎。2 仲文：殷仲文，殷仲堪的堂弟，桓玄的姐夫，曾帮助桓玄谋反，后被刘裕所杀。3 休明：美好光明。4 九泉：黄泉，指阴间。

※ 译文

殷仲堪死后，桓玄问殷仲文：“你们家的仲堪，到底是什么样的人呢？”仲文说：“他一生虽然没有完美无缺，但其品行的光明，在死后也足以映照九泉。”

品藻第九

品藻指对士人的品评和鉴定。《赏誉》中是对单个的某人进行鉴赏赞誉，而《品藻》则主要进行比较评论，把两个或多个相关的人物，放在一起品评鉴定。

※ 原文

汝南陈仲举[1]、颍川李元礼[2]二人，共论其功德，不能定先后。蔡伯喈[3]评之曰："陈仲举强于犯上，李元礼严于摄[4]下。犯上难，摄下易。"仲举遂在"三君[5]"之下，元礼居"八俊[6]"之上。

※ 注释

1 陈仲举：陈蕃，字仲举。2 李元礼：李膺，字元礼，东汉人，曾任司隶校尉。当时朝廷纲纪不振，他独持法度，因此声名很高。后因反对宦官专政未成，被杀。3 蔡伯喈：蔡邕，字伯喈，东汉人，官至左中郎将。4 摄：通"慑"，威慑。5 三君：指窦武、刘淑、陈蕃三个当时受人景仰的人。6 八俊：指李膺、王畅等八个才能出众的人。八俊的流品低于三君。

※ 译文

世人评价汝南陈仲举（蕃）、颍川李元礼（膺）二人的功德，无法确定他们的高下。蔡伯喈（邕）评论说："陈仲举敢于冒犯上司，李元礼严于威慑下属。冒犯上司很难，威慑下属比较容易。"因此陈仲举就排在"三君"之末，李元礼则位居"八俊"之首。

※ 原文

庞士元[1]至吴，吴人并友之。见陆绩、顾劭、全琮，而为之目曰："陆子所谓驽马有逸足之用，顾子所谓驽牛可以负重致远。"或问："如所目，陆为胜邪？"曰："驽马虽精速，能致一人耳。驽牛一日行百里，所致岂一人哉？"吴人无以难。"全子好声名，似汝南樊子昭。"

※ 注释

1 庞士元：庞统，东汉末年襄阳（今湖北襄阳）人，与诸葛亮并称为"卧龙、凤雏"，是刘备的军师中郎将。

※ 译文

庞统来到吴中，当地人纷纷与他交朋友。他见到陆绩、顾劭、全琮，就评论他们道："陆绩是人们常说的驽马，但有代步的用处；顾劭是人们所说的驽牛，但可以负重到很远。"有人说："照您这么说，应该是陆绩胜出些吧？"庞统说："驽马虽然比驽牛跑得快些，但是它所运载的只不过是一个人而已。驽牛一天走一百里，难道它所运载的只是一个人吗？"吴中人士都没法反驳他。他又接着说："全琮看重名声，就像汝南的樊子昭。"

※ 原文

顾劭尝与庞士元宿语，问曰："闻子名知人，吾与足下孰愈？"曰："陶冶[1]世俗，与时浮沉[2]，吾不如子；论王霸[3]之余策，览倚仗[4]之要害，吾似有一日之长[5]。"劭亦安其言。

※ 注释

1 陶冶：熏陶，施加影响。2 与时浮沉：随时势变化而变化，顺应潮流。3 王霸：王道和霸道，即以仁义治国的策略和以武力治国的策略。4 倚仗：当作"倚伏"，语出《老子》五十八章"祸兮福之所倚，福兮祸之所伏"，指因果互相依存、制约的关系。5 一日之长：本指年纪稍大，这里是庞统谦虚的说法，意思是稍强一些。

※ 译文

顾劭曾和庞士元（统）晚上一起聊天，他问庞士元："我听说你善于赏鉴人物，我和你相比，谁更好一些呢？"庞士元说："改变社会风俗，顺应变化，这点我不如你；探究帝王称霸的策略，观察祸福利害的变化，我可能比你强一些。"顾劭也觉得他的评论很恰当。

※ 原文

诸葛瑾[1]、弟亮[2]及从弟诞[3]，并有盛名，各在一国。于时以为蜀得其龙，吴得其虎，魏得其狗[4]。诞在魏，与夏侯玄[5]齐名；瑾在吴，吴朝服其弘量。

※ 注释

1 诸葛瑾：字子瑜，仕吴任长史、南郡太守，孙权称帝后，担任大将军兼豫州牧。2 亮：诸葛亮，参见《方正》注。3 诞：诸葛诞，字公休，在魏担任镇东将军、司空。据《三国志》裴松之注，诸葛诞只是诸葛瑾的族弟，而不是堂弟。4 狗：这里没有贬义，只是喻指人物的流品依次低于龙、虎。5 夏侯玄：字太初，三国时魏国人，自小聪颖博学，官至太常。当时中书令李丰等人不满司马师专权，密谋以夏侯玄代替他，事情败露，和李丰等人都被杀害。

※ 译文

诸葛瑾和弟弟诸葛亮，以及堂弟诸葛诞三人，都享有盛名，三人各在一个国家任职。当时人们认为蜀国的诸葛亮是龙，吴国的诸葛瑾是虎，魏国的诸葛诞是狗。诸葛诞在魏国和夏侯玄齐名；诸葛瑾在吴国，朝廷上下都佩服他宽宏的器量。

※ 原文

正始[1]中，人士比论[2]，以五荀方[3]五陈：荀淑方陈寔，荀靖方陈谌，荀爽方陈纪，荀彧方陈群，荀颛方陈泰。又以八裴方八王：裴徽方王祥，裴楷方王夷甫，裴康方王绥，裴绰方王澄，裴瓒方王敦，裴遐方王导，裴頠方王戎，裴邈方王玄。

※ 注释

1 正始：三国魏齐王曹芳的年号（公元 240 ~ 249 年）。2 比论：并列起来评论。3 方：比拟，相比。

※ 译文

正始年间，人们把名流们相互比对评论，用五位荀门中的人物和五位陈门中的人物对比：荀淑比陈寔，荀靖比陈谌，荀爽比陈纪，荀颛比陈群，荀颛比陈泰。日后人们又用八位裴门中的人物和八位王门中的人物对比：裴徽比王祥，裴楷比王夷甫，裴康比王绥，裴绰比王澄，裴瓒比王敦，裴遐比王导，裴頠比王戎，裴邈比王玄。

※ 原文

冀州刺史杨准[1]二子乔[2]与髦[3]，俱总角为成器[4]。准与裴頠[5]、乐广[6]友善，遣见之。頠性弘方[7]，爱乔之有高韵，谓准曰：“乔当及卿，髦小减也。”广性清淳，爱髦之有神检[8]，谓准曰：“乔自及卿，然髦尤精出。”准笑曰：“我二儿之优劣，乃裴、乐之优劣。”论者评之，以为乔虽高韵，而神检不逮[9]，乐言为得。然并为后出之俊。

※ 注释

1 杨准：宋本误作“杨淮”，今校正。字始立，曾任冀州刺史。2 乔：杨乔，字国彦。

3 髦：杨髦，字士彦。4 成器：比喻杰出人才。5 裴颜：字逸民，晋河东闻喜（今属山西）人，官至尚书左仆射、侍中，死后谥号成。6 乐广：字彦辅，晋南阳淯阳（今河南白河）人，崇尚清谈，很有名望。曾任吏部尚书，后转右仆射领吏部，代王戎为尚书令。7 弘方：旷达正直。8 神检：非凡的品格。检，品格。9 而神检不逮：宋本作“检而不匝”，《魏志·陈思王传注》引荀绰《冀州记》作“而神检不逮”，《晋书·乐广传》作“而神检不足”，《广记》一六九引《世说》作“而无检局”。今依《魏志》。

※ 译文

冀州刺史杨准的两个儿子杨乔和杨髦，都是幼年时就已成才。杨准和裴、乐广的关系不错，就让两个儿子和他们见面。裴性格大度正直，喜欢杨乔的高雅气质，对杨准说：“杨乔的成就将会与你相当，杨髦稍微差一点。”乐广性格清正质朴，他喜欢杨髦非凡的品格，对杨准说：“杨乔自然赶得上你，不过杨髦更优秀。”杨准笑着说：“我这两个儿子的好坏，就是你们裴、乐二人的好坏。”后来有人评论他们，认为杨乔虽然高雅有气质，但操守不是很完美，证实乐广的评价是正确的。不过二人都是后辈中的精英。

※ 原文

刘令言始入洛，见诸名士而叹曰：“王夷甫太解明，乐彦辅我所敬，张茂先我所不解，周弘武巧于用短，杜方叔拙于用长。”

※ 译文

刘令言（纳）刚到洛阳，同当时的一些名士会见后，赞叹道：“王夷甫（衍）精明过人，乐彦辅（广）实在让我敬佩，张茂先（华）此人我有些不懂，周弘武（恢）非常善于巧用自己的不足之处，杜方叔（育）却不擅长发挥自己的长处。”

※ 原文

王大将军在西朝时，见周侯，辄扇障面不得住。后度江左，不能复尔，王叹曰：“不知我进，伯仁退？”

※ 译文

王大将军（敦）在西晋的时候，每次看到周侯（顗）就会不停地用扇子遮住面。后来渡江南下后，就不再这样了，他总是感叹：“不知道到底是我前进了，还是周侯

（伯仁）倒退了？”

※ 原文

明帝[1]问周伯仁：“卿自谓何如郗鉴[2]？”周曰：“鉴方臣，如有功夫[3]。”复问郗，郗曰：“周顗比臣，有国士[4]门风。”

※ 注释

1 明帝：指晋明帝司马绍。2 郗鉴：字道徽，晋高平金乡（今属山东）人，以儒雅著名。历任兖州、徐州刺史、司空，官至太尉。3 功夫：功力，修养。4 国士：一国之内的杰出人才。

※ 译文

晋明帝司马绍问周顗：“你自认为和郗鉴相比怎么样？”周顗说：“郗鉴和我相比，似乎更有造诣。”明帝又问郗鉴，郗鉴回答说：“周顗和我相比，更有国士的风范。”

※ 原文

明帝问谢鲲[1]：“君自谓何如庾亮？”答曰：“端委庙堂[2]，使百僚准则，臣不如亮。一丘一壑[3]，自谓过之。”

※ 注释

1 谢鲲：字幼舆，陈郡阳夏（今河南太康）人。谢安的伯父，为两晋名士。2 端委庙堂：穿着严整的礼服在朝廷办事，这里的意思是掌管朝政。端委，严整宽长的礼服。3 一丘一壑：这里指寄情于山水风景之中。

※ 译文

晋明帝司马绍问谢鲲：“你自认为和庾亮相比怎么样呢？”谢鲲回答：“身穿朝服端坐在朝中，成为百官的楷模，这方面我不如庾亮；但纵情于山水之间，我自认为超过庾亮。”

※ 原文

王丞相辟王蓝田[1]为掾，庾公问丞相：“蓝田何似？”王曰：“真独[2]简贵[3]，不减父祖[4]；然旷澹[5]处，故当不如尔。”

※ 注释

1 王蓝田：王述，字怀祖，晋太原晋阳（今山西太原）人，曾任扬州刺史、尚书令，袭爵蓝田侯。2 真独：自然坦率，不同流俗。3 简贵：简约高贵。4 父祖：父指王承，祖指王湛。5 旷澹：旷达淡泊。

※ 译文

丞相王导召王蓝田（述）担任属官，庾公（庾亮）问丞相王导："蓝田这个人怎么样？"王导说："率真孤傲、简约高贵这方面，不比他的父亲和祖父差，然而旷达淡泊的胸怀，的确不如长辈啊。"

※ 原文

卞望之云："郗公体中有三反[1]，方于事上，好下佞己，一反；治身清贞，大修计校[2]，二反；自好读书，憎人学问，三反。"

※ 注释

1 反：相反，矛盾。2 计校：算计谋划财物。

※ 译文

卞望之（壶）说："郗公（鉴）的身上有三种矛盾的现象：侍奉君主方正，却爱好下级对自己谄媚，这是第一个矛盾；自身要求清正廉洁，却对别人斤斤计较，这是第二个矛盾；自己爱好读书，却讨厌别人做学问，这是第三个矛盾。"

※ 原文

世论温太真是过江第二流之高者。时名辈共说人物，第一将尽之间，温常失色[1]。

※ 注释

1 失色：这里指温峤唯恐第一流人物中没有自己而惊慌失色。

※ 译文

当时人们认为，温太真（峤）是渡江以后，第二流人才中的佼佼者。当时名流们一起品评人物，第一流人物快要说完时，温峤常常惶恐失色。

※ 原文

王丞相云："见谢仁祖，恒令人得上。"与何次道语，唯举手指地曰："正自尔馨[1]。"

※ 注释

1 尔馨：如此，这样。

※ 译文

丞相王导说："见到谢仁祖（尚），常令人精神奋发。"与何次道（充）谈话，他只是将手抬起来指着地面说："正是如此。"

※ 原文

王右军少时，丞相云："逸少何缘复减[1]万安邪？"

※ 注释

1 减：比……差。

※ 译文

王羲之年轻时，丞相王导说："逸少（王羲之）为何比不上万安（刘绥）呢？"

※ 原文

郗司空家有伧奴[1]，知及文章，事事有意。王右军向刘尹称之。刘问："何如方回？"王曰："此正小人有意向耳，何得便比方回？"刘曰："若不如方回，故是常奴耳。"

※ 注释

1 伧奴：原籍北方的奴仆。南北朝时，南人蔑称北人为伧人。

※ 译文

郗司空（鉴）家里有个来自北方的奴仆，通晓文章，办事很用心。王羲之向刘尹（惔）称赞他。刘尹问："跟方回（郗愔）相比如何？"王羲之说："这只不过是个小人办事很用心而已，怎么可以与方回比呢？"刘尹说："倘若比不上方回，就仍然是个普通的奴仆罢了。"

※ 原文

时人道阮思旷："骨气不及右军，简秀不如真长，韶润[1]不如仲祖，思致[2]不如渊源，而兼有诸人之美。”

※ 注释

1 韶润：韶秀温润。2 思致：思想情趣。

※ 译文

当时的人们评论阮思旷说：“风骨气度比不上王羲之，简约秀逸比不上刘真长（惔），韶秀温润比不上王仲祖（濛），思想情趣比不上殷渊源（浩），但是却集这些人的长处于一身。”

※ 原文

简文[1]云：“何平叔[2]巧累于理，嵇叔夜[3]俊伤其道。”

※ 注释

1 简文：简文帝司马昱，字道万，公元 371 ~ 372 年在位。即位前封会稽王，任抚军将军，后进位抚军大将军，任丞相，所以又称“会稽王”“抚军”“相王”。2 何平叔：何晏，字平叔，三国时魏国人，是曹操的女婿。擅长清谈、喜好名理，是魏晋玄学的主要开创者，官至吏部尚书，后被司马懿所杀。3 嵇叔夜：嵇康，字叔夜，三国时魏谯郡铚（今安徽宿州）人，“竹林七贤”之一，曾任中散大夫，因遭钟会构陷，被司马昭杀害。

※ 译文

简文帝司马昱说：“何平叔（晏）巧言善辩，牵累了他的玄理；嵇叔夜（康）才学奇异，妨害了他的自然之道。”

※ 原文

人问殷渊源：“当世王公以卿比裴叔道，云何[1]？”殷曰：“故当[2]以识通暗[3]处。”

※ 注释

1 云何：怎么样。2 故当：自然是。3 暗：玄理中的隐晦精微之处。

※ 译文

有人问殷渊源（浩）：“当代显贵将你同裴叔道（遐）相提并论，你认为怎么样？”

殷渊源说："这自然是因为我们识见都能疏通疑义。"

※ 原文

抚军问殷浩："卿定何如裴逸民？"良久答曰："故当[1]胜耳。"

※ 注释

1 故当：应当，表示肯定的语气。

※ 译文

抚军大将军司马昱问殷浩："你跟裴相比究竟怎么样？"过了很久，殷浩才回答说："我应当比他强。"

※ 原文

桓公少与殷侯齐名，常有竞心[1]。桓问殷："卿何如我？"殷云："我与我周旋[2]久，宁作我[3]。"

※ 注释

1 竞心：争胜之心。2 周旋：交往，引申为反复商量。3 宁作我：宁愿做我自己。殷既不肯承认自己差，又不想说自己比桓温强，回答得很巧妙。

※ 译文

桓温年少时与殷浩齐名，总有同殷浩争胜的心理。桓温问殷浩："咱俩相比怎么样？"殷浩说："我同自己反复商量了好久，我宁愿做我自己。"

※ 原文

桓大司马下都，问真长曰："闻会稽王语奇进，尔邪？"刘曰："极进，然故是第二流中人耳。"桓曰："第一流复是谁？"刘曰："正是我辈耳！"

※ 译文

桓温来到京都，问刘真长（惔）："我听说会稽王（司马昱）在谈论名理上有了很大的进步，果真这样吗？"刘真长说："进步确实很大，不过还是第二流中的人物而已。"桓温说："那么第一流的人物又是谁呢？"刘真长说："恰恰是我们这帮人啊！"

※ 原文

殷侯既废，桓公语诸人曰："少时与渊源共骑竹马，我弃去，己[1]辄取之，故当出我下。"

※ 注释

1 己：用作第三人称代词，他。另一种说法为"已"，过去之意。

※ 译文

殷浩被废黜后，桓温对一些人说："儿时我曾和他玩骑竹马的游戏，我扔掉的，过后他就捡起来，自然就在我之下了。"

※ 原文

未废海西公[1]时，王元琳[1]问桓元子[3]："箕子、比干[4]，迹异心同，不审明公孰是孰非？"曰："仁称不异，宁为管仲[5]。"

※ 注释

1 海西公：晋废帝司马奕。2 王元琳：王珣，字元琳，小字法护、阿瓜，丞相王导的孙子，曾任桓温手下的主簿，又任尚书左仆射，封东亭侯。3 桓元子：桓温，字元子。4 箕子、比干：商纣王的两个叔父。传说纣王暴虐无道，箕子进谏，未被采纳，就佯狂为奴；比干强谏，被纣王剖心而死。这两人和微子被孔子称为殷代的"三仁"。5 管仲：名夷吾，字敬仲，史称管子，出生于颍上（今安徽颍上），春秋时代政治家、哲学家。孔子也称赞过他有仁德。

※ 译文

还没有废黜海西公司马奕时，王元琳（珣）问桓元子（温）："箕子、比干二人的做法不同，但用意一致，不知你认为谁对谁错呢？"桓温说："如果同样被称作仁人，我宁可做管仲。"

※ 原文

刘尹抚王长史背曰："阿奴比丞相，但有都长。"

※ 译文

刘尹（惔）拍着王长史（濛）的背说："阿奴与丞相（王导）相比，的确比他漂亮、敦厚。"

※ 原文

刘尹、王长史同坐，长史酒酣起舞。刘尹曰：“阿奴今日不复减向子期。”

※ 译文

刘尹（惔）和王长史（濛）同在座，王长史酒喝到酣畅时就跳起舞来。刘尹说：“阿奴今天绝对不比向子期（秀）逊色啊！”

※ 原文

谢公与时贤共赏说[1]，遏[2]、胡儿并在坐，公问李弘度曰：“卿家平阳[3]何如乐令？”于是李潸然流涕曰：“赵王篡逆，乐令亲授玺绶。亡伯雅正，耻处乱朝，遂至仰药，恐难以相比！此自显于事实，非私亲之言。”谢公语胡儿曰：“有识者果不异人意。”

※ 注释

1 赏说：品评人物。2 遏：谢玄。胡儿：谢朗。3 平阳：李重，自幼好学，有文辞，曾上疏陈九品之弊。曾仕晋中书郎、吏部尚书、平阳太守等，为官清正，安贫处素。

※ 译文

谢安与当时的名士一起评论人物，谢玄和谢朗也在座。谢安问李充：“你的伯父李重跟乐广相比如何？”这时，李充潸然泪下，答道：“赵王司马伦篡位时，乐广亲自将天子的印玺交给赵王。先伯父为人正直，以居于乱朝为耻，因此服毒自尽了，恐怕他俩是不能相比的。这是显而易见的事实，实非我偏袒亲人的话语。”谢安对谢朗说：“有见识的人果然不会辜负人们对他的看法。”

※ 原文

王修龄问王长史：“我家临川，何如卿家宛陵？”长史未答，修龄曰：“临川誉贵。”长史曰：“宛陵未为不贵。”

※ 译文

王修龄（胡之）问王长史（濛）：“我们家临川（王羲之）同你们家宛陵（王述）相比怎么样？”王长史没有回答。王修龄说：“临川以高贵著称。”王长史说：“宛陵未必就不高贵。”

※ 原文

刘尹至王长史许清言，时荀子年十三，倚床边听。既去，问父曰：“刘尹语何如尊？”长史曰：“韶音令辞不如我，往辄破的胜我。”

※ 译文

刘尹（惔）到王长史（濛）家里去清谈，当时荀子（王修）才十三岁，站在坐榻边听。客人走后，荀子问父亲：“刘尹所谈的与父亲大人相比如何？”王长史说：“辞令优美比不上我，一语中的我却比不上他。”

※ 原文

谢万寿春败后，简文问郗超：“万自可败，那得乃尔失士卒情？”超曰：“伊以率任之性，欲区别智勇。”

※ 译文

谢万在寿春打了败仗后，简文帝（司马昱）问郗超道：“谢万原本就该败，他怎么能如此失去兵士们的爱戴之心呢？”郗超答道：“他凭借轻率任性的性格，企图区别于靠智勇指挥作战。”

※ 原文

刘尹谓谢仁祖曰：“自吾有四友[1]，门人加亲。”谓许玄度[2]曰：“自吾有由，恶言不及于耳。”二人皆受而不恨。

※ 注释

1 四友：据王先谦《世说新语校勘小识补》说，四友疑当作“回也”。这一则之下，《世说新语》原注引《尚书大传》说：“孔子曰：‘文王有四友。自吾得回也，门人加亲，……自吾得由也，恶言不入于耳，……’”回和由，分别指孔子的弟子颜回和仲由。刘惔化用《尚书大传》中的话，用回和由来喻指谢仁祖和许玄度。2 许玄度：许询，字玄度，小字讷，晋高阳人，曾被征召为司徒掾、议郎，均未就职。善于清谈，后隐居山林。

※ 译文

丹阳尹刘惔对谢仁祖（尚）说：“自从我有了颜回，弟子对我更加亲近了。”

对许玄度（询）说：“自从我有了仲由，坏话就传不到我的耳朵了。”两个人都接受了他的话，没有觉得不满。

※ 原文

有人问谢安石、王坦之优劣于桓公。桓公停[1]欲言，中悔，曰：“卿喜传人语，不能复语卿。”

※ 注释

1 停：正，正要。

※ 译文

有人向桓温问到谢安、王坦之两人的优劣。桓温正要讲，中途又改了主意，说道：“你喜欢散播别人的话，不能告诉你。”

※ 原文

王中郎[1]尝问刘长沙曰：“我何如苟子[2]？”刘答曰：“卿才乃当[3]不胜苟子，然会名处多。”王笑曰：“痴！”

※ 注释

1 王中郎：王坦之。2 苟子：王修，字敬仁，小字苟子。3 乃当：虽然，尽管。

※ 译文

王坦之曾问刘长沙道：“我与苟子相比如何？”刘长沙说：“你虽然比不上他的才华，但是对名理的融会贯通却在他之上。”王坦之听后笑着说道：“太傻了。”

※ 原文

王右军问许玄度：“卿自言何如安石[1]？”许未答，王因曰：“安石故相为雄，阿万[2]当裂眼争邪？”

※ 注释

1 安石：谢安。2 阿万：谢万，字万石，谢安的弟弟。阿，前辅助语词。

※ 译文

王羲之问许玄度（询）说：“你自己说说，你同安石相比如何？”许没有回答。王于是又说：“安石和你确实可以并列称雄，不过阿万应该会怒目相争吧。”

※ 原文

刘尹云：“人言江虨田舍[1]，江乃自[2]田宅屯。”

※ 注释

1 田舍：同“田舍儿”，乡下人，乡巴佬。2 乃自：竟然。

※ 译文

刘尹（惔）说：“众人都说江虨是乡巴佬，他居然就驻扎在农舍中（以乡下人自居）。”

※ 原文

谢公云：“金谷中，苏绍最胜。”绍是石崇姊夫，苏则孙，愉子也。

※ 译文

谢安说：“在金谷园聚会的名流中，要数苏绍最为优秀。”苏绍是石崇的姐夫，苏则的孙子，苏愉的儿子。

※ 原文

孙承公[1]云：“谢公清于无奕[2]，润于林道[3]。”

※ 注释

1 孙承公：孙统，字承公，历任鄞令、吴宁令、余姚令。2 无奕：谢奕，字无奕，谢安的哥哥。3 林道：陈逵，字林道，曾任西中郎将，兼任淮南太守。

※ 译文

孙承公说：“谢安比无奕（谢奕）清纯，比林道（陈逵）温雅。”

※ 原文

或问林公：“司州何如二谢？”林公曰：“故当攀安提万。”

※ 译文

有人问支道林（遁）：“王胡之与谢安、谢万相比如何？”支道林说：“当然是不及谢安而强于谢万了。”

※ 原文

孙兴公、许玄度皆一时名流。或重许高情，则鄙孙秽行[1]；或爱孙才藻，而无取于许。

※ 注释

1 则鄙孙秽行：《世说新语》原注引《续晋阳秋》说，孙兴公“虽有文才，而诞纵多秽行，时人鄙之”。

※ 译文

孙兴公（绰）、许玄度（询）都是当时的名流。有些人敬重许玄度的高尚情操，便鄙视孙兴公的污秽行为；有些人喜爱孙兴公的文才，便认为许玄度一无可取。

※ 原文

郗嘉宾道谢公：“造膝[1]虽不深彻，而缠绵纶至[2]。”又[3]曰：“右军诣嘉宾[4]。”嘉宾闻之云：“不得称诣，政[5]得谓之朋[6]耳。”谢公以嘉宾言为得。

※ 注释

1 造膝：本指促膝交谈，这里指谈论、议论。2 缠绵纶至：指情意非常深厚。3 又：通“有”，有人。4 嘉宾：据徐震堮《世说新语校笺》说，这两个字疑是衍文。5 政：通“正”，只，仅。6 朋：同等，同类。

※ 译文

郗嘉宾（超）评论谢安：“他的谈论虽然不很透彻，但是情意非常深厚。”有人说：“右军（王羲之）很有造诣。”嘉宾听到这话后说：“不能说很有造诣，只能说两人相当罢了。”谢安认为嘉宾的话说得对。

※ 原文

庾道季[1]云：“思理伦和[2]，吾愧康伯[3]；志力强正，吾愧文度。自此以还，吾皆百[4]之。”

※ 注释

1 庾道季：庾龢，字道季，庾亮的儿子，官至中领军。2 伦和：有条理而又和谐。3 康伯：韩伯，字康伯，东晋玄学思想家。下文“文度”，指王坦之，字文度。4 百：是一百倍，作动词用。

※ 译文

庾道季说：“要说思路有条理而又和谐，我自愧比不上康伯（韩伯）；要说志向纯、正毅力坚强，我自愧比不上文度（王坦之）。除了这两人外，其余的人我都超过他们一百倍。”

※ 原文

王僧恩轻林公，蓝田曰：“勿学汝兄，汝兄自不如伊。”

※ 译文

王僧恩（祎之）看不起林公（支遁），他的父亲蓝田（王述）说：“不要学你哥哥（王坦之），你哥哥本来都不如他。”

※ 原文

简文问孙兴公：“袁羊[1]何似？”答曰：“不知者不负[2]其才，知之者无取其体[3]。”

※ 注释

1 袁羊：袁齐。2 负：违背。引申为舍弃，忽略。3 体：品德。

※ 译文

简文帝（司马昱）问孙绰：“袁齐这个人如何？”孙说：“不了解他的人不会忽视他的才能，了解他的人又不会效仿他的德行。”

※ 原文

蔡叔子[1]云：“韩康伯虽无骨干[2]，然亦肤[3]立。”

※ 注释

1 蔡叔子：疑即蔡子叔，官至抚军长史。2 无骨干：指因肥而看不到骨骼。

3 肤：指外表。

※ 译文

蔡子叔说："韩康伯虽然胖得像没有骨头似的，但是体形壮美，形象还算可以。"

※ 原文

郗嘉宾问谢太傅曰："林公谈何如嵇公？"谢云："嵇公勤著脚，裁可得去耳。"又问："殷何如支？"谢曰："正尔有超拔，支乃过殷；然亹亹[1]论辩，恐□[2]欲制支。"

※ 注释

1 亹亹：同"娓娓"，形容说话谈论滔滔不绝。2 □：此处为缺文，当是"殷"字。由于宋初讳殷，因此用"□"来代替。此处当为传抄者漏填。

※ 译文

郗嘉宾（超）问谢安："林公谈论名理与嵇康相比如何？"谢安说："嵇康必须得马不停蹄地跑才能追赶上啊！"又问："殷浩与林公（支遁）相比如何？"谢安说："正是由于具有如此超凡脱俗的才思和气质，林公才在殷浩之上；但是在娓娓清谈方面，恐怕林公就不如殷浩了。"

※ 原文

庾道季[1]云："廉颇、蔺相如虽千载上死人，懔懔恒如有生气。曹蜍、李志虽见在，厌厌[2]如九泉下人。人皆如此，便可结绳而治，但恐狐狸猯貉啖[3]尽。"

※ 注释

1 庾道季：庾龢，庾亮少子。历任丹阳尹、中领军等。2 厌厌：同"恹恹"，精神萎靡不振的样子。3 啖：吃。

※ 译文

庾道季（龢）说："廉颇和蔺相如虽然是距今千年以上的人了，但是却依然正气凛然，始终保持着生气。曹蜍和李志虽然现在还活着，但是却精神萎靡，像是九泉之下的死人。若人人都像曹蜍和李志，则天下就可以用结绳记事的方法来治理了，不过恐怕人们也都会被狐狸、猯猪、野貉等野兽吃光了。"

※ 原文

卫君长是萧祖周妇兄，谢公问孙僧奴："君家道卫君长云何？"孙曰："云是世业人。"谢曰："殊不尔，卫自是理义人。"于时以比殷洪远。

※ 译文

卫君长（永）是萧祖周（轮）妻子的哥哥，谢安问孙僧奴（腾）说："你觉得卫君长这个人如何？"孙僧奴说："据说这个人很致力于世务。"谢安说："远非如此，卫君长原本是个精通玄学的人。"当时人们往往把卫君长同殷洪远相比。

※ 原文

王子敬[1]问谢公："林公[2]何如庾公[3]？"谢殊不受，答曰："先辈初无论，庾公自足没[4]林公。"

※ 注释

1 王子敬：王献之，字子敬，晋琅琊临沂（今属山东）人，王羲之的第七子，东晋著名书法家，曾任建威将军、吴兴太守、中书令。2 林公：支遁。3 庾公：庾亮。4 没：盖过，超过。

※ 译文

王子敬问谢公(谢安)："林公和庾公相比如何？"谢公实在不愿意回答这个问题，答道："前辈们从没有做过评论，庾公原本就超过林公。"

※ 原文

谢遏诸人共道竹林[1]优劣，谢公云："先辈初不臧贬[2]七贤。"

※ 注释

1 竹林：指竹林七贤。2 臧贬：褒贬，评论高下。

※ 译文

谢遏（玄）等人在一起议论竹林七贤的优劣，谢公（谢安）说："前辈们从来就不褒贬这七位贤人。"

※ 原文

有人以王中郎比车骑，车骑闻之曰：“伊窟窟成就。”

※ 译文

有人拿王中郎（王坦之）比谢玄，谢玄听后说道：“他勤奋而成就卓著。”

※ 原文

王黄门[1]兄弟三人[2]俱诣谢公，子猷、子重多说俗事，子敬寒温[3]而已。既出，坐客问谢公：“向三贤孰愈？”谢公曰：“小者最胜。”客曰：“何以知之？”谢公曰：“吉人之辞寡，躁人之辞多[4]。推此知之。”

※ 注释

1 王黄门：王徽之。2 兄弟三人：指王徽之、王操之、王献之。3 寒温：寒暄。4 “吉人”二句：指贤明的人言辞少而精粹，浮躁的人言辞多而啰唆。

※ 译文

黄门侍郎王徽之兄弟三人结伴去拜访谢安。王徽之和王操之总谈一些俗事，王献之却仅仅寒暄几句而已。他们走后，在座的宾客问谢安：“刚才那三位贤人，哪一个更好些？”谢安说：“小的那个更好。”客人问：“是根据什么判断的？”谢安说：“贤明的人言辞少而精粹，浮躁的人言辞多而啰唆。我就是根据这个来判断的。”

※ 原文

谢公问王子敬：“君书何如君家尊[1]？”答曰：“固当不同。”公曰：“外人论殊不尔。”王曰：“外人那得知？”

※ 注释

1 君书何如君家尊：王献之擅长书法，并自认为超过父亲王羲之，谢安也懂书法，他尊崇王羲之而轻视王献之，所以才这样问他。献之听后，心中很不平，因而下文说道“外人那得知”，其实是暗斥谢安不懂书法。

※ 译文

谢公（谢安）问王子敬（献之）：“你的书法和你父亲相比怎么样？”王子敬

回答说："原本就不一样。"谢公说："外人的议论可完全不是这样。"王献之说："外人哪里能知道？"

※ 原文

王孝伯[1]问谢太傅："林公何如长史[2]？"太傅曰："长史韶兴。"问："何如刘尹？"谢曰："噫！刘尹秀。"王曰："若如公言，并不如此二人邪？"谢云："身意正尔也。"

※ 注释

1 王孝伯：王恭。2 长史：王濛。

※ 译文

王孝伯（恭）问谢安："林公（支遁）与长史（王濛）相比如何？"谢安说："长史意趣美好。"又问："同刘尹（惔）相比如何？"谢安说："刘尹俊秀出众。"王孝伯说："照你这么说，林公比不上这两位吗？"谢安说："正是此意。"

※ 原文

人有问太傅："子敬可是先辈谁比？"谢曰："阿敬近撮王、刘之标。"

※ 译文

有人问谢安："王献之可以与前辈中哪一位相比？"谢安说："阿敬近乎集王濛和刘惔二人的风度于一体。"

※ 原文

谢公语孝伯："君祖比刘尹，故为得[1]逮。"孝伯云："刘尹非不能逮，直[2]不逮。"

※ 注释

1 为得：能够，会。2 直：通"只"，只是，不过。

※ 译文

谢安对王孝伯（恭）说："你的祖父同刘惔相比，应当可以与之媲美吧？"王孝伯说："刘惔此人并不是没有人能够比得上，只是不想做那样的人罢了。"

※ 原文

王子猷、子敬兄弟共赏《高士传》[1]人及赞。子敬赏井丹[2]高洁，子猷云：“未若长卿[3]慢世[4]。”

※ 注释

1《高士传》：书名，嵇康撰，今已失传。赞：一种文体，人物传记后面对所记人物进行褒贬的评论性短文。2 井丹：字大春，东汉人，为人博学多才，不慕荣贵。3 长卿：司马相如，字长卿，汉代著名的辞赋家。4 慢世：指放纵任性，轻蔑世事。

※ 译文

王子猷（徽之）、王子敬（献之）兄弟一起欣赏《高士传》中的人物和赞文，子敬欣赏井丹的高洁，子猷说：“不如长卿对世俗的轻慢。”

※ 原文

有人问袁侍中曰[1]：“殷仲堪何如韩康伯？”答曰：“理义所得优劣，乃复未辨；然门庭萧寂，居然有名士风流，殷不及韩。”故殷作《诔》云：“荆门[2]昼掩，闲庭晏然[3]。”

※ 注释

1 袁侍中：袁恪之，字元祖，曾任黄门侍郎、侍中。2 荆门：用树枝、荆条编成的门。3 晏然：安然、平静的样子。

※ 译文

有人问侍中袁恪之说：“殷仲堪和韩康伯（伯）相比怎么样？”他回答说：“在玄理上的收获心得方面，二人高下还难以分辨；然而韩康伯门庭幽静，显然是具有名士风范的人，这是殷仲堪不如韩康伯的地方。”所以殷仲堪在哀悼韩康伯的《诔》文中说：“柴门白天掩着，庭院里闲适悠然。”

※ 原文

王珣疾，临困[1]，问王武冈[2]曰：“世论以我家领军[3]比谁？”武冈曰：“世以比王北中郎[4]。”东亭转卧向壁，叹曰：“人固不可以无年[5]！”

※ 注释

1 临困：到病重的时候。2 王武冈：王谧，王导的孙子。袭爵武冈侯，少有美誉。曾任黄门侍郎、侍中，领扬州刺史，录尚书事。3 我家领军：指王洽，是王导的儿子，王珣的父亲。4 王北中郎：王坦之，王述的儿子。5 人固不可以无年：人确实不能不长寿啊。王珣的意思是，他的父亲王洽的名德超过了王坦之，但是因二十六岁就去世而没有名声，否则不至于跟王坦之比。

※ 译文

王珣生了病，在病情严重时，问他的堂弟王谧道："世人评论时把我的父亲跟谁相比啊？"王谧说："世人把他同王坦之相比。"王珣转身面向墙壁，长叹说："人可真是不能够不长寿啊！"

※ 原文

桓玄[1]为太尉[2]，大会，朝臣毕集。坐裁竟，问王桢之[3]曰："我何如卿第七叔[4]？"于时宾客为之咽气[5]。王徐徐答曰："亡叔是一时之标，公是千载之英。"一坐欢然。

※ 注释

1 桓玄：字敬道，晋谯国龙亢（今安徽怀远西北）人，桓温的儿子，袭封南郡公。因篡晋，刘裕起兵讨伐，被杀。2 太尉：宋本作"太傅"。据《晋书·王桢之传》《晋书·桓玄传》应作"太尉"，今从之。3 王桢之：字公干，王徽之的儿子，历任侍中、大司马长史。4 卿第七叔：指王献之，字子敬。5 咽气：《晋书·王桢之传》作"气咽"，指紧张得喘不过气来。桓玄生性暴戾，此时又大权在握，所以大家担心王桢之回答不当会触犯他。

※ 译文

桓玄担任太尉时，大会宾客，朝中的大臣们全都聚集在一起。刚刚坐定，他就问王桢之说："我和你的七叔（王献之）相比如何？"这时宾客们都为王桢之紧张得屏住了呼吸。王桢之悠悠答道："亡叔是一时楷模，您是千载英豪。"大家听完都欣然地松了一口气。

※ 原文

桓玄问刘太常[1]曰："我何如谢太傅？"刘答曰："公高，太傅深。"又曰："何如贤舅子敬？"答曰："楂、梨、橘、柚，各有其美[2]。"

※ 注释

1 刘太常：刘瑾，东晋南阳（今河南）人。外祖父为王羲之。历任尚书、太常卿，很有才华。2 "楂、梨"二句：各种水果有其各自的美味。

※ 译文

桓玄问刘瑾道："我同谢安相比如何？"刘瑾说："您高明，谢安深远。"又问："我同你的舅父王献之相比如何？"刘瑾说："山楂、梨子、橘子、柚子，各有各的美味。"

※ 原文

旧以桓谦比殷仲文。桓玄时，仲文入，桓于庭中望见之，谓同坐曰："我家中军[1]那得[2]及此也！"

※ 注释

1 中军：指桓谦。2 那得：怎么能。

※ 译文

以往拿桓谦来比殷仲文。桓玄当权时，有一次殷仲文从外面进来，桓玄在庭院里看到他，跟同座的人说道："我家中军怎么比得上他啊！"

规箴第十

规箴里记载了魏晋名士对别人不恰当的言行所进行的规劝和谏诫。这种规箴多是善意的，具有教育及启发作用。

※ 原文

汉武帝乳母尝于外犯事[1]，帝欲申宪[2]，乳母求救东方朔[3]。朔曰："此非唇舌所争，尔必望济者，将去时，但当屡顾帝，慎勿言！此或可万一冀耳。”乳母既至，朔亦侍侧，因谓曰：“汝痴耳！帝岂复忆汝乳哺时恩邪？”帝虽才雄心忍，亦深有情恋，乃凄然愍之，即敕免罪。

※ 注释

1 犯事：做违法的事。据褚少孙补《史记·滑稽列传》记载，违反禁令的是乳母的子孙家奴，乳母因受牵连而获罪。2 申宪：施行法令，指依法处理。3 东方朔：字曼倩，西汉人，曾任太史大夫，为人诙谐机智，很受汉武帝信赖。

※ 译文

汉武帝的奶妈曾在外面犯了罪，武帝要依法处置她，奶妈向东方朔求救。东方朔说：“这不是口舌争辩能办成的事，你想获释的话，就要在离开的时候，频频回头望着皇上，千万不要说话！这样或许会有一线希望。”奶妈来到汉武帝面前，东方朔也陪侍在武帝身旁，乘机对奶妈说：“你太傻了！皇上难道还会记得你哺乳时的恩情吗？”武帝虽然雄才大略，性格刚强，但对奶妈也有深深的依恋之情，于是难过地怜悯起她，马上下令将其赦免。

※ 原文

京房[1]与汉元帝共论，因问帝：“幽[2]、厉[3]之君何以亡？所任何人？”答曰：“其任人不忠。”房曰：“知不忠而任之，何邪？”曰：“亡国之君各贤其臣，岂知不忠而任之？”房稽首[4]曰：“将恐今之视古，亦犹后之视今也。”

※ 注释

1 京房：字君明，西汉东郡顿丘（今河南清丰）人。官至魏太守。2 幽：周幽王，因宠幸褒姒而导致国家败亡。3 厉：周厉王，因肆意杀戮无辜，暴虐无道而被国人放逐。4 稽首：叩首，古代的一种最为隆重的礼仪。

※ 译文

京房同汉元帝一起论事，便趁机问汉元帝道：“周幽王和周厉王为什么会败亡呢？他们都任用些什么人？”元帝答道：“他们所任用的人都不忠诚。”京房说：“既然都知道那些人不忠诚，却还要用他们，这又是为什么呢？”元帝说：“亡国之君都认为他们各自的臣子是贤能的，哪有明知他们不忠诚却还要用的呢？”京房叩首道：“恐怕我们今天看古人，也就像以后的人看我们现在。”

※ 原文

陈元方[1]遭父丧，哭泣哀恸，躯体骨立[2]。其母愍之，窃以锦被蒙上。郭林宗[3]吊而见之，谓曰："卿海内之俊才，四方是则[4]，如何当丧，锦被蒙上？孔子曰：'衣夫锦也，食夫稻也，于汝安乎[5]？'吾不取也。"奋衣而去。自后宾客绝百所日[6]。

※ 注释

1 陈元方：陈纪，字元方，东汉人，陈寔的长子。2 骨立：形容消瘦得只剩骨架来支撑身体。3 郭林宗：郭泰，字林宗，东汉人，博学有礼，善处世事和品评人物。4 是则：则是，这里指仿效你。5 "衣夫"三句：语出《论语·阳货》："食夫稻，衣夫锦，于汝安乎？"孔子认为丧期未满就吃好的穿好的，不能心安。6 百所日：一百来天。

※ 译文

陈元方（纪）父亲去世后，哀痛哭泣，身体瘦得只剩骨架支撑着。他妈妈怜惜儿子，就悄悄地把锦缎被子披在他身上。郭林宗（泰）来吊丧时看到了，就对陈元方说："你是天下的俊杰，四面八方的人都以你为楷模，为什么在服丧期间，披着彩被呢？孔子说：'穿着锦衣，吃着白米，你能安心吗？'我认为这是不可取的。"说完挥袖而去。此后一百多天都没有宾客吊唁。

※ 原文

孙休[1]好射雉，至其时，则晨去夕反。群臣莫不上谏[2]，曰："此为小物，何足甚耽？"休曰："虽为小物，耿介[3]过人，朕所以好之。"

※ 注释

1 孙休：字子烈，孙权的儿子，吴太平三年（公元258年）即位，在位七年，谥为景皇帝。2 上谏：宋本作"止谏"，今据唐写本《世说新书》改作"上谏"。3 耿介：正直，有节操。古人认为雉是一种有节操的鸟，孙休以此来拒绝谏劝。

※ 译文

孙休喜欢射猎野鸡，到了射猎的季节，就早出晚归。群臣们没有谁不劝阻他，说："雉鸡是小东西，哪值得如此沉溺呢？"孙休说："虽然是小东西，但它比人刚强正直，所以我喜欢它们。"

※ 原文

孙皓[1]问丞相陆凯[2]曰："卿一宗在朝有几人？"陆曰："二相、五侯、将军十余人。"皓曰："盛哉！"陆曰："君贤臣忠，国之盛也。父慈子孝，家之盛也。今政荒民弊，覆亡是惧[3]，臣何敢言盛！"

※ 注释

1 孙皓：三国时吴国的末代君主，参见《言语》注。2 陆凯：字敬风，出身望族，官至左丞相。3 覆亡是惧：惧覆亡。是，指示代词，复指前置的宾语。

※ 译文

孙皓问丞相陆凯说："你们家族在朝廷里有几个人呢？"陆凯答道："有两个人做过宰相，五个人被封侯爵，十几个人担任过将军。"孙皓说："真是兴盛啊！"陆凯说："君贤臣忠，国家就兴盛；父慈子孝，家庭就兴盛。如今政治荒废，百姓穷困，覆亡之灾令人恐惧，我哪里还敢说兴盛啊！"

※ 原文

何晏[1]、邓飏[2]令管辂作卦，云："不知位至三公不？"卦成，辂称引古义，深以戒之。飏曰："此老生之常谈。"晏曰："知几[3]其神乎，古人以为难。交疏吐诚，今人以为难。今君一面，尽二难之道，可谓'明德惟馨[4]'。《诗》不云乎：'中心藏之，何日忘之[5]！'"

※ 注释

1 何晏：参见《识鉴》注。2 邓飏：参见《识鉴》注。何晏、邓飏二人当时都在魏朝依附曹爽，担任尚书。管辂：字公明，精通《周易》，擅长卜筮，官至少府丞。3 几：预兆，事情变化的细微迹象。4 明德惟馨：语出《尚书·君陈》，意思是，光明的德行才是真正的芳香。5 "中心"二句：语出《诗经·小雅·隰桑》，意思是，心中藏有他，哪有一天会忘掉！管辂借着解说卦理，劝谏何、邓二人明存亡之理，辅佐君主，这里何晏引用《诗经》来表示接受了他的建议。

※ 译文

何晏、邓飏让管辂给他们算卦，问道："不知官位能不能升至三公？"卦成以后，管辂引经据典，言辞深刻地劝诫他们。邓飏说："这不过是老生常谈而已。"何晏说：

"见微知著，古人认为很难。交情疏浅，却能坦诚相待，今人认为很难。今天和你初次见面，却完成了这两件困难的事，可以说是'圣明之德，芳香清醇'啊。《诗经》中不是说吗，'中心藏之，何日忘之'。我会牢记心中，永不忘怀的。"

※ 原文

晋武帝既不悟太子之愚，必有传后意，诸名臣亦多献直言。帝尝在陵云台上坐，卫瓘在侧，欲申其怀[1]，因如醉跪帝前，以手抚床曰："此坐可惜！"帝虽悟，因笑曰："公醉邪？"

※ 注释

1 申其怀：申述自己的心意，在这里指劝说晋武帝废掉太子司马衷。

※ 译文

晋武帝（司马炎）既然不能看清太子的愚钝，就肯定有传位给太子的意思，朝中元老重臣都在直言劝谏。晋武帝曾坐在陵云台上，卫瓘在一旁侍奉，非常想借此机会来申述自己的想法，就装作好像醉了的样子，跪在晋武帝面前，用手抚摸着御榻说："这个座位可真可惜啊！"晋武帝虽然听出了他的意思，可却只是笑着说："你是喝醉了吗？"

※ 原文

王夷甫妇，郭泰宁[1]女，才拙而性刚，聚敛无厌，干豫人事。夷甫患之而不能禁。时其乡人幽州刺史李阳[2]，京都大侠，犹汉之楼护[3]，郭氏惮之。夷甫骤[4]谏之，乃曰："非但我言卿不可，李阳亦谓卿不可。"郭氏小为之损。

※ 注释

1 郭泰宁：郭豫，西晋太原人。官至相国参军，搜敛无度。2 李阳：西晋高平（今山东巨野）人。尚侠义，为世人所推崇。3 楼护：西汉齐（今山东淄博）人，西汉末为京兆尹。研习经传，负有盛名。看重义气，广泛交游。4 骤：屡次。

※ 译文

王衍的妻子是郭豫的女儿，才智愚钝却性情倔强，聚敛财物，贪得无厌，还喜欢干涉别人的事情。王衍对她的行为感到厌恶但又没有办法阻止她。当时他的同乡幽州刺史李阳，因侠义而在京都享有盛名，如同汉代的楼护，郭氏对他有些畏惧。王衍多次劝诫郭氏，说："不只是我一个人说你不应该这样，李阳也认为你不应该这样做。"郭氏就稍稍收敛些。

※ 原文

王夷甫雅尚玄远[1]，常嫉其妇贪浊，口未尝言"钱"字。妇欲试之，令婢以钱绕床，不得行。夷甫晨起，见钱阂[2]行，呼婢曰："举却阿堵[3]物！"

※ 注释

1 玄远：指深奥幽远的玄理。2 阂：阻碍。3 阿堵：这，这个。

※ 译文

王夷甫崇尚玄远深奥的事物，常常厌恶他妻子的世俗贪婪，他的口中从未说过"钱"字。他妻子想试试他，就让婢女把钱绕着床，在周围排开，让他不能通过。夷甫早晨起来，看到那些钱妨碍了他通行，就呼唤婢女道："把这个东西拿开！"

※ 原文

王平子年十四五，见王夷甫妻郭氏贪欲，令婢路上儋[1]粪。平子谏之，并言诸不可。郭大怒，谓平子曰："昔夫人临终，以小郎嘱新妇，不以新妇嘱小郎[2]。"急捉衣裾，将与杖。平子饶力，争得脱，逾窗而走。

※ 注释

1 儋：通"担"，挑。2 小郎：小叔子。

※ 译文

王平子（澄）十四五岁，看到王夷甫（衍）的妻子郭氏贪得无厌，让丫鬟在路上挑粪。王平子跑去劝阻她，并跟她讲不能这样做的各种理由。郭氏听后大发雷霆，对王平子说："当年老夫人临终时，是把你这个小叔子托付给我，而不是把我托付给你这个小叔子的。"说着，一把抓住了王平子的衣襟，准备用棍子揍他。王平子力气很大，挣脱后跳窗跑走了。

※ 原文

元帝[1]过江犹好酒，王茂弘[2]与帝有旧，常流涕谏。帝许之，命酌酒一酣，从是遂断。

※ 注释

1 元帝：指晋元帝司马睿，原为琅琊王、安东将军，西晋灭亡后（公元 317 年），他在建康（今江苏南京）登位称帝，建立东晋，又称元皇、元皇帝。2 王茂弘：王导，字茂弘，司马睿即皇帝位，他因为有功而任丞相。

※ 译文

晋元帝司马睿过江以后仍旧喜好喝酒，王茂弘和元帝是老朋友，经常哭着劝阻。元帝答应了他，下令畅饮一番，从此就戒酒了。

※ 原文

谢鲲为豫章太守，从大将军下至石头。敦谓鲲曰："余不得复为盛德之事[1]矣！"鲲曰："何为其然？但使自今以后，日亡日去[2]耳。"敦又称疾不朝，鲲谕敦曰："近者，明公之举，虽欲大存社稷，然四海之内，实怀未达[3]。若能朝天子，使群臣释然，万物[4]之心，于是乃服。仗民望以从众怀，尽冲退[5]以奉主上，如斯则勋侔[6]一匡，名垂千载。"时人以为名言。

※ 注释

1 盛德之事：指辅佐君主建功立业的事情。2 日亡日去：指随着时间的流逝而逐渐忘却君臣之间的嫌隙。3 实怀未达：实际用意并不明确。4 万物：万众，众人。5 冲退：谦逊退让。6 勋侔：功勋与……等同。

※ 译文

谢鲲担任豫章太守，跟随大将军王敦东下到石头城。王敦对谢鲲说："我不能再做辅佐君主以建功立业之事了！"谢鲲说："为什么啊？但愿今后能够随着时光的流逝将君臣之间的嫌隙忘却。"王敦又假称自己生病而无法上朝。谢鲲劝他道："近来您的行为举动虽然是为了保全社稷，但是四海之内，您的真正用意并没有表明。倘若你能够去朝见天子，消除众臣的疑虑，则就会使万民之心归顺。仰仗民众的心理，顺着民众的想法，以谦逊退让的态度去侍奉君主，倘若能够这样的话，则您的功勋就像匡正天下一样，美名也会流传千古。"世人认为这是名言。

※ 原文

王丞相为扬州，遣八部从事[1]之职[2]。顾和时为下传还[3]，同时俱见。诸从事各奏二千石[4]官长得失，至和独无言。王问顾曰：“卿何所闻？”答曰：“明公作辅，宁使网漏吞舟[5]，何缘采听风闻，以为察察[6]之政？”丞相咨嗟称佳，诸从事自视缺然也。

※ 注释

1 八部从事：当时扬州管辖丹阳、会稽、吴、吴兴、宣城、东阳、临海、新安八郡，每郡分派一位部从事，所以有八部从事。部从事是州刺史的属官，主管督促文书、纠举非法之事。2 之职：指到职视察。3 顾和时为下传还：当时顾和以一般从事的身份，另乘一部传车，跟随部从事到郡中视察。这里的“下传”，可能就是指乘传车（参余嘉锡《世说新语笺疏》）。4 二千石：汉代郡太守的俸禄是二千石，后世用来指郡太守。5 网漏吞舟：网眼太疏，能漏掉可以吞舟的大鱼。这里喻指法令宽松。6 察察：清明的样子。

※ 译文

丞相王导担任扬州刺史时，派遣八个部的从事到各郡视察，顾和当时乘车跟随下郡，回来后，同时去谒见王导。各部从事分别报告郡太守的优劣，轮到顾和时他却一言不发。王导问顾和：“你听到什么了？”顾和答道：“您做宰相，宁可网漏吞舟，怎么能靠听信传闻作为洞察明辨的德政呢？”王导称赞顾和说得好，各部从事也自觉不如他。

※ 原文

苏峻东征沈充[1]，请吏部郎陆迈[2]与俱。将至吴，密敕左右，令入阊门放火以示威。陆知其意，谓峻曰：“吴治平未久，必将有乱。若为乱阶[3]，可从我家始。”峻遂止。

※ 注释

1 沈充：东晋吴兴（今浙江湖州）人。是江东世家大族，王敦起兵时，他是主谋。2 陆迈：东晋吴郡人。才思敏捷，见多识广，为官清正。3 乱阶：祸乱。

※ 译文

苏峻向东讨伐沈充，请吏部侍郎陆迈一同前往，将要到达吴郡时，苏峻密令左右士兵在阊门放火以显示军威。陆迈知道他的用意，就对苏峻说：“吴郡安定不久，必定会有祸乱。倘若想制造祸端的话，就从我家开始烧吧。”苏峻于是停止了纵火。

※ 原文

陆玩[1]拜司空，有人诣之，索美酒，得，便自起泻著梁柱间地，祝[2]曰："当今乏才，以尔为柱石之用，莫倾人栋梁。"玩笑曰："戢[3]卿良箴[4]。"

※ 注释

1 陆玩：字士瑶，曾任侍中、尚书左仆射、尚书令，死后追赠太尉。2 祝：祈祷。3 戢：收藏。4 箴：规劝，告诫。

※ 译文

陆玩担任司空后，有人来拜访他，向他索要好酒，拿到酒之后，就站了起来，把酒倒在梁柱边的地上，祈祷说："如今人才缺乏，让你担任柱石之臣，你千万别倾覆了人家的栋梁啊。"陆玩笑着说："我会铭记你的良言劝告。"

※ 原文

小庾[1]在荆州，公朝[2]大会，问诸僚佐曰："我欲为汉高、魏武[3]，何如？"一坐莫答，长史江彪[4]曰："愿明公为桓、文[5]之事，不愿作汉高、魏武也。"

※ 注释

1 小庾：庾翼。这时他担任荆州刺史。2 公朝：僚属参拜长官。3 汉高、魏武：指汉高祖刘邦、魏武帝曹操。庾翼说要做刘邦、曹操，意思是要奠定帝业。4 江彪：字思玄，博学多艺，曾任尚书左仆射、护军将军。5 桓、文：指齐桓公、晋文公。春秋时期两位最有名的霸主，在当时诸侯力政、天下大乱时，他们并未凭借武力取代周天子。

※ 译文

庾翼在担任荆州刺史时，在下属参拜长官的聚会上，他问同僚们说："我想学做汉高祖、魏武帝，你们觉得如何？"在座的人没有谁回答。长史江彪说："希望您能建立齐桓公、晋文公那样的事业，但不希望您成为汉高祖、魏武帝。"

※ 原文

罗君章[1]为桓宣武[2]从事，谢镇西[3]作江夏，往检校之。罗既至，初不问郡事，径就谢数日饮酒而还。桓公问："有何事？"君章云："不审公谓谢尚是何似人？"

桓公曰："仁祖是胜我许人。"君章云："岂有胜公人而行非者，故一无所问。"桓公奇其意而不责也。

※ 注释

1 罗君章：罗含。2 桓宣武：桓温。3 谢镇西：谢尚。

※ 译文

罗君章担任桓宣武的从事，谢镇西担任江夏相，罗君章前去检查事务。到江夏后，对郡里的事情一概不予过问，只是直接到谢尚那里，连着喝了几天酒后返回。桓温问他："有什么事情吗？"罗君章答道："不知道您认为谢尚是个什么样的人。"桓温说："仁祖是强于我的那个人？"罗君章说："哪有比你强却还要做坏事的，所以一概不过问。"桓公认为罗君章的见解很新奇，所以就没有责怪他。

※ 原文

王右军与王敬仁[1]、许玄度[2]并善。二人亡后，右军为论议更克[3]。孔岩[4]诫之曰："明府[5]昔与王、许周旋有情，及逝没之后，无慎终[6]之好，民所不取。"右军甚愧。

※ 注释

1 王敬仁：王修，字敬仁。2 许玄度：许询，字玄度，参见《品藻》注。3 克：苛刻，贬损。4 孔岩：字彭祖，封西阳侯，官至吴兴太守。5 明府：对郡太守的尊称。王羲之曾任会稽内史，孔岩是会稽人，所以他尊称王羲之为明府，下文自称为民。6 慎终：本指在为父母守孝期间能恭敬虔诚，依礼尽哀。这里指能尊重和正确对待死去的人。

※ 译文

右军将军王羲之和王敬仁（修）、许玄度（询）的关系都很好，二人去世后，王羲之对他们的议论却更加苛刻。孔岩劝诫他说："您从前和王、许交往，感情很好。他们去世之后，您却不能把这种关系维持到最后，我认为这是不可取的。"王羲之听完后很惭愧。

※ 原文

谢中郎在寿春败，临奔走，犹求玉帖镫[1]。太傅在军，前后初无损益之言。尔日犹云："当今岂须烦此！"

※ 注释

1 玉帖镫：马鞍两旁的踏脚，有玉饰。

※ 译文

谢中郎（万）在寿春战败，即将逃跑时还在寻找玉帖镫。太傅谢安在军中跟随，从来不曾提出意见，这次仍然只是说："眼下还要为此而增添麻烦吗？"

※ 原文

王大语东亭："卿乃[1]复论成不恶[2]，那得与僧弥戏[3]？"

※ 注释

1 乃：连词，如果。2 不恶：不劣，不坏。3 戏：原指角力，即比赛体力的强弱。在此引申为争夺地位的高低。

※ 译文

王大（忱）对东亭（王询）说："社会对你们的品评确实不差，怎么能同僧弥（王珉）争高下呢？"

※ 原文

殷觊病困[1]，看人政[2]见半面。殷荆州兴晋阳之甲[3]，往与觊别，涕零，属以消息[4]所患。觊答曰："我病自当差[5]，正忧汝患耳！"

※ 注释

1 病困：病重，病危。2 政：通"正"，只，仅仅。3 兴晋阳之甲：指为了清君侧的目的而进兵。4 消息：修养。5 差：同"瘥"，病愈的意思。

※ 译文

殷觊病情严重，看人的时候只能看半边脸。殷荆州（仲堪）想借清君侧的名义来发兵，前去同殷觊告别时，不禁泪流满面，嘱咐他好好养病。殷觊说："我的病自然会好，我只不过是担心你的祸患罢了。"

※ 原文

远公在庐山中，虽老，讲论不辍。弟子中或有堕[1]者，远公曰：“桑榆之光，理无远照；但愿朝阳之晖，与时并明耳。”执经登坐，讽诵朗畅，词色甚苦[2]，高足之徒，皆肃然增敬。

※ 注释

1 堕：通惰，懒惰，懈怠。2 苦：指言辞恳切。

※ 译文

远公（慧远）在庐山中，虽然年老体衰，但是讲论佛法却从未停止过。弟子中偶尔有人懈怠的，远公就说：“我就好比是桑榆上的落日余晖，光亮无法久远；只是希望你们年轻人像朝阳的光芒，越来越灿烂。”他手拿经书，登上讲坛，诵经流畅洪亮，言辞恳切、神态虔诚。高足弟子都肃然起敬。

※ 原文

桓南郡好猎，每田狩，车骑甚盛，五六十里中，旌旗蔽隰[1]。骋良马，驰击若飞，双甄[2]所指，不避陵壑[3]。或行陈不整，麏[4]兔腾逸，参佐无不被系束。桓道恭，玄之族也，时为贼曹参军[5]，颇敢直言。常自带绛绵绳著腰中，玄问：“此何为？”答曰：“公猎，好缚人士，会当被缚，手不能堪芒也。”玄自此小差[6]。

※ 注释

1 隰：低洼潮湿的地方。2 双甄：作战或打猎时的左右两翼。3 陵壑：山岭和深谷。4 麏：獐子。5 贼曹参军：军中掌管盗贼事务的属官。6 小差：缓解。

※ 译文

桓玄爱好打猎，每次出猎，随从的车马都非常多，五六十里的范围内，旗帜遍野，骏马奔驰，追逐如飞，左右两翼所向之处，不避高低。偶有队伍行列不整齐，獐兔逃跑掉，僚属们就都得被捆绑责打。桓道恭是桓玄的族人，当时担任军中掌管盗贼事务的属官，敢于直言。他常常自己将一条红色的丝绳缠在腰间，桓玄问他：“你这是做什么？”桓道恭答道：“您打猎时总是爱捆绑人。一旦我被捆绑，我的手可是受不了那粗麻绳上的芒刺啊。”此后，桓玄才稍稍有些收敛。

※ 原文

王绪、王国宝相为唇齿[1]，并上下[2]权要。王大不平其如此，乃谓绪曰：“汝为此欻欻[3]，曾不虑狱吏之为贵乎？”

※ 注释

1 唇齿：比喻关系密切。此处指彼此勾结。2 上下：应该是“弄”，玩弄之意。3 欻欻：轻举妄动。

※ 译文

王绪和王国宝相互勾结，一起玩弄权术，王忱不满他们这种做法，就对王绪说：“你们这样轻举妄动，难道就不曾顾虑狱吏的尊贵吗？”

捷悟第十一

捷悟记载了当时名士在应对答辩上，聪明机智的表现。

※ 原文

杨德祖[1]为魏武[2]主簿，时作相国[3]门，始构榱桷[4]，魏武自出看，使人题门作“活”字，便去。杨见，即令坏之。既竟，曰：“门中‘活’，‘阔’字。王正嫌门大也。”

※ 注释

1 杨德祖：杨修，字德祖，曾任丞相曹操的主簿，好学能文，才思敏捷，后被曹操所杀。2 魏武：指曹操，当时任丞相，封魏王。3 相国：官名，职守和丞相同，魏晋以后比丞相更为尊贵。这里是尊称曹操的丞相府。4 榱桷：屋椽。

※ 译文

杨德祖（修）担任魏武帝曹操的主簿，当时正在修造相国府的大门，刚刚架上椽子，魏武帝就亲自过来察看，他让人在门上题写了一个“活”字，就走了。杨修见到后，就下令把门拆了。拆完后，他说：“‘门’中‘活’，是‘阔’字，魏王是嫌门修得太大了。”

※ 原文

人饷魏武一杯酪，魏武啖少许，盖头上题“合”字以示众。众莫能解。次至杨修，修便啖，曰：“公教人啖一口[1]也，复何疑？”

※ 注释

1 人啖一口：“合”字拆开来是“人一口”，所以说“人啖一口”。

※ 译文

有人送了魏武帝曹操一杯奶酪，魏武帝吃了一点儿，就在盖子上写了一个“合”字让大家看，众人都不明白。轮到杨修了，他拿过来就吃，然后说：“魏王的意思是一人吃一口，还犹豫什么？”

※ 原文

魏武尝过曹娥[1]碑下，杨修从，碑背上见题作“黄绢幼妇，外孙齑臼[2]”八字。魏武谓修曰：“解不？”答曰：“解。”魏武曰：“卿未可言，待我思之。”行三十里，魏武乃曰：“吾已得。”令修别记所知。修曰：“黄绢，色丝也，于字为绝；幼妇，少女也，于字为妙；外孙，女子也，于字为好；齑臼，受辛也，于字为辤[3]。所谓‘绝妙好辞’也。”魏武亦记之，与修同，乃叹曰：“我才不及卿，乃觉[4]三十里。”

※ 注释

1 曹娥：东汉时的孝女，父亲溺水而死，她沿江号哭，昼夜不绝，最后投江而死。当地县长度尚把她葬在江南道旁，并立下碑石，碑文由邯郸淳写成，这就是曹娥碑。汉末蔡邕又在碑背上题写了“黄绢幼妇，外孙齑臼”八字。2 齑臼：捣制细末状腌菜的器具。3 辤：古代捣制齑时，常加上大蒜等具有辛辣味道的作料，因此齑臼要承受辛辣。“辤”字，是“辞”的异体字。4 觉：通“较”，相差，相距。

※ 译文

魏武帝曹操曾经路过曹娥碑，杨修跟从。看到碑的背面题写着“黄绢幼妇，外孙齑臼”八个字，魏武帝对杨修说：“你明白它的意思吗？”杨修回答：“我明白。”魏武帝说：“你先别说，待我想想。”走了三十多里路，武帝才说：“我也知道答案了。”他让杨修另外写下答案，杨修写道：“黄绢，是有颜色的丝，合在一起是‘绝’字；幼妇，是少女，合在一起是‘妙’字；外孙，是女儿的孩子，合在一起是‘好’字；齑臼，是承受辛辣的器物，合在一起是‘辤’（辞的异体字），连在一起就是‘绝妙好辞’啊。”魏武帝也写了下来，和杨修的一样，他感叹道：“我的才思不如你呀，竟相差了三十里。”

※ 原文

魏武征袁本初[1]，治装，余有数十斛竹片，咸长数寸，众云并不堪用，正令烧除。太祖[2]思所以用之，谓可为竹椑楯[3]，而未显其言。驰使问主簿杨德祖，应声答之，与帝心同。众伏[4]其辩悟[5]。

※ 注释

1 袁本初：袁绍，字本初，是汉末势力最强的群雄之一，和曹操连年互相攻伐，建安五年（公元200年）在官渡大败，两年后病死。2 太祖：魏朝建立后，给曹操追赠的庙号。3 竹椑楯：椭圆形的竹制盾牌。4 伏：通“服”。5 辩悟：言辞流畅而思维敏捷。

※ 译文

魏武帝曹操讨伐袁本初（绍），准备行装时还剩下几十斛竹片，都有几寸长，大家觉得没什么用处，正要下令烧掉。武帝觉得很可惜，考虑怎么能派上用场，认为可以用来做竹盾牌，但他没有把这个想法说出来。他急速派人去问主簿杨德祖（修），杨德祖应声回答，想法和武帝一样。众人都钦佩杨德祖的聪明。

※ 原文

王敦引军垂至大桁[1]，明帝[2]自出中堂。温峤[3]为丹阳尹，帝令断大桁，故未断[4]，帝大怒瞋目，左右莫不悚惧。召诸公来。峤至，不谢，但求酒炙。王导须臾至，徒跣[5]下地，谢曰：“天威在颜，遂使温峤不容[6]得谢。”峤于是下谢，帝乃释然。诸公共叹王机悟名言。

※ 注释

1 大桁：建康城南秦淮河上的一座桥，因在朱雀门外，又称朱雀桥。2 明帝：晋明帝司马绍。中堂：地名，在建康城南门外。3 温峤：字太真，晋太原祁（今山西祁县）人，曾在刘琨手下任右司马，后受命南下建康，拥戴司马睿，被任命为散骑常侍，明帝时调任中书令，后又任江州刺史、骠骑将军等职，封始安郡公，死后谥号忠武。4 故未断：《世说新语》原注说，温峤为阻止叛军进城而烧毁了朱雀桥，和这里所记不同。5 徒跣：赤着脚。6 容：可能，能够。

※ 译文

王敦带兵快打到朱雀桥了，晋明帝司马绍亲自来到中堂。温峤当时担任丹阳尹，皇上命令他毁掉朱雀桥，可是温峤没有执行，皇上瞪着双眼大发雷霆，左右的人都惶恐不安。明帝召令各位公卿前来，温峤到了以后也不谢罪，还索求酒肉。王导过一会儿来了，他光着脚请罪说："皇上圣怒，竟使温峤都不敢谢罪了。"温峤立即跪下请罪，皇上这才息怒。大家都赞叹王导的机警智能。

※ 原文

郗司空[1]在北府，桓宣武恶其居兵权。郗于事机素暗，遣笺诣桓："方欲共奖[2]王室，修复园陵。"世子[3]嘉宾[4]出行，于道上闻信至，急取笺，视竟，寸寸毁裂，便回。还更作笺，自陈老病，不堪人间[5]，欲乞闲地自养。宣武得笺大喜，即诏转公督五郡[6]，会稽太守。

※ 注释

1 郗司空：郗愔，这时兼任徐、兖二州刺史。北府：刘盼遂《世说新语校笺》说："北府者，北中郎将之府也。北中郎将，常领徐州刺史，因亦称徐州刺史为北府。及徐州刺史移镇京口，又名京口为北府矣。"京口，即今江苏镇江。2 奖：辅助。3 世子：郗愔袭爵南昌公，其嫡长子也可称为世子。4 嘉宾：郗超，字嘉宾，当时担任桓温手下的参军。5 人间：人世间事，这里指担任官职。6 督五郡：据《晋书·郗愔传》记载，这是都督浙江东五郡军事。郗愔这次调职，名义上是升迁，但已离开京口这一险要之地，实际上，除去了桓温心中的隐病。

※ 译文

司空郗愔在北府镇江的时候，宣武侯桓温嫉恨他掌握兵权。郗愔对于世事不是很练达，派人送信给桓温说："正想和您共同辅助王室，修复先帝的陵寝。"郗愔的长子嘉宾（郗超）在外出行，路上听说信使到了，急忙取过父亲的信来阅读，看完撕得粉碎，回到了驻地。他替父亲重新又写了封信，在信中说自己年迈多病，不能承受世事的劳顿，希望找一个闲适的地方安度晚年。桓温看了郗愔的信大喜，随即下令调任郗公为都督五郡军事，并兼任会稽太守。

※ 原文

王东亭作宣武主簿，尝春月与石头[1]兄弟乘马出郊。时彦[2]同游者连镳[3]俱进。唯东亭一人常在前，觉数十步，诸人莫之解。石头等既疲倦，俄而乘舆向[4]，诸人皆似从官，唯东亭奕奕在前。其悟捷如此。

※ 注释

1 石头：桓熙，字伯道，小字石头，桓温的长子，官至豫州刺史。2 时彦：当时的贤能人士。3 连镳：并辔，坐骑并排。镳，马嚼子的两端露出嘴外的部分。4 向：宋本、唐本《世说新书》皆作“向”，其他各本作“回”，回与向皆为“转”义，今依唐本。

※ 译文

东亭侯王珣担任宣武侯桓温的主簿，曾在春天和石头（桓熙）兄弟骑马到郊外去。同游的人都是当时的名流，大家并驾齐驱。只有东亭一个人跑在前面，和其他人相距几十步，大家都不明白是什么意思。一会儿石头兄弟累了，就坐到车里，这样刚才同行的那些人就像是侍从了，只有东亭神采奕奕地走在前面，他就是这样的聪明机智。

夙惠第十二

夙惠记载了小孩子的聪明才智，和成人相比，孩子们的聪颖更有天真的童趣。《世说新语》为此专设一门，有特别褒奖之意。

※ 原文

宾客诣陈太丘[1]宿，太丘使元方、季方炊。客与太丘论议，二人进火，俱委而窃听。炊忘著箄[2]，饭落釜中。太丘问：“炊何不馏[3]？”元方、季方长跪曰：“大人与客语，乃俱窃听，炊忘著箄，饭今成糜[4]。”太丘曰：“尔颇有所识不？”对曰：“仿佛志之。”二子俱说，更相易夺[5]，言无遗失。太丘曰：“如此，但糜自可，何必饭也！”

※ 注释

1 陈太丘：陈寔，参见《德行》注。下文“元方”“季方”，即陈纪、陈谌，是陈寔的两个儿子。2 箄：竹箄，蒸食物时能隔开水的一种炊具。3 馏：把米放在水里煮开，再捞出蒸成饭。4 糜：稠粥。5 易夺：改正补充。

※ 译文

有客人在太丘长陈寔家留宿，太丘就让元方（陈纪）、季方（陈谌）兄弟二人做饭。兄弟二人正在烧火，听见太丘和客人在谈论，都停下来偷听。做饭时忘了放上竹箄，米都落进了锅里。太丘问："为什么没蒸饭呢？"元方、季方跪在地上说："您和客人谈话，我俩都在偷听，结果忘了放箄子，饭都成了粥。"太丘说："你们还记得我们说了什么吗？"兄弟回答道："大概还记得。"于是兄弟二人跪在地上一块儿说，并互相补充，大人说的话一点儿都没有遗漏。太丘说："既然这样，喝粥就行了，何必做饭呢！"

※ 原文

何晏七岁，明惠[1]若神，魏武奇爱之。因晏在宫内[2]，欲以为子。晏乃画地令方，自处其中。人问其故，答曰："何氏之庐也。"魏武知之，即遣还。

※ 注释

1 惠：通"慧"，聪明。2 晏在宫内：曹操娶了何晏的寡母，因此何晏也随母在曹府中长大。

※ 译文

何晏七岁时，就聪明伶俐，魏武帝曹操非常喜欢他。因为何晏在曹操府第中长大，魏武帝想收他做儿子。何晏就在地上画了个方框，自己站在里面。有人问他怎么回事，何晏答道："这是我们何家的房子。"魏武帝明白了他的意思，就马上让他回去了。

※ 原文

晋明帝数岁，坐元帝膝上。有人从长安来，元帝问洛下消息，潸然流涕。明帝问何以致泣，具以东渡意[1]告之。因问明帝："汝意谓长安何如日远？"答曰："日远。不闻人从日边来，居然可知。"元帝异之。明日集群臣宴会，告以此意，更重问之。乃答曰："日近。"元帝失色，曰："尔何故异昨日之言邪？"答曰："举目见日，不见长安。"

※ 注释

1 东渡意：指晋元帝司马睿渡江南下兴复晋室的意图。

※ 译文

晋明帝司马绍只有几岁的时候，坐在元帝（司马睿）膝上。有个从长安来的人，元帝就向他询问洛阳的消息，不由得流下了眼泪。明帝问元帝为了什么哭泣，元帝便把东迁的原委详细地告诉了他。于是问明帝说:“你认为长安与太阳相比，哪个更远?”明帝回答说：“太阳远。没听说有人从太阳那边来，这显然可知了。”元帝感到很诧异。第二天，元帝召集群臣举行宴会时，把明帝的意思告诉大家，又重新问明帝。明帝却回答说：“太阳近。”元帝惊愕失色，说：“你为什么和昨天说的话不同呢?”明帝回答说：“抬头就能见到太阳，却见不到长安。”

※ 原文

司空顾和与时贤共清言，张玄之[1]、顾敷[2]是中外孙[3]，年并七岁，在床边戏。于时闻语，神情如不相属[4]。瞑于灯下，二儿共叙客主之言，都无遗失。顾公越席而提其耳曰：“不意衰宗[5]复生此宝。”

※ 注释

1 张玄之：又作“张玄”，字祖希，顾和的外孙，曾任吏部尚书、冠军将军、吴兴太守。2 顾敷：字祖根，顾和的孙子，官至著作郎。3 中外孙：孙子和外孙。4 属：关联，关涉。5 衰宗：对自己家族的谦称。

※ 译文

司空顾和与当时的名流们一起清谈。张玄之、顾敷是顾和的外孙和孙子，年龄都是七岁，在坐榻边嬉戏。当时听大人们谈话，他们的神情好像并不在意。晚上在灯下，两个小孩子一起论述主客双方的对话，竟没有一点遗漏。顾和听见后，离开座位拉拉两个人的耳朵说：“没料到，我们这个败落的家族又生了你们这两个宝贝！”

※ 原文

韩康伯数岁，家酷贫，至大寒，止得襦[1]。母殷夫人自成之，令康伯捉熨斗，谓康伯曰：“且著襦，寻作复裈[2]。”儿云：“已足，不须复裈也。”母问其故，答曰：“火在熨斗中而柄热，今既着襦，下亦当暖，故不须耳。”母甚异之，知为国器。

※ 注释

1 襦：短衣，短袄。2 复裈：夹裤。

※ 译文

韩康伯（伯）很小的时候，家里非常穷，到了最冷的季节，他仍只穿了件短袄。

母亲殷夫人给他做衣服，让康伯提着熨斗，她对康伯说："你先穿着短袄，以后再给你做夹裤。"儿子说："这就够了，不要夹裤了。"母亲问他原因，他回答说："火在熨斗里，熨斗柄也会热，我现在穿上短袄，下身也觉得暖和，所以不要夹裤了。"母亲非常诧异康伯的回答，知道他将来一定会成为治国之才。

※ 原文

晋孝武[1]年十二，时冬天，昼日不著复衣[2]，但著单练衫[3]五六重，夜则累茵褥[4]。谢公谏曰："圣体宜令有常。陛下昼过冷，夜过热，恐非摄养[5]之术。"帝曰："昼动夜静。"谢公出叹曰："上理不减先帝[6]。"

※ 注释

1 晋孝武：司马曜，晋简文帝的儿子。2 复衣：夹衣。3 单练衫：单层绢丝做的衣衫。4 茵褥：垫褥。5 摄养：调摄保养。6 先帝：这里指晋文帝司马昱。

※ 译文

晋孝武帝司马曜十二岁的时候，正值冬天，他白天不穿夹衣，只穿着五六层的绢衣，晚上却盖着两床被子。谢公（谢安）劝告他说："圣上应该按照常理保养身体。陛下白天过冷，晚上过热，恐怕不是养生的办法。"孝武帝说："白天活动着就不觉得冷，夜间不活动就不觉得热。"谢公出来后赞叹道："圣上的义理不比先帝差啊。"

※ 原文

桓宣武薨，桓南郡年五岁，服始除，桓车骑[1]与送故[2]文武别，因指语南郡："此皆汝家故吏佐。"玄应声恸哭，酸[3]感傍人。车骑每自目己坐曰："灵宝[4]成人，当以此坐[5]还之。"鞠[6]爱过于所生。

※ 注释

1 桓车骑：桓冲，字幼子，桓温的弟弟，桓玄的叔父，曾任荆州刺史、车骑将军。2 送故：把死在任上长官的灵柩护送回故乡。3 酸：悲伤，凄楚。4 灵宝：桓玄的小字。5 此坐：桓温生前镇守姑孰（今安徽当涂），死后，朝廷任命桓冲接替他去镇守。此坐，就是指镇守姑孰的职位。6 鞠：养育，抚养。

※ 译文

宣武侯桓温去世时，南郡公桓玄才五岁，刚脱了丧服，车骑将军桓冲和桓温属下的文武官员道别，他指着这些人对桓玄说："这些都是你家从前的下属。"桓玄听罢大哭，周围的人都感到悲伤。桓冲常常看着自己的座位说："等灵宝长大成人后，我一定把这个位置还给他。"桓冲养育桓玄，疼爱的程度胜过自己的亲生子女。

豪爽第十三

豪爽从不同侧面表现了魏晋士人的豪迈性情，及行事爽快的风格。魏晋时期，豪爽是深受士人重视的一种神情风尚，它能振奋人们的精神，激励人们奋发向上。

※ 原文

王大将军年少时，旧有田舍名，语音亦楚[1]。武帝唤时贤共言伎艺事。人皆多有所知，唯王都无所关，意色殊恶，自言知打鼓吹[2]。帝令取鼓与之，于坐振袖而起，扬槌奋击，音节谐捷，神气豪上，傍若无人。举坐叹其雄爽。

※ 注释

1 楚：楚地指长江中下游一带，由于地方语音色彩较重，中原人认为鄙俗土气。王敦虽是琅琊临沂人，但语音不同于中原，也被看作是楚音。2 鼓吹：本指鼓箫等乐曲的合奏，这里单指鼓。

※ 译文

大将军王敦年轻时，原本就有乡巴佬的外号，说话的口音也很重。晋武帝（司马炎）招呼名流们一起谈论歌舞方面的事，大家都能说出点体会，只有王敦对这事毫不关注，脸色显得非常难看，说自己只会打鼓。武帝就下令把鼓拿来，王敦从座位上摔袖而起，扬起鼓槌，奋力擂击，节奏和谐快捷，神情豪迈奔放，旁若无人，四座无不赞叹他的威武豪爽。

※ 原文

王处仲[1]，世许高尚之目[2]，尝荒恣于色，体为之弊[3]。左右谏之，处仲曰："吾乃不觉尔。如此者甚易耳！"乃开后阁[4]，驱诸婢妾数十人出路，任其所之，时人叹焉。

※ 注释

1 王处仲：王敦，字处仲。2 目：评语。3 弊：疲惫，困顿。4 阁：小楼。

※ 译文

王处仲（敦），世人给予他高尚的评价。他曾经放纵声色，身体也因此衰弱。身边的人规劝他，处仲说："我竟没有觉察到，既然这样，也很容易办啊。"于是就打开后楼内室，把几十名侍妾打发上路，不管去哪里都可以。世人对他的做法大加赞赏。

※ 原文

王大将军自目高朗疏率[1]，学通《左氏》[2]。

※ 注释

1 疏率：放达坦率。2 《左氏》：即《春秋左氏传》，简称《左传》。

※ 译文

大将军认为自己高尚爽朗，放达率真，在学问上通晓《左传》。

※ 原文

王处仲每酒后，辄咏"老骥伏枥，志在千里；烈士暮年，壮心不已[1]"。以如意[2]打唾壶，壶口尽缺。

※ 注释

1 "老骥"四句：语出曹操《龟虽寿》一诗，意思是老了的骏马虽在马厩里，它的志向却还是驰骋千里；有志之士到了晚年，他的雄心依然没有止息。王敦引用这四句诗，表明了他仍旧想总揽朝政的意图。2 如意：又称爪杖，一种挠痒的用具，因挠痒时可如人意而得名。魏晋名士清谈时用以指画，以助语势，后来逐渐成为风雅赏玩的器物。唾壶：又称唾盂，供吐痰等用的壶。

※ 译文

王处仲（敦）每次酒后，就朗诵"老骥伏枥，志在千里；烈士暮年，壮心不已"。一边诵读一边用如意击打痰盂作为节拍，痰盂口都被他敲缺了口。

※ 原文

晋明帝欲起池台，元帝不许。帝时为太子，好养武士。一夕中作池，比晓便成。今太子西池[1]是也。

※ 注释

1 太子西池：池名，东吴时孙登修建，称为西苑；晋明帝重修，称为太子西池。故址在丹阳（今安徽当涂小丹阳镇）。

※ 译文

晋明帝司马绍想开凿池塘，要建山水楼台，元帝司马睿不答应。明帝当时是太子，喜欢蓄养武士，他就让武士们晚上开凿池塘，到了早晨就建好了。就是现在的太子西池。

※ 原文

王大将军始欲下都[1]，处分[2]树置，先遣参军告朝廷，讽旨[3]时贤。祖车骑尚未镇寿春，瞋目厉声语使人曰："卿语阿黑[4]：何敢不逊！催摄回去[5]，须臾不尔，我将三千兵，槊[6]脚令上！"王闻之而止。

※ 注释

1 下都：从上游沿江东下，到京城建康。指晋元帝永昌元年（公元 322 年）时，王敦从武昌以诛杀刘隗的名义发兵东下，占据石头城。2 处分：处理朝政。树置：有所建树。3 讽旨：委婉地暗示意图。4 阿黑：王敦的小名。此处含有轻蔑的意思。5 催摄回去：催促他赶紧离开。6 槊：长矛，此处为名词动用，用长矛刺。

※ 译文

王大将军刚开始想要起兵下京都，处理朝政，以实现其篡权的野心。他先派参军向朝廷报告，并将自己的意图委婉地告诉当时的一些贤士。祖车骑（逖）那个时候还没有出都镇守寿春，听说此事后便瞪眼呵斥王敦的使者道："你回去转告阿黑，就说：怎敢如此无礼！催他赶快收兵回去吧，倘若有半刻拖延而不照办的话，我就要率领三千士卒去用长矛刺他的脚，迫使他回到上游！"王敦听了这话后就按兵不动了。

※ 原文

庾稚恭既常有中原之志，文康时权重，未在己。及季坚作相，忌兵畏祸，与稚恭历同异者久之，乃果行。倾荆、汉之力，穷舟车之势，师次于襄阳，大会参佐，陈其旌甲，亲援弧矢曰："我之此行，若此射矣！"遂三起三叠。徒众属目，其气十倍。

※ 译文

庾稚恭早就有收复中原的意向，文康（庾亮）掌权时，权力不在自己的手中。季坚（庾冰）担任宰相后，他担心用兵惹祸，同稚恭意见长期不和，后来才终于北伐。庾稚恭发动荆州、汉水一带的全部力量，征调那里全部船只战车，将军队驻扎在襄阳，召集僚属集会，举行阅兵，亲自持箭拉弓，宣誓道："我此次出兵，就好比这射出去的箭！"于是三射三中。官兵们观看后，士气大增。

※ 原文

桓宣武平蜀，集参僚置酒于李势殿，巴、蜀缙绅莫不来萃。桓既素有雄情爽气，加尔日音调英发，叙古今成败由人，存亡系才，其状磊落，一坐叹赏。既散，诸人追味余言。于时浔阳周馥曰："恨卿辈不见王大将军。"

※ 译文

桓温把蜀地平定后，召集部下，在李势的宫殿里大摆宴席。巴、蜀二郡的大官都来了。桓温一向具有远大的抱负，且性格豪爽，再加上这一天声音激越洪亮，谈古论今，事业成败在于人，国家存亡在于人，他仪表堂堂，胸襟坦荡，在座者赞叹不已。散会后，众人都还在回味他讲的话。这时候，浔阳周馥说："可惜的是你们这些人都没有见到过王大将军（敦）。"

※ 原文

桓公读《高士传》[1]，至于陵仲子[2]，便掷去，曰："谁能作此溪刻[3]自处！"

※ 注释

1《高士传》：书名，嵇康撰，今已失传。2 于陵仲子：即陈仲子，战国时齐国隐士。相传他哥哥在齐国为相，他认为哥哥的俸禄是不义之财，就跑到于陵（今山东邹平）隐居起来，夫妇两人过着织布、编草鞋的贫困生活。后来回家探母，母亲杀鹅给他吃，当知道鹅是别人送给他哥哥的，就出门呕吐了出来。楚王想请他担任丞相，他又带着妻子逃到别处，给人家浇园过活。3 溪刻：刻薄，苛刻。

※ 译文

桓公（桓温）读《高士传》，读到于陵仲子的事迹时，就把书扔了，说道：“谁能这样刻薄地对待自己呢！”

※ 原文

桓石虔，司空豁之长庶也，小字镇恶，年十七八，未被举，而童隶已呼为镇恶郎。尝住宣武斋头。从征枋头。车骑冲没陈，左右莫能先救。宣武谓曰：“汝叔落贼，汝知不？”石虔闻之，气甚奋，命朱辟为副，策马于数万众中，莫有抗者，径致冲还，三军叹服。河朔后以其名断疟。

※ 译文

桓石虔是司空桓豁的庶出长子，小名叫镇恶，十七八岁，尚未被正式承认身份地位，可是年幼的仆役却已经开始称他为“镇恶郎”了。他住在桓温的书斋中。后来跟随桓温出征到枋头，车骑将军桓冲陷入敌阵，身边无人敢去营救。桓温对石虔说：“你的叔叔落入敌人的包围圈了，你知道吗？”石虔听后，勇气奋发，命朱辟做副手，扬鞭策马冲进数万敌军中，无人可以抵挡，直接救出了桓冲，全军上下无不称赞佩服。黄河以北的民众后来就用他的名字来驱赶疟鬼。

※ 原文

陈林道[1]在西岸，都下诸人共要至牛渚[2]会。陈理既佳，人欲共言折[3]。陈以如意拄颊，望鸡笼山[4]叹曰：“孙伯符[5]志业不遂！”于是竟坐不得谈。

※ 注释

1 陈林道：陈逵，字林道。西岸：长江北岸。陈林道担任淮南太守，驻守历阳（今安徽和县），历阳在长江北面。2 牛渚：山名，在今安徽当涂。3 折：折服，挫败。4 鸡笼山：山名，在今江苏江宁，其附近为孙策作战时的战场。5 孙伯符：孙策，字伯符，孙权的哥哥。他平定江东后，奠定了孙吴政权的基础，后被仇人射死，年仅二十六岁。

※ 译文

陈林道（逵）驻守在长江北岸，京城的人一起邀请他到牛渚山聚会。陈林道擅长谈论玄理，大家想在和他辩论时合力挫败他。陈林道却用如意拄着面颊，望着鸡笼山慨叹说：“孙伯符（策）的志向和事业都没有实现！”于是所有的人一直到结束也没能再开口谈论。

※ 原文

王司州[1]在谢公坐，咏“入不言兮出不辞，乘回风兮载云旗[2]”。语人云：“当尔时，觉一坐无人[3]。”

※ 注释

1 王司州：王胡之，被召为司州刺史，未赴任即死。2 “入不”二句：语出屈原《九歌·少司命》，意思是神进来时不说话，出去时不告辞，乘着旋风，驾着云旗，飘然地游历太空。3 觉一坐无人：意思是精神进入了超然的境界，感觉不到座中有人。

※ 译文

司州刺史王胡之曾在谢公（谢安）家做客，朗诵屈原的“入不言兮出不辞，乘回风兮载云旗”的诗句。他后来告诉别人说：“在那时，觉得四周都没有人了。”

※ 原文

桓玄西下，入石头，外白司马梁王奔叛[1]。玄时事形[2]已济，在平乘[3]上笳[4]鼓并作，直高咏云：“箫管有遗音，梁王安在哉[5]？”

※ 注释

1 “桓玄”三句：晋安帝元兴元年（公元402年），桓玄作乱，自江陵攻入建康，杀死会稽王司马道子，次年年底称帝，把晋安帝司马德宗迁往浔阳。司马梁王，司马珍之，字景度，袭爵为梁王，桓玄篡位时逃奔到寿阳。2 事形：形势，局势。3 平乘：一种作战用的大船，又叫平乘舫。4 笳：胡笳，一种类似笛子的管乐器。5 “箫管”二句：语出阮籍《咏怀诗》，意思是箫管里还在吹奏着魏国时的音调，而魏王如今又在哪里了呢？阮诗是凭吊战国时魏国的遗迹而作，魏国的国都在大梁，又称梁国，因而魏王又可以称为梁王。桓玄这里是一语双关，借战国时的梁王来指晋梁王司马珍之。

※ 译文

桓玄率兵西下，进入石头城，仆役报告梁王司马珍之逃跑了。此时灭晋的大势已定，桓玄坐在大船上，鼓乐齐奏，听到禀报，他只是高声吟诵阮籍的《咏怀诗》：“箫管里还在吹奏着梁（魏）国时的音调，而梁（魏）王如今又在哪里了呢？”

容止第十四

容止记载了魏晋名士的神情、举止及风度。从本门的描写中，也可以看出当时的审美观及人们的爱好。

※ 原文

魏武将见匈奴[1]使，自以形陋，不足雄远国，使崔季珪[2]代，帝自捉刀立床头。既毕，令间谍[3]问曰："魏王何如？"匈奴使答曰："魏王雅望非常，然床头捉刀人，此乃英雄也。"魏武闻之，追杀此使。

※ 注释

1 匈奴：我国古代北方的一个民族。2 崔季珪：崔琰，字季珪，曹操的属官，入魏后任尚书。《三国志·魏书·崔琰传》说他声音洪亮，眉清目秀，须长四尺，极有威仪。3 间谍：秘密侦探敌情的人。

※ 译文

魏武帝曹操要见匈奴使者，他觉得自己外貌丑陋，不能威震远道而来的异族人，就让崔季珪（琰）代替他，自己则握刀站在坐榻一旁。接见完毕，派密探问使者："魏王这个人怎么样？"匈奴使者说："魏王高雅的风采不同寻常，不过坐榻旁那个握刀的人，才是真正的英雄啊。"魏武帝听说后，就派人追杀了那个使者。

※ 原文

何平叔[1]美姿仪，面至白。魏明帝[2]疑其傅粉[3]，正夏月，与热汤饼[4]。既啖，大汗出，以朱衣自拭，色转皎然。

※ 注释

1 何平叔：何晏，字平叔。2 魏明帝：晋人裴启所著的《语林》则为"魏文帝"。关于何晏搽粉一事，《三国志·曹爽传》注引鱼豢《魏略》则说何晏粉白不离手，与这里说法不同。3 傅粉：汉魏期间，贵族男子也有搽粉的习俗。4 汤饼：放在水里煮的面食。

※ 译文

何平叔（晏）容貌俊美，面色极为白皙。魏明帝曹叡怀疑他搽了粉，当时正是夏季，给他热汤面吃。何平叔吃完后，大汗淋漓，就用自己的红色衣服擦脸，脸色更加光亮。

※ 原文

魏明帝[1]使后弟毛曾与夏侯玄[2]共坐，时人谓“蒹葭[3]倚玉树[4]”。

※ 注释

1 魏明帝：曹叡。毛曾：魏明帝毛皇后的弟弟，仪容举止粗鄙，常为时人耻笑，官至散骑侍郎。2 夏侯玄：字太初，三国时魏国人，自小聪颖知名，博学善辩，官至太常。当时中书令李丰等人不满司马师专权，密谋以夏侯玄代替他，事情败露，都被杀害。3 蒹葭：未抽穗的芦苇。4 玉树：传说中的仙树。

※ 译文

魏明帝曹叡让皇后的弟弟毛曾和夏侯玄坐在一块儿，当时人们认为是“芦苇依靠着玉树”。

※ 原文

时人目夏侯太初“朗朗如日月之入怀”，李安国[1]“颓唐[2]如玉山[3]之将崩”。

※ 注释

1 李安国：李丰，字安国，官至中书令，后被司马昭杀死。2 颓唐：萎靡不振的样子。3 玉山：玉石的山，比喻人的仪容俊美。

※ 译文

当时人们品评夏侯太初（玄）“光明磊落，就像日月投入他的胸怀”；品评李安国（丰）“萎靡颓丧，就像玉山将要崩塌”。

※ 原文

嵇康身长七尺八寸[1]，风姿特秀。见者叹曰：“萧萧[2]肃肃[3]，爽朗清举[4]。”或云：“肃肃[5]如松下风，高而徐引。”山公曰：“嵇叔夜之为人也，岩岩[6]若孤松之独立；其醉也，傀俄[7]若玉山之将崩。”

※ 注释

1 七尺八寸：晋尺短于今尺，晋尺七尺八寸相当于今一点九米左右。2 萧萧：洒脱大方的样子。3 肃肃：严正整齐的样子。4 清举：清朗挺拔。5 肃肃：状声词，风声。6 岩岩：高峻挺拔的样子。7 傀俄：倾倒的样子。

※ 译文

嵇康身高七尺八寸，风采卓异。看到他的人都赞叹说："潇洒端正，清秀而挺拔。"还有人说："就像松下清风，潇洒清丽，高远绵长。"山公（山涛）说："嵇叔夜的为人，高峻得像山崖上的孤松，傲然独立；他的醉态，又倾侧得像是玉山将要崩塌。"

※ 原文

裴令公目王安丰："眼烂烂[1]如岩下电。"

※ 注释

1 烂烂：光亮的样子。

※ 译文

中书令裴楷品评安丰侯王戎说："双目炯炯有神，就像山崖下的闪电。"

※ 原文

潘岳[1]妙有姿容，好神情[2]。少时挟弹出洛阳道，妇人遇者，莫不连手共萦[3]之。左太冲[4]绝丑，亦复效岳游遨，于是群妪齐共乱唾之，委顿[5]而返。

※ 注释

1 潘岳：字安仁，晋人，官至黄门侍郎，后被司马伦及孙秀所杀。2 神情：风度，神采。3 萦：围绕，环绕。4 左太冲：左思，字太冲，晋人，外貌丑陋，但博学能文，曾花十年时间写成《三都赋》（分别描写三国时蜀都益州、吴都建业、魏都邺的山川风景、政治经济等情况），世人竞相传写，一时洛阳纸贵。5 委顿：萎靡疲乏。

※ 译文

潘岳相貌出众，神采仪态优雅。年轻时拿着弹弓走在洛阳的大街上，妇女们遇见他，没有不手拉着手围住他的。左太冲（思）容貌极丑，也要仿效潘岳那样出游，结果妇人们一道向他乱吐口水，他只有垂头丧气地回来了。

※ 原文

裴令公有俊容姿，一旦有疾，至困，惠帝[1]使王夷甫往看，裴方向壁卧，闻王使[2]至，强回视之。王出，语人曰："双眸闪闪，若岩下电，精神挺动[3]，体中故小恶。"

※ 注释

1 惠帝：晋惠帝司马衷，字正度，晋武帝司马炎的二儿子，憨愚昏庸，在位十七年。2 王使：指王衍，字夷甫。3 挺动：晃动，这里指精神无法集中。

※ 译文

中书令裴楷相貌俊秀，有一天病得很厉害，晋惠帝司马衷派王夷甫（衍）去探视。当时裴楷正面向墙壁躺着，听到皇帝使者到了，勉强转身观望。王夷甫出来后，对人说："他的双目闪灼发亮，像是山岩下的闪电，但是精神涣散，身体确实不大舒服。"

※ 原文

有人语王戎曰："嵇延祖卓卓如野鹤之在鸡群。"答曰："君未见其父耳！"

※ 译文

有人对王戎说："嵇绍卓然超群，就像仙鹤立于鸡群一样。"王戎说："遗憾的是你没有见过他的父亲！"

※ 原文

裴令公有俊容仪，脱冠冕，粗服乱头[1]皆好，时人以为"玉人"。见者曰："见裴叔则如玉山上行，光映照人。"

※ 注释

1 粗服乱头：粗糙的服饰，凌乱的头发。形容不修边幅。后比喻美好的人或物，毫无雕琢，尽显自然之本色。

※ 译文

裴楷仪容俊美，即使脱掉官帽，穿上粗布的衣服，蓬头散发，依然不失俊美之态，当时的人们认为他是"玉人"。见过他的人都说："看到裴楷，就像是行走在玉山上，光彩照人。"

※ 原文

刘伶身长六尺，貌甚丑悴[1]，而悠悠忽忽[2]，土木形骸[3]。

※ 注释

1 丑悴：相貌丑陋而身材瘦弱。2 而悠悠忽忽：超然闲适，恍恍惚惚的样子。3 土木形骸：指形体如同土木块一样质朴自然。

※ 译文

刘伶身高六尺，相貌极其丑陋，身材也非常瘦弱，但是他的神态却超然闲适，形体质朴自然如同土木。

※ 原文

骠骑王武子是卫玠之舅，俊爽[1]有风姿。见玠，辄叹曰："珠玉在侧，觉我形秽[2]。"

※ 注释

1 俊爽：俊迈豪爽。2 形秽：相貌丑陋。成语"自惭形秽"源于此。

※ 译文

骠骑将军王济是卫玠的舅舅，容貌俊美，性格豪爽，风度翩翩。他看到卫玠后感叹道："就像珍珠美玉在我身边，使我觉得自己相貌丑陋。"

※ 原文

有人诣王太尉[1]，遇安丰[2]、大将军、丞相在坐。往别屋，见季胤、平子。还，语人曰："今日之行[3]，触目见琳琅珠玉。"

※ 注释

1 王太尉：王衍。2 安丰：指王戎。3 行：在此处为量词，"趟"的意思。

※ 译文

有人去拜访王太尉（衍），遇到安丰（王戎）、大将军王敦和丞相王导都在座。去另一间屋子又看到王诩和王澄。回去后，他对别人说："今天这一趟，眼睛所看到的全是美玉珠宝。"

※ 原文

王丞相见卫洗马，曰："居然有羸形，虽复终日调畅，若不堪罗绮。"

※ 译文

丞相王导见到卫玠后说："他显然一副病弱的样子，尽管整日反复调养舒畅身体，但还是好像连罗绮绸缎的衣服都承受不起。"

※ 原文

王大将军称太尉："处众人中，似珠玉在瓦石间。"

※ 译文

大将军王敦称赞太尉王衍说："处在众人之间，就好像珍珠宝玉处在瓦片石头之间。"

※ 原文

卫玠从豫章至下都，人久闻其名，观者如堵墙。玠先有羸疾，体不堪劳，遂成病而死，时人谓看杀卫玠。

※ 译文

卫玠从南昌到建康，那里的人早就听说过他的美貌，前去观看的人挤得像一堵墙。卫玠本来就身体羸弱，因不堪劳累而病倒死去。当时的人们说，是把卫玠看死了。

※ 原文

祖士少[1]见卫君长[2]云："此人有旄杖[3]下形。"

※ 注释

1 祖士少：祖约。2 卫君长：卫永。3 旄杖：即"旄节"。

※ 译文

祖士少（约）见到卫永后说："这个人有持旄节镇守一方的大将风度。"

※ 原文

庾太尉在武昌，秋夜气佳景清，使吏殷浩、王胡之之徒登南楼理咏，音调始遒，闻函道中有屐声甚厉，定是庾公。俄而率左右十许[1]人步来，诸贤欲起避之，公徐云："诸君少住，老子于此处兴复不浅。"因便据胡床，与诸人咏谑，竟坐甚得任乐。后王逸少下，与丞相言及此事，丞相曰："元规尔[2]时风范不得不小颓。"右军答曰："唯丘壑独存。"

※ 注释

1 许：同"所"，概数词，大约，左右。2 尔：代词，那。

※ 译文

庾亮坐镇武昌时，有一个秋天的夜晚，天气晴朗，景色宜人，其部属殷浩、王胡之等人登上南楼吟咏诗歌。正当他们音调将要高亢时，听到楼上有急促的木屐声，他们知道定是庾亮。没多长时间，庾亮就带着十来个侍从楼上来了，大家正准备起身回避，庾亮却慢慢地说："诸位暂且留步，老夫在这方面也有浓厚的兴趣啊！"于是便坐在交椅上同大家一起吟诗谈笑，一整晚，每个人都自由自在地尽情欢乐。后来王羲之到了建康，跟丞相王导说起这件事，王导说："元规那时候的风度不得不有所减损。"王羲之说："只有超然脱俗的情怀依然存在。"

※ 原文

王敬豫有美形，问讯王公。王公抚其肩曰："阿奴，恨才不称！"又云："敬豫事事似王公。"

※ 译文

王敬豫（恬）容貌俊美，他去给父亲王导请安。王导拍着他的肩膀说道："阿奴啊，可惜你的才华同你的容貌实在是不相称啊！"又有人说："敬豫每个方面都像王公。"

※ 原文

王右军见杜弘治[1]，叹曰："面如凝脂，眼如点漆，此神仙中人！"时人有称王长史形者，蔡公[2]曰："恨诸人不见杜弘治耳！"

※ 注释

1 杜弘治：杜乂，字弘治，杜预的孙子，袭爵当阳侯，官至丹阳丞。2 蔡公：蔡谟，字道明，为人方正儒雅，历任左光禄、录尚书事、扬州刺史、司徒，死后追赠司空。

※ 译文

右军将军王羲之见到杜弘治（乂），赞叹道："面容洁白细腻得像是凝冻的油脂，眼睛乌黑明亮如点上了漆，真是神仙中的人啊！"当时有人赞扬左长史王濛的美貌，蔡谟说："遗憾的是，这些人没有见过杜弘治呀！"

※ 原文

刘尹道桓公：鬓如反猬皮，眉如紫石棱，自是孙仲谋、司马宣王一流人。

※ 译文

刘尹（惔）称赞桓温说："鬓发好比翻过来的刺猬皮，眉毛就像紫色石的棱角，自然是孙权、司马懿一类的英雄豪杰。"

※ 原文

林公道王长史："敛衿[1]作一来，何其轩轩[2]韶举[3]！"

※ 注释

1 敛衿：整理衣襟，表示恭敬。2 轩轩：气宇轩昂的样子。3 韶举：优美的举止。

※ 译文

支道林（遁）评论左长史王濛："一旦神情严肃专注起来，那气度举止，是多么的轩昂潇洒啊！"

※ 原文

时人目王右军："飘如游云，矫若惊龙[1]。"

※ 注释

1 "飘如"二句：据《晋书·王羲之传》，这是称赞王羲之书法笔势的话。

※ 译文

当时人们品评右军将军王羲之："飘逸得像是浮云，矫健得像是惊龙。"

※ 原文

王长史（濛）尝病，亲疏不通。林公（支遁）来，守门人遽启之曰："一异人在门，不敢不启。"王笑曰："此必林公。"

※ 译文

王长史曾经生病，无论亲疏远近，一律不接待。林公来了，守门人赶忙通报说："有一位非常奇异的人在门外，实在是不敢不禀报。"王长史于是笑着说："这个人必定是林公。"

※ 原文

或以方谢仁祖不乃重者[1]，桓大司马曰："诸君莫轻道，仁祖企脚北窗下弹琵琶，故自有天际真人想。"

※ 注释

1 不乃重者：不怎么被人重视，意为平庸之辈。不乃，不太，不怎么。

※ 译文

有人找了一个平庸之辈来同谢仁祖（尚）比较高下，桓大司马（温）说："诸位都不要随便议论仁祖，他在北窗下踮着脚尖弹奏琵琶时，确实就有飘飘欲仙的情怀。"

※ 原文

王长史为中书郎，往敬和许。尔时积雪，长史从门外下车，步入尚书，著公服，敬和遥望，叹曰："此不复似世中人！"

※ 译文

王长史（濛）担任中书郎时，到敬和（王洽）那里去。当时积雪遍地，长史从门外下车，步行进入尚书省，敬和从远处望见他，感叹说："这个人实在不像人世间的凡夫俗子啊！"

※ 原文

简文作相王时，与谢公共诣桓宣武。王珣先在内，桓语王："卿尝欲见相王，可住帐里。"二客既去。桓谓王曰："定何如？"王曰："相王作辅自然湛[1]若神君。公亦万夫之望，不然，仆射何得[2]自没？"

※ 注释

1 湛：深沉，安然。2 何得：哪得，怎么能。

※ 译文

简文帝（司马昱）做相王时，同谢安一起去拜访桓温。王珣先在里面，桓温对他说："你要是想看看相王，可以躲在帐幕里。"等两位客人走后，桓温问王珣："到底如何？"王珣说："相王作为辅佐大臣，自然深沉稳重之处赶得上神明。不过您也是众望所归啊，不然，您怎么可能会甘居人后呢？"

※ 原文

谢车骑道谢公："游肆[1]复无乃高唱，但恭坐[2]捻鼻顾睐，便自有寝处[3]山泽间仪。"

※ 注释

1 游肆：游观集市。无乃：无须。2 恭坐：端端正正地坐着。3 寝处：坐卧、安处，引申为栖隐。

※ 译文

谢玄称赞谢安道："他出去游览集市时不用高声吟唱，只要端坐下来，摸着鼻子到处看看，栖隐山川林下的高逸风采就自然地流露了出来。"

※ 原文

谢公云："见林公双眼，黯黯[1]明黑。"孙兴公见林公："棱棱[2]露其爽。"

※ 注释

1 黯黯：漆黑发亮的样子。2 棱棱：威严正直的样子。

※ 译文

谢安说："看林公（支遁）的双眼，黑白分明，炯炯有神，能使暗处变得光明。"孙兴（绰）公见到林公也说："严正的眼神中透露着爽朗。"

※ 原文

有人叹王恭形茂者，云："濯濯[1]如春月柳。"

※ 注释

1 濯濯：清新明净的样子。

※ 译文

有人赞叹王恭的仪表美好，说："清新明净，就像春天里的柳枝。"

自新第十五

此门只有两则故事，主要记载士人悔过向善的事迹。

※ 原文

周处[1]年少时，凶强侠气，为乡里所患。又义兴[2]水中有蛟[3]，山中有邅迹虎[4]，并皆暴犯百姓，义兴人谓为三横[5]，而处尤剧。或说处杀虎斩蛟，实冀三横唯余其一。处即刺杀虎，又入水击蛟，蛟或浮或没，行数十里，处与之俱。经三日三夜，乡里皆谓已死，更相庆，竟杀蛟而出。闻里人相庆，始知为人情所患，有自改意。乃自吴[6]寻二陆[7]，平原不在，正见清河，具以情告，并云："欲自修改，而年已蹉跎[8]，终无所成。"清河曰："古人贵朝闻夕死[9]，况君前途尚可。且人患志之不立，亦何忧令名不彰邪？"处遂改励，终为忠臣孝子。

※ 注释

1 周处：字子隐，年轻时曾为害乡里，发愤改过后，仕吴任东观左丞，入晋后曾任新平太守、御史中丞。2 义兴：东晋郡名，其治所阳羡（今江苏宜兴）在西晋时属吴兴郡。这里是用后世地名称述前世之事。3 蛟：传说中一种吞噬人的龙或水怪。4 邅迹虎：能追逐人迹而食人的老虎。另一说，指邪足虎，因腿歪斜而行走艰难的老虎。5 横：指蛮横残暴的人。6 自吴：当据宋本《世说新语》作"入吴"。吴，这里指吴郡，治所在今江苏苏州。7 二陆：陆机和陆云。陆机，字士衡，晋吴郡吴县华亭（今上海松江）人，曾任平原内史，世称"陆平原"。随司马颖出征，兵败遭谗而被杀。陆云，字士龙，晋吴郡人，世称"陆清河"。与兄陆机齐名，时称"二陆"。其文辞藻丽密，旨意深雅。周处少年时，二陆尚未出生，因此这里所述并非事实。8 蹉跎：失去时机，虚度光阴。9 朝闻夕死：语出《论语·里仁》“朝闻道，夕死可矣”。意思是早晨听到了圣贤之道，晚上死掉也不算虚度一生。

※ 译文

周处年轻的时候，为人凶狠，逞强好斗，被乡邻认为是祸害。加上，义兴河中有条蛟龙，山中有只大老虎，也都一起危害百姓，义兴人将他们并称为“三害”，而周处的危害尤其大。有人劝说周处去杀虎斩蛟，实际上是希望三害中只剩下一害。周处立即去杀死了那只老虎，又跳进河里去斩蛟。那条蛟一会儿浮上来，一会儿沉下去，游了几十里，周处始终和它一起搏斗，过了三天三夜，乡邻都以为周处已经死了，互相庆贺。结果周处杀蛟出来，听到乡里人互相庆贺，才知道自己也被人们认为是祸害，因此决定改过自新。于是到吴郡去寻访陆机和陆云，陆机不在，只见到陆云，就把乡里人憎恨自己的情况完全告诉了陆云，并且说自己想要改正过错，但年纪已经大了，担心最终不会有什么成就。陆云说：“古人看重‘早上明白了真理，晚上死去也值得’的道理，何况你的前途还很有希望。再说人只怕没有志向，又何必忧虑美好的名声不能显扬呢？”周处于是改过自勉，最终成为忠臣孝子。

※ 原文

戴渊[1]少时，游侠[2]不治行检[3]，尝在江、淮间攻掠商旅。陆机赴假还洛，辎重甚盛，渊使少年掠劫。渊在岸上，据胡床[4]指麾左右，皆得其宜。渊既神姿峰颖[5]，虽处鄙事，神气犹异。机于船屋上遥谓之曰：“卿才如此，亦复作劫[6]邪？”渊便泣涕，投剑归机，辞厉[7]非常。机弥重之，定交，作笔荐焉。过江，仕至征西将军。

※ 注释

1 戴渊：字若思，参见《赏誉》注。2 游侠：指爱好交游，重义轻生，却又常常招惹是非的行为。3 行检：品行操守。4 胡床：一种从胡地传入，可以折叠的轻便坐具。5 峰颖：形容神采挺拔焕发。6 劫：强盗。7 辞厉：当据《太平御览》卷四百零九作“辞属”，指谈吐。

※ 译文

戴渊年轻时，注重侠义，却不能加强品德修养，曾在长江、淮河一带劫掠商贾游客。陆机休假后返回洛阳，携带的行李物品很多，戴渊指使一些少年抢劫。戴渊当时在岸上，坐在胡床上指挥手下行动，布置得恰到好处。戴渊原本就神采焕发，即使行这种不义之事，也显得洒脱异常。陆机在船舱里远远地对他说：“你这样才华出众的人，为什么还要当强盗呢？”戴渊听完哭了，扔下佩剑归附了陆机。戴渊谈吐非常，陆机更加器重他，不仅和他结为好友，还给他写了推荐信。渡江以后，戴渊官至征西将军。

企羡第十六

企羡反映了对于人物杰出才能的重视。企羡指对某人或某事的企望和羡慕。从本门所述魏晋士人流露的仰慕之情中，即可看出他们心目中的理想和追求。

※ 原文

王丞相拜司空，桓廷尉作两髻，葛裙策杖，路边窥之，叹曰：“人言阿龙[1]超，阿龙故自超！”不觉至台[2]门。

※ 注释

1 阿龙：指王导。2 台：中央机构的官府。

※ 译文

丞相王导官拜司空时，廷尉桓彝扎着两个发髻，穿着葛布衣裙，拄着拐杖，在路边观望，他赞叹道：“人们说阿龙洒脱，阿龙确实洒脱啊！”不知不觉就跟着来到司空府门前。

※ 原文

王丞相过江，自说昔在洛水边，数与裴成公[1]、阮千里[2]诸贤共谈道。羊曼[3]曰：“人久以此许卿，何须复尔？”王曰：“亦不言我须此，但欲[4]尔时不可得耳！”

※ 注释

1 裴成公：裴頠，谥号成。2 阮千里：阮瞻，字千里，官至太子舍人。3 羊曼：字祖延，历任黄门侍郎、晋陵太守、丹阳尹。4 欲：《世说新语》原注说，一作“叹”。

※ 译文

丞相王导渡江南下以后，自己说起从前在洛水边，经常和裴頠、阮千里各位名流一起谈玄论道的事。羊曼说："人们早就用这件事来称赞你了，哪里还需要再这样说呢？"王导说："并不是我故意要说这件事，只是感叹往事不能重现罢了！"

※ 原文

王右军得人以《兰亭集序》[1]方《金谷诗序》[2]，又以己敌石崇[3]，甚有欣色。

※ 注释

1《兰亭集序》：晋穆帝永和九年（公元353年）三月三日，王羲之和当时名流谢安等人在兰亭举行集会，与会者临流赋诗，王羲之把这些诗汇编为一集，并写了序文，这就是《兰亭集序》。兰亭，亭名，在今浙江绍兴。2《金谷诗序》：晋惠帝元康六年（公元296年），石崇在金谷园设宴送征西大将军王翊回长安，与会者三十人，各自饮酒赋诗，后编为一集，由石崇写成《金谷诗序》，记载当时的盛况。3 石崇：字季伦，曾任散骑常侍、侍中、荆州刺史，在荆州劫掠客商而成为巨富，生活奢靡。

※ 译文

王右军（羲之）得知有人把他的《兰亭集序》和石崇的《金谷诗序》相比，还拿自己和石崇相提并论，心里很高兴。

※ 原文

王司州先为庾公记室参军，后取殷浩为长史。始到，庾公欲遣王使下都。王自启求住，曰："下官希见盛德，渊源始至，犹贪与少日[1]周旋。"

※ 注释

1 少日：几日，几天。

※ 译文

司州刺史王胡之先担任庾公（庾亮）的记室参军，后来庾公又招募殷浩作长史，殷浩刚到，庾公就派遣王胡之去京都，王胡之自己请求留下来，他说："我很少见过大德之人，渊源（殷浩）刚到，我还希望和他亲近几天呢。"

※ 原文

郗嘉宾得人以己比苻坚[1]，大喜。

※ 注释

1 苻坚：字永固，氐族，略阳临渭（今甘肃天水）人，前秦君主，在位二十余年，与东晋对峙。晋太元八年（公元 383 年）与晋战于淝水，大败而回，后被羌族首领姚苌所杀。

※ 译文

郗嘉宾（超）听到有人把他和苻坚相比，十分欣喜。

※ 原文

孟昶[1]未达时，家在京口。尝见王恭乘高舆[2]，被[3]鹤氅裘[4]。于时微雪，昶于篱间窥之，叹曰："此真神仙中人！"

※ 注释

1 孟昶：字彦达，为人庄重严肃，志向高远，曾任丹阳尹、尚书左仆射。2 高舆：高车。3 被：通"披"。4 鹤氅裘：用鸟羽制成的毛皮外套。

※ 译文

孟昶尚未显贵时，家住在京口。有一次看到王恭乘着高大的车子，身披鹤毛大衣。当时正下着小雪，孟昶透过篱笆看到王恭，赞叹道："这真像神仙中人啊！"

伤逝第十七

伤逝是表达对逝世者的伤悼及诚挚友情。值得注意的是，魏晋士人对于逝世有着不合常规的哀悼方式。他们认为，只要能表达自己深厚的情意，就无须顾虑传统礼仪及他人。这也显现了他们自然率真的本性。

※ 原文

王仲宣[1]好驴鸣。既葬，文帝[2]临[3]其丧，顾语同游曰："王好驴鸣，可各作一声以送之。"赴客皆一作驴鸣。

※ 注释

1 王仲宣：王粲，字仲宣，"建安七子"之一，先依刘表，未受重用，后为曹操幕僚，仕魏官至侍中。2 文帝：指魏文帝曹丕。3 临：哭吊死者。

※ 译文

王仲宣（粲）喜欢听驴叫。死后下葬时，魏文帝曹丕前来送葬，他回头对同行的人说："王仲宣喜欢听驴叫，我们每个人学一声驴叫来为他送行吧。"于是送葬的客人都学了一声驴叫。

※ 原文

王浚冲[1]为尚书令，著公服，乘轺车[2]，经黄公酒垆下过。顾谓后车客："吾昔与嵇叔夜、阮嗣宗共酣饮于此垆。竹林之游，亦预其末[3]。自嵇生夭、阮公亡以来，便为时所羁绁[4]。今日视此虽近，邈若山河。"

※ 注释

1 王浚冲：王戎。2 轺车：轻便的小马车。3 预其末：参与在他们之后。王戎在竹林七贤中的年龄最小。4 羁绁：牵绊，束缚。

※ 译文

王戎担任尚书令，一天他身穿官服，乘坐轻便的马车，从黄公酒垆旁经过。他回头对后面坐着的人说："我以前曾同嵇康、阮籍一起，在这家酒肆畅饮。竹林之下的游乐，我也参与在他们之后。但是自从嵇康被杀、阮籍去世以来，我便被世事所束缚。今日看到这家酒肆虽然非常近，但往日的情景却像隔着遥远的山河一样可望而不可即了。"

※ 原文

孙子荆[1]以有才，少所推服，唯雅敬王武子。武子丧时，名士无不至者。子荆后来，临尸恸哭，宾客莫不垂涕。哭毕，向灵床[2]曰："卿常好我作驴鸣，今我为卿作。"

体似真声[3]，宾客皆笑。孙举头曰："使君辈存，令此人死！"

※ 注释

1 孙子荆：孙楚，字子荆。2 灵床：停放尸体的床。3 体似真声：《晋书·孙楚传》作"体似声真"。体，模仿，仿效。

※ 译文

孙子荆（楚）恃才傲物，很少有他看得起的人，唯独敬重王武子（济）。王武子去世后，名士们都来吊唁。孙子荆后到，走近遗体痛哭，宾客们也受到感染跟着流泪。孙子荆哭完后，对着灵床说："你一直喜欢我学驴叫，今天我学给你听。"他叫的声音和真的一样，客人们都笑了。孙子荆抬起头来说："让你们这些人活着，却让这样的人死了！"

※ 原文

王戎丧儿万子[1]，山简[2]往省之，王悲不自胜。简曰："孩抱中物[3]，何至于此？"王曰："圣人忘情，最下不及情；情之所钟，正在我辈。"简服其言，更为之恸。

※ 注释

1 万子：王绥，字万子，年十九而死。2 山简：字季伦，山涛的儿子。3 孩抱中物：抱在手中刚刚会笑的小儿。孩，小儿。由于王绥十九岁才死，并非"孩抱中物"，所以后人认为这应该是王衍、山简之事。《晋书·王衍传》也有王衍丧幼子后山简去吊问的记载。

※ 译文

王戎的儿子万子（王绥）死了，山简去探望他，王戎悲痛得不能自已。山简对他说："不过是个幼儿罢了，你何必这么悲伤？"王戎说："圣人忘掉了情爱，最下等的人谈不上有情爱。能够钟情的人，正是我们这一类人啊！"山简被他的话打动，也跟着悲伤起来。

※ 原文

顾彦先平生好琴，及丧，家人常以琴置灵床上。张季鹰往哭之，不胜其恸，遂径上床鼓琴[1]，作数曲，竟，抚琴曰："顾彦先颇复赏此不？"因又大恸，遂不执孝子手[2]而出。

※ 注释

1 遂径上床鼓琴：径直上到灵床上弹琴。2 不执孝子手：不握孝子的手。意思是对死者哀恸达到了极点而无法顾及礼节。

※ 译文

顾彦先（荣）平生喜好弹琴，直到去世后，家人还是常常把琴放在他的灵床上。张季鹰（翰）前去吊唁，极其悲痛而难以自持，于是就直接奔上了灵床去弹琴。弹完几曲后，张季鹰抚着琴说："顾荣（顾彦先）还能欣赏这琴曲吗？"于是又放声痛哭，以致无心顾及常礼，没有握孝子的手就出去了。

※ 原文

庾亮儿[1]遭苏峻难遇害。诸葛道明女[2]为庾儿妇，既寡，将改适[3]，与亮书及之。亮答曰："贤女尚少，故其宜也。感念亡儿，若在初没[4]。"

※ 注释

1 庾亮儿：庾亮的儿子庾会。2 诸葛道明女：诸葛恢的女儿，名文彪，是庾会的妻子。3 改适：改嫁。4 初没：刚去世。

※ 译文

庾亮的儿子庾会在苏峻的叛乱中遇害。诸葛恢的女儿是庾亮的儿媳，成了寡妇后准备改嫁，诸葛恢在给庾亮的信中提到了这件事情。庾亮答道："您的女儿还很年轻，本该如此。只是我感念死去的儿子，就像他刚死去一样痛心。"

※ 原文

庾文康[1]亡，何扬州[2]临葬，云："埋玉树著土中，使人情何能已已[3]！"

※ 注释

1 庾文康：庾亮，去世后谥号为文康。2 何扬州：何充。3 已已：停止，在此引申为承受。

※ 译文

庾亮去世了，何充前来参加葬礼，他说："把这样容貌俊美、才华超群的玉树一般的人埋入土中，让人们的情感如何承受得住呢？”

※ 原文

王长史病笃，寝卧灯下，转麈尾视之，叹曰：“如此人，曾不得四十！”及亡，刘尹临殡[1]，以犀柄麈尾著柩[2]中，因恸绝。

※ 注释

1 殡：本指停柩待葬，这里指入殓，即把尸体装入棺材。2 柩：装有尸体的棺材。

※ 译文

左长史王濛病重时，在灯下躺着，手中转动着麈尾，注视着它，感叹道：“像我这样的人，竟然活不到四十岁！”死后，丹阳尹刘惔出席葬礼，他把犀牛角柄的麈尾放在灵柩里，随即悲恸欲绝。

※ 原文

支道林丧法虔之后，精神贾丧，风味转[1]坠。常谓人曰：“昔匠石废斤于郢人，牙生辍弦于钟子，推己外求，良不虚也。冥契既逝，发言莫赏，中心蕴结，余其亡矣！”却后[2]一年，支遂殒。

※ 注释

1 转：更加，愈。2 却后：过了，之后。

※ 译文

支道林（遁）自从法虔去世后便神志消沉，风度日益丧失。他常常对人说：“古代的石匠在郢人去世后便不再动斧头，伯牙在钟子期去世后便不再弹琴，推己及人，的确不假。知心的朋友已经不在了，说出来的话也不再有人欣赏，内心的郁闷实在无法排遣，看来我离死也不远了。”一年以后，支道林就去世了。

※ 原文

郗嘉宾[1]丧，左右白郗公[2]：“郎[3]丧。”既闻不悲，因语左右：“殡时可道。”公往临殡，一恸几绝。

※ 注释

1 郗嘉宾：郗超。2 郗公：郗超的父亲。3 郎：少爷。

※ 译文

郗超去世了，左右的人对他父亲说："少爷去世了。"郗公（愔）听后也不悲痛，然后对左右人说："出殡的时候可以告诉我。"郗公亲临出殡，放声大哭，几乎将要昏死。

※ 原文

戴公[1]见林法师墓，曰："德音未远，而拱木[2]已积。冀神理绵绵，不与气运俱尽耳！"

※ 注释

1 戴公：戴逵。2 拱木：墓地旁的树木。

※ 译文

戴逵看到支道林（遁）的墓地说："你美好的言论尚未远去，你墓旁的树木却已经成林了。但愿你的精神义理长存，不要同生命一起逝去。"

※ 原文

王东亭[1]与谢公交恶。王在东闻谢丧，便出都诣子敬，道欲哭谢公。子敬始卧，闻其言，便惊起曰："所望于法护。"王于是往哭。督帅[2]刁约[3]不听前，曰："官[4]平生在时，不见此客。"王亦不与语，直前哭，甚恸，不执末婢[5]手而退。

※ 注释

1 王东亭：即王珣，小字法护。王珣兄弟二人都是谢家的女婿，后因产生嫌隙而先后离婚，王、谢两家就结下了怨仇。2 督帅：帐下领兵的官，相当于后代的卫队长。3 刁约：曾任谢安手下的督帅，生平不详。4 官：下属对长官的敬称。5 末婢：谢琰，字瑗度，小字末婢，谢安的小儿子，曾任徐州刺史、会稽内史，封望蔡公。

※ 译文

东亭侯王珣和谢公（谢安）结仇。他在会稽听说谢公死了，就来到京都去拜访王子敬（献之），表示要去凭吊谢公。子敬先前还躺着，听了他的话后吃惊地坐了起来，说道："这正是我希望你做的。"王珣于是前往谢公家吊唁。谢公帐下的督帅刁约不让他进去，说："大人在世时，就没见过这个客人。"王珣也不理他，径直上前哭吊，非常悲痛，哭完后没和末婢（谢琰）握手就走了。

※ 原文

王子猷、子敬[1]俱病笃，而子敬先亡。子猷问左右："何以都不闻消息？此已丧矣！"语时了不悲。便索舆来奔丧，都不哭。子敬素好琴，便径入坐灵床上，取子敬琴弹，弦既不调，掷地云："子敬！子敬！人琴俱亡。"因恸绝良久。月余亦卒。

※ 注释

1 王子猷、子敬：王徽之，字子猷；王献之，字子敬。二人分别是王羲之的第五子和第七子。

※ 译文

王子猷（徽之）、王子敬（献之）都病得很厉害，而子敬却先去世了。子猷问身边的人："为什么完全没有子敬的消息，可见他一定是去世了。"说话时没有任何伤感。于是叫了车子赶去奔丧，一声也没哭。子敬平素喜欢弹琴，子猷径直坐到灵床上，取来子敬的琴弹奏，弦音已经不协调了，子猷就把琴摔到地上说："子敬啊！子敬！人和琴全都不在了呀！"随即悲痛得晕了过去，昏迷了很长一段时间。一个月以后，子猷也死了。

栖逸第十八

栖逸记述了隐居山林的人和事。魏晋时期隐居之风大盛，这和道家的"出世"思想以及当时政治环境的险恶有密切关系。不过其中也有不少假隐士，他们借隐居之名以提高自身身价。

※ 原文

阮步兵[1]啸，闻数百步。苏门山[2]中，忽有真人[3]，樵伐者咸共传说。阮籍往观，见其人拥膝岩侧。籍登岭就之，箕踞[4]相对。籍商略终古，上陈黄、农[5]玄寂之道[6]，下考三代[7]盛德之美，以问之，仡然[8]不应。复叙有为之教[9]、栖神导气[10]之术以观之，彼犹如前，凝瞩不转。籍因对之长啸。良久，乃笑曰："可更作。"籍复啸。意尽，退，还半岭许，闻上嗌然[11]有声，如数部鼓吹，林谷传响。顾看，乃向人啸也。

※ 注释

1 阮步兵：阮籍，曾任步兵校尉。2 苏门山：山名，在今河南辉县。3 真人：道教称修行得道的人。4 箕踞：臀部着地两脚前伸而坐，形状如箕。这是一种放达不拘的坐姿。5 黄、农：黄帝和神农，都是传说中的远古帝王。6 玄寂之道：指道家玄远幽寂的道理。7 三代：指夏、商、周三个朝代。8 仡然：抬头的样子。9 有为之教：有所作为的学说，指儒家学说。这和道家的无为主张相对。10 栖神导气：道家的修炼方法。栖神指凝定心神而不散乱，导气指摄气运息。11 啨然：即"啾然"，形容啸声。啨，通"啾"。

※ 译文

步兵校尉阮籍吹口哨的声音，数百步之外都能听到。苏门山里，忽然来了一位真人，樵夫们都在议论这件事。阮籍也去观看，见这个人盘腿坐在岩石旁边，阮籍就爬上山凑过去，双腿伸直坐在他对面。阮籍说起古代的事情，上至黄帝、神农的清静无为之道，下到夏、商、周三代圣君的仁政，并拿这些事情向他请教，这个人只是昂着头不予理睬。阮籍又谈起儒家的入世学说以及道家栖神导气的方法，以此来观察他，这个人还是和刚才一样，凝神不动。阮籍于是对着他长长地吹了一声口哨。过了很长时间，这个人才说："可以再吹一声。"阮籍又吹了一声。后来阮籍没了兴致就下山了，走到半山腰，听到上面传来悠长的声音，像是有几个乐队在演奏，山谷中都发出回音，回头一看，正是刚才那个人在吹口哨。

※ 原文

嵇康游于汲郡[1]山中，遇道士[2]孙登[3]，遂与之游。康临去，登曰："君才则高矣，保身之道不足。"

※ 注释

1 汲郡：西晋郡名，治所在今河南卫辉县。2 道士：修道的道教徒。3 孙登：字公和，魏末晋初人，住在汲郡北山土窟中，好读《易经》，弹一弦琴。嵇康和他交往三年，询问他的意图，他始终不肯回答。

※ 译文

嵇康在汲郡山中游历，遇见了道教徒孙登，就和他结伴游历。嵇康临走时，孙登对他说："你的才华确实很高，但保全自身的本领不够。"

※ 原文

山公将去选曹[1]，欲举嵇康，康与书告绝。

※ 注释

1 选曹：指选曹郎，即吏部郎，主管官吏选举及朝廷祭祀等。

※ 译文

山公（山涛）要从吏部郎的职位上离任，准备推荐嵇康担任这个职务，嵇康就写了一篇《与山巨源绝交书》，断绝了和山涛的往来。

※ 原文

李廞是茂曾第五子，清贞有远操，而少羸病，不肯婚宦。居在临海，住兄侍中墓下。既有高名，王丞相[1]欲招礼之，故辟为府掾。廞得笺命，笑曰："茂弘乃复[2]以一爵假人。"

※ 注释

1 王丞相：王导，字茂弘。2 乃复：竟然。复，做词缀，无实意。

※ 译文

李廞是李茂曾的第五个儿子，他廉洁清正，节操高尚，但是因自幼体弱多病而不肯结婚做官。他家在临海郡，住在哥哥李侍中的墓旁。名声越来越大后，丞相王导想聘用他，给予礼遇，招为府掾。李廞收到任命书后，笑着说："茂弘居然拿官爵来送人。"

※ 原文

阮光禄在东山，萧然无事，常内足于怀。有人以问王右军，右军曰："此君近不惊[1]宠辱，虽古之沈冥[2]，何以过此？"

※ 注释

1 惊：害怕。2 沈冥：即隐士。

※ 译文

阮光禄（裕）在东山隐居，清静悠闲，心里很满足。有人就此事问王羲之，王羲之说："这位先生近来宠辱不惊。就算是古代的隐士也不过如此而已。"

※ 原文

孔车骑少有嘉遁意，年四十余，始应安东命。未仕宦时，常独寝，歌吹自箴诲。自称孔郎，游散[1]名山。百姓谓有道术，为生立庙，今犹有孔郎庙。

※ 注释

1 游散：游览，漫游。

※ 译文

孔车骑（愉）年轻的时候有隐居的意向，因此直到四十多岁的时候才接受了安东将军司马睿的任命。在做官之前，他经常独居，歌咏诗文，自我告诫。自称是孔郎，遍游名山胜水。人们纷纷传说他有道术，为他建了一座生庙，直到现在孔郎庙还存在着。

※ 原文

南阳刘驎之，高率善史传，隐于阳岐。于时苻坚临江，荆州刺史桓冲将尽讦谟之益，征为长史，遣人船往迎，赠贶甚厚。之闻命，便升舟，悉不受所饷[1]，缘道以乞[2]穷乏，比至上明亦尽。一见冲，因陈无用，翛然[3]而退。居阳岐积年，衣食有无常与村人共，值己匮乏，村人亦如之。甚厚为乡闾所安。

※ 注释

1 悉不受所饷：一说此处应当为"悉受所饷"，不应有"不"字。饷：馈赠。2 乞：本义为"讨要"，在这里是"赠送"的意思。3 翛然：洒脱、自由自在的样子。

※ 译文

南阳的刘驎之高尚率直，对历史典籍颇为精通，在阳岐村隐居。这个时候，苻坚的军队已经攻打到长江流域，荆州刺史桓冲想要实现自己的宏图大业，就招刘驎之为长史，派人驾船去迎接他，并馈赠了十分丰厚的礼物。刘之听完召命后立即上了船，并接受了所有的礼物，一路上把它们送给了贫苦的百姓，到了上明时，就已经转送完了。一见到桓冲，就向他陈述说自己没有什么本事，然后就潇洒地引退。刘之住在阳岐村很多年，衣食常常拿出来同村里的人们共同分享，有时候自己缺衣少食时，也会得到村里人照顾。他为人宽厚朴实，乡邻对此非常满意。

※ 原文

南阳翟道渊[1]与汝南周子南[2]少相友，共隐于寻阳。庾太尉说周以当世之务，周遂仕，翟秉志弥固。其后周诣翟，翟不与语。

※ 注释

1 翟道渊：翟汤，字道渊，曾多次被征召任官，均未就职。2 周子南：周邵，字子南，初隐居，后听从庾亮劝说任镇蛮护军、西阳太守。

※ 译文

南阳翟道渊（汤）和汝南周子南（邵）年轻时就是好友，两人都在寻阳隐居。太尉庾亮以国家大事激励周子南，周子南就出来做官了，翟道渊依旧坚持自己的志向。后来周子南去见翟道渊，翟道渊一句话也不和他说。

※ 原文

孟万年及弟少孤[1]，居武昌阳新县。万年游宦，有盛名当世。少孤未尝出，京邑人士思欲见之，乃遣信报少孤，云："兄病笃。"狼狈至都，时贤见之者，莫不嗟重[2]。因相谓曰："少孤如此，万年可死。"

※ 注释

1 少孤：孟陋。2 嗟重：赞叹，推崇。

※ 译文

孟万年（嘉）和弟弟孟陋，在武昌郡阳新县居住。孟万年在外边做官，当时负有盛名。孟陋从未曾离开家里。京城的一些有名望的人想见见他，于是就派人去对孟陋说："你的哥哥病重了。"于是孟陋急忙赶往京城。当时的名流见到他后，无不赞叹推崇，他们相互说："孟陋如此卓然超群，孟嘉可以死而无憾了。"

※ 原文

康僧渊在豫章，去郭数十里立精舍[1]，旁连岭，带长川，芳林列于轩庭，清流激于堂宇。乃闲居研讲，希心理味。庾公诸人多往看之。观其运用吐纳[2]，风流转[3]佳，加已处之怡然，亦有以自得，声名乃兴。后不堪，遂出。

※ 注释

1 精舍：佛教徒静修的处所。2 吐纳：就是吐故纳新，即吐出浊气，吸入清气，这是道家的养生之术。3 转：愈，更加。

※ 译文

康僧渊在豫章的时候，在离城郭数十里的地方建造了一座静修的房屋，那里山岭毗连，河流环抱，庭院里还栽种着芬芳的花木，堂前流淌着清澈的泉水。于是他独自居住，潜心研究佛法、玩味义理。庾亮等人经常去探望他，见他运用吐故纳新的导引之术，使整个人的风度仪态更加俊美。加上他安居愉悦，自得其乐，于是声名远扬。后来，由于不堪世俗之人的不断来访，最终离开了这个地方。

※ 原文

戴安道[1]既厉操东山[2]，而其兄欲建式遏[3]之功。谢太傅曰："卿兄弟志业，何其太殊？"戴曰："下官'不堪其忧'，家弟'不改其乐'[4]。"

※ 注释

1 戴安道：戴逵，字安道。其兄戴逯，字安丘，官至大司农。2 厉操东山：指隐居不仕。厉操，磨砺情操。3 式遏：语出《诗经·大雅·民劳》："式遏寇虐。"意思是遏止侵犯、残害百姓。这里泛指抵御侵略，保国卫民。4 "下官"二句：这是化用《论语·雍也》中的句子。原文是："贤哉，回也！一箪食，一瓢饮，在陋巷，人不堪其忧，回也不改其乐。"

※ 译文

戴安道（逵）在东山隐居，而他的哥哥戴逯却要建功立业。太傅谢安说："你们兄弟二人的志向，为什么那么悬殊呢？"戴逯说："我是忍受不了那种忧愁，我弟弟是改变不了那种乐趣。"

※ 原文

许玄度隐在永兴南幽穴中，每致四方诸侯之遗。或谓许曰："尝闻箕山人[1]似不尔耳。"许曰："筐篚苞苴[2]，故当轻于天下之宝耳！"

※ 注释

1 箕山人：指许由。相传尧要将天下让给许由，许由不接受，就逃到了箕山隐居。2 筐篚苞苴：送饭食所用的竹筐、包裹等。在这里，借代饭食鱼肉等礼物。

※ 译文

许玄度（询）在永兴县南的山洞中隐居，常常引来各地官员的馈赠。有人对他说："曾经听说隐居在箕山的许由似乎不是如此吧。"许玄度说："这些包裹小礼物，自然要比天下的宝座轻微很多吧。"

※ 原文

范宣[1]未尝入公门[2]。韩康伯与同载，遂诱俱入郡[3]。范便于车后趋下。

※ 注释

1 范宣：字宣子，晋人，精通儒籍，被召为太学博士、散骑郎，推辞不就。居家贫俭，以讲诵为业。2 公门：官署。3 郡：这里指郡官署。

※ 译文

范宣从没进过官署的门。有一回韩康伯（伯）和他同乘一辆车，想骗他一块儿进入郡府，结果范宣从后面跳下车跑了。

※ 原文

郗超每闻欲高尚隐退者，辄为办百万资，并为造立居宇。在剡为戴公起宅，甚精整。戴始往旧居[1]，与所亲书曰："近至剡，如官舍。"郗为傅约[2]亦办百万资，傅隐事差互[3]，故不果遗。

※ 注释

1 往旧居：据《太平御览》卷五百一十引《世说》作"往居"，下文"如官舍"作"如入官舍"。2 傅约：傅琼，小字约，生平未详。3 差互：屡失时机而未能成功。

※ 译文

郗超每当听说有人要避世隐居时，就为他准备百万资财，还替他建造房舍。在剡县时，给戴公（戴逵）建的屋舍非常精致。戴公住进去以后，给亲友写信说："最近到了剡县，住的房子就像是官署。"郗超也为傅约准备了百万资财，后来傅约隐居的事没成，所以才没有给他。

贤媛第十九

贤媛刻画了一些才德兼备的妇女形象，而这种对于女性的关注和歌颂，形成了《世说新语》全书的一种特色。

※ 原文

陈婴[1]者，东阳人。少修德行，著称乡党[2]。秦末大乱，东阳人欲奉婴为主，母曰："不可！自我为汝家妇，少见贫贱，一旦富贵，不祥！不如以兵属人，事成，少受其利；不成，祸有所归。"

※ 注释

1 陈婴：秦末人，陈涉起义后领兵依附项梁，后归汉，封为堂邑侯。2 乡党：乡里，家乡。

※ 译文

陈婴是东阳人，从少年时代起就注重品德修养，在乡里颇负名望。秦末大乱，东阳人要推举陈婴为首领，他母亲说："不行。自从我做了你陈家的媳妇，年轻起就受穷，突然富贵起来，不吉利。不如把兵权交给别人，事情成功了，咱们多少得点好处；事情不成，祸患另有人承担。"

※ 原文

汉元帝[1]宫人既多，乃令画工图之，欲有呼者，辄披图召之。其中常者，皆行货赂[2]。王明君[3]姿容甚丽，志不苟求，工遂毁为其状。后匈奴来和，求美女于汉帝，帝以明君充行。既召，见而惜之，但名字已去，不欲中改，于是遂行。

※ 注释

1 汉元帝：刘奭，参见《规箴》注。2 货赂：贿赂。3 王明君：即王昭君，名嫱，字昭君，西汉人，晋人因避晋文帝司马昭的名讳改称明君。汉元帝时被选入宫中，后自请前往匈奴和亲，促进了汉朝和匈奴的友好关系。

※ 译文

汉元帝（刘奭）后宫里的宫女太多了，就让画师给她们画像，想要召谁时，就打开画像挑选。其中相貌平平的人，都向画师行贿，以便画师能把自己画得美一些。王昭君姿容美丽，但她从不随便求助于画师，所以画师就丑化她的相貌。后来匈奴来求和，向汉元帝求美女通婚，元帝决定让昭君去。召来之后，元帝就舍不得她，可是名单已经确定，不能中途变卦，于是只能让她去了。

※ 原文

汉成帝幸赵飞燕[1]，飞燕谗班婕妤[2]祝诅[3]，于是考问。辞曰："妾闻死生有命，富贵在天。修善尚不蒙福，为邪欲以何望？若鬼神有知，不受邪佞之诉；若其无知，诉之何益？故不为也。"

※ 注释

1 赵飞燕：最初为阳阿公主家的歌伎，因体轻善舞而号"飞燕"。后来同妹妹一起入宫，成为汉成帝专宠。成帝死后，又被哀帝尊为皇太后。平帝即位后将其废为庶人，最后自杀而亡。2 班婕妤：班彪的姑姑，成帝的宠姬，因赵飞燕诬陷而失宠，退居东宫，曾作《团扇歌》以自伤。婕妤，为宫中女官的名字，位比上卿，秩比列侯。3 祝诅：祈告鬼神降祸于所恨之人。

※ 译文

汉成帝（刘骜）宠幸赵飞燕，赵飞燕诬陷班婕妤祈告鬼神诅咒成帝，于是班婕妤被审问。班婕妤辩解说："我听说生死是命中注定的，富贵是上天已经安排好了的。修德行善还得不到赐福呢，做坏事又有什么指望啊！如果鬼神真的有知觉的话，就不会接受奸邪之人的祷告；而如果没有知觉的话，则祷告又有什么作用呢？因此我没有做过这样的事情。"

※ 原文

魏武帝崩，文帝悉取武帝宫人自侍。及帝病困，卞后[1]出看疾。太后入户，见直侍并是昔日所爱幸者。太后问："何时来邪？"云："正伏魄时[2]过。"因不复前而叹曰："狗鼠不食汝余，死故应尔！"至山陵[3]，亦竟不临。

※ 注释

1 卞后：曹操的妻子，曹丕和曹植的生母。本是倡家女，曹操在谯时将其纳为妾，到建安初将其扶为正室。2 伏魄时：招魂的时候，这里是指曹操弥留之际。3 山陵：

陵寝。此处指下葬的时候。

※ 译文

曹操去世后，曹丕将曹操宫中的人要过来侍奉自己。曹丕病危的时候，卞太后出宫来看望。太后一进门，发现那些侍奉曹丕的人都是过去被曹操所宠幸的宫女。太后问道："她们是何时来的？"答："正当先帝弥留之际过来的。"太后便不再前去，叹道："真是连狗鼠都不会捡你剩下的东西吃，实在是该死！"甚至到曹丕下葬时，太后都没有到场哭吊。

※ 原文

赵母嫁女，女临去，敕之曰："慎勿为好！"女曰："不为好，可为恶邪？"母曰："好尚不可为，其况恶乎！"

※ 译文

赵母嫁女儿，女儿临走时，赵母告诫道："千万不要过分地做好事。"女儿说："不可以做好事，那是否可以做坏事呢？"赵母说："好事都不可以做，又怎么可以做坏事呢？"

※ 原文

许允[1]妇是阮卫尉[2]女，德如[3]妹，奇丑。交礼竟，允无复入理，家人深以为忧。会允有客至，妇令婢视之，还答曰："是桓郎。"桓郎者，桓范[4]也。妇云："无忧，桓必劝入。"桓果语许云："阮家既嫁丑女与卿，故当有意，卿宜察之。"许便回入内。既见妇，即欲出。妇料其此出，无复入理，便捉裾[5]停之。许因谓曰："妇有四德[6]，卿有其几？"妇曰："新妇所乏唯容尔。然士有百行[7]，君有几？"许云："皆备。"妇曰："夫百行以德为首，君好色不好德，何谓皆备？"允有惭色，遂相敬重。

※ 注释

1 许允：字士宗，官至镇北将军，后被司马师所害。2 阮卫尉：阮共，字伯彦，三国时魏国人，仕魏官至卫尉卿。卫尉，即卫尉卿，掌管宫门警卫的官。3 德如：阮侃，字德如，阮共的儿子，仕魏官至河内太守。4 桓范：字允明，仕魏官至大司农。5 裾：大襟，衣服的前襟。6 四德：指妇德、妇言、妇容、妇功（善于纺织）。7 百行：指各种好的品行。

※ 译文

许允的妻子是卫尉卿阮共的女儿，阮德如的妹妹，相貌奇丑。结婚行过交拜礼后，许允没有进洞房的意思，家里人非常担心。恰好这时，有客人来找许允，妻子让婢女去看看是谁，婢女回来禀告说："是桓郎。"桓郎就是桓范。妻子说："不用担心了，桓公子一定会劝他进来。"桓范果然对许允说："阮家既然把一个丑闺女嫁给你，一定有他的意图，你应该好好观察。"许允便回到屋内，见了妻子后，马上又想出去。妻子断定他此次出去就不会再进来了，就抓住他的衣襟阻拦他。许允于是说道："妇人有四德，你有其中的几德？"妻子说："我缺乏的只是容貌而已。不过士人应有的各种好品行中，你有哪些呢？"许允说："我都具备。"妻子说："各种品行里以德为首。你好色不好德，怎么能说都具备呢？"许允顿时面带愧色，从此就敬重她了。

※ 原文

许允为吏部郎，多用其乡里，魏明帝遣虎贲[1]收之。其妇出戒允曰："明主可以理夺，难以情求。"既至，帝核问之，允对曰："'举尔所知[2]'，臣之乡人，臣所知也。陛下检校，为称职与不？如不称职，臣受其罪。"既检校[3]，皆官得其人，于是乃释。允衣服败坏，诏赐新衣。初允被收，举家号哭。阮新妇自若，云："勿忧，寻还。"作粟粥待。顷之，允至。

※ 注释

1 虎贲：官名，负责皇帝侍卫。2 举尔所知：推举你所了解的人。3 检校：考察。

※ 译文

许允担任吏部侍郎的时候，任用的多为同乡人。魏明帝（曹叡）命宫中侍卫将其逮捕。许允的妻子跟出来告诫他道："明主可以用道理去争取，而很难用情感去打动。"到了朝廷后，明帝审问此事，许允就说："孔子说：'举尔所知。'我任用的那些同乡人都是我所熟知的。陛下您可以考察一下他们是否称职。倘若他们不称职，我情愿接受处罚。"经过一番考察，那些人果真都很称职，于是明帝就把许允释放了。许允的衣服弄破了，明帝下诏赐给他新衣服。当初许允被逮捕时，全家上下号啕大哭，阮氏夫人却非常镇定，说："不用担心，他过不了多久就会回来的。"并把小米粥煮好了等着许允。不久，许允果真回来了。

※ 原文

许允为晋景王所诛，门生走入告其妇。妇正在机中，神色不变，曰："早知尔耳！"门人欲藏其儿，妇曰："无豫诸儿事。"后徙居墓所，景王遣钟会看之，若才流及父，当收。儿以咨母，母曰：“汝等虽佳，才具不多，率胸怀与语，便无所忧；不须极哀，会止便止；又可少问朝事。”儿从之。会反，以状对，卒免。

※ 译文

许允被晋景王（司马师）杀害了，门生急忙跑来向许允的妻子报告。许允的妻子正在织布，神情一点都没有变，说：“早就料到会这样了！”门生想把许允的儿子藏起来，许允的妻子说：“这不关孩子的事情。”后来，举家迁往许允的墓地，晋景王派钟会前去查看，并指示：“若才华风韵赶得上他们的父亲，就应该抓起来。”许允的儿子向母亲请教，母亲说：“你们兄弟虽然都很好，但是却都没有突出的才能。只需坦率地同他们讲话，不用担心。不要过于悲伤，钟会不哭了，你们也就赶紧停止哭泣。还可以略微问一下朝中的事情。”儿子按照母亲的教导一一去做了。钟会回去后，把自己的所见所闻一一汇报，许允的儿子们终于幸免于难。

※ 原文

王公渊[1]娶诸葛诞女。入室，言语始交，王谓妇曰：“新妇神色卑下，殊不似公休！”妇曰：“大丈夫不能仿佛[2]彦云[3]，而令妇人比踪[4]英杰！”

※ 注释

1 王公渊：王广，字公渊，三国时魏国人，有风度才学，声名很高。2 仿佛：相像。3 彦云：王凌，字彦云，王广的父亲。4 比踪：齐步，并驾。

※ 译文

王公渊（广）娶了诸葛诞的女儿，进了内室，刚开始交谈，王公渊对妻子说：“看你的神态卑下，一点都不像你的父亲公休（诸葛诞）。”妻子应道：“作为男子汉大丈夫，你不能像你的父亲彦云（王凌）一样，却拿一个女人和英杰相比！”

※ 原文

王经少贫苦，仕至二千石，母语之曰：“汝本寒家子，仕至二千石，此可以止乎！”经不能用。为尚书，助魏，不忠于晋，被收，涕泣辞母曰：“不从母敕，以至今日。”母都无戚容，语之曰：“为子则孝，为臣则忠，有孝有忠，何负吾邪？”

※ 译文

王经年轻的时候，家境贫寒，后来做了官，俸禄达到两千石，母亲对他说道：“你本是穷人家的孩子，做到俸禄两千石的官，就到此为止吧。”王经不听母亲的劝导。他又做了尚书，帮助魏朝而不效忠于晋司马氏，因此遭到逮捕。在跟母亲辞别时，他泪流满面，说道：“只因当初没有听母亲的教诲，才导致今天的下场。”母亲的脸上没有丝毫的愁容，她对儿子说：“做儿子就应当尽孝道，做臣子就应当尽忠心，忠孝两全，怎么会对不起我呢？”

※ 原文

山公与嵇、阮一面，契若金兰[1]。山妻韩氏，觉公与二人异于常交，问公，公曰：“我当年[2]可以为友者，唯此二生耳！”妻曰：“负羁之妻亦亲观狐、赵[3]，意欲窥之，可乎？”他日，二人来，妻劝公止之宿，具酒肉。夜穿墉[4]以视之，达旦忘反。公入曰：“二人何如？”妻曰：“君才致殊不如，正当以识度相友耳。”公曰：“伊辈亦常以我度为胜。”

※ 注释

1 金兰：语出《易·系辞上》：“二人同心，其利断金；同心之言，其臭如兰。”后来就用“金兰”指朋友同心同德、志同道合。2 当年：此生，一生。3 负羁之妻亦亲观狐、赵：据《左传·僖公二十三年》记载，晋公子重耳带着狐偃、赵衰等人流亡国外时经过曹国，曹大夫僖负羁的妻子仔细观察后，认为狐、赵等人均有辅助君王的才能，一定可以帮助重耳返回晋国执政。4 墉：墙，墙壁。

※ 译文

山公（山涛）和嵇康、阮籍一见面，就觉得志趣投合。山公的妻子觉得丈夫和这两个人的交情非比寻常，就问他怎么回事，山公说：“我一生可以当作朋友的，只有这两个读书人了。”妻子说：“从前僖负羁的妻子也曾亲自观察过狐偃、赵衰，我也想看看他们，可以吗？”有一天，两人来了，妻子劝山公留他们过夜，给他们准备了酒肉。晚上，她越过墙去观察这两个人，直到天亮都忘了要回去。山公过来问道：“你觉得这两人怎么样？”妻子说：“你的才智情趣远远比不上他们，只能以你的见识气度和他们交朋友。”山公说：“他们也总认为我的气度胜过他们。”

※ 原文

王浑妻钟氏生女令淑，武子为妹求简美对而未得，有兵家子，有俊才，欲以妹妻之，乃白[1]母，曰：“诚[2]是才者，其地可遗，然要令我见。”武子乃令兵儿与群小杂处，使母帷中察之。既而母谓武子曰：“如此衣形者，是汝所拟者非邪？”武子曰：“是也。”母曰：“此才足以拔萃；然地寒，不有长年，不得申其才用。观其形骨，必不寿，不可与婚。”武子从之。兵儿数年果亡。

※ 注释

1 白：禀告。2 诚：的确，实在。

※ 译文

王浑的妻子钟氏生了一个女儿，女儿漂亮贤惠。武子（王济）想给自己的妹妹找一个好丈夫，但是却没有找到。有个兵家子弟，才能卓越，武子就打算把妹妹许配给他，于是禀告母亲，母亲说：“倘若有才能，可以不论门第，但是必须得先让我看看。”于是，武子就让这兵家子弟混在一群平民百姓中间，请母亲在帷帐里面观察。过后，母亲对武子说：“穿着这种衣服，长得这种样子，就是你选中的，是吗？”武子说：“是的。”母亲说：“这人的才气确实出类拔萃，但是由于门第卑微，所以没有很长的时间是无法发挥其才能的。我看他的体形、骨骼，必然不长寿，不能许配给他。”武子听从了母亲的意见。几年以后，这个兵家子弟果真去世了。

※ 原文

贾充前妇，是李丰女。丰被诛，离婚徙边[1]。后遇赦得还，充先已取郭配女，武帝特听置左右夫人。李氏别住外，不肯还充舍。郭氏语充，欲就省李，充曰：“彼刚介有才气，卿往不如不去。”郭氏于是盛威仪，多将侍婢。既至，入户，李氏起迎，郭不觉脚自屈，因跪再拜。既反，语充。充曰：“语卿道何物[2]？”

※ 注释

1 徙边：流放到边远山区。2 何物：什么。

※ 译文

贾充的前妻是李丰的女儿。李丰被杀后，贾充同妻子解除婚约，妻子还被流放到了边远地区。后来赶上大赦回来，可是这时候的贾充早已娶了郭配的女儿。晋武帝（司马炎）特地允许他设左、右两位夫人。李氏住在外边，不肯回贾家。郭氏就对贾充说想去探望李氏。贾充说：“她性格倔强，又有才气，你去还不如不去呢。”郭氏于是带着一个威严宏大的仪仗队伍，还带上了一大帮丫鬟。到了以后，一进门，李氏便起身相迎，郭氏却不觉中两膝发软，跪下一拜再拜。回到贾府后，对贾充述说，贾充说：“之前我对你说什么来着？”

※ 原文

王司徒妇，钟氏女，太傅曾孙，亦有俊才女德[1]。钟、郝为娣姒，雅[2]。相亲重钟不以贵陵郝，郝亦不以贱下[3]钟。东海家内，则郝夫人之法，京陵家内，范钟夫人之礼。

※ 注释

1 女德：即女子的美德。2 雅：此处为副词，甚，很。3 下：低。这里为动词，是“使自己低下”“低三下四”的意思。

※ 译文

王司徒（浑）的妻子是钟家的女儿，太傅钟繇的曾孙女，又有非凡的才华和女子的美德。钟氏同王湛的妻子郝氏是妯娌，两人关系亲密，相互敬重。钟氏不凭借自己高贵的出身而对郝氏盛气凌人；郝氏也不会因自己门第的卑微而对钟氏低声下气。东海（王承）家里都以郝夫人的规矩为行为准则；而京陵（王浑）家里也以钟夫人的礼节作为行为规范。

※ 原文

周浚作安东时，行猎，值暴雨，过汝南李氏。李氏富足，而男子不在。有女名络秀，闻外有贵人，与一婢于内宰猪羊，作数十人饮食，事事精办，不闻有人声。密觇之，独见一女子，状貌非常，浚因求为妾。父兄不许。络秀曰：“门户殄瘁，何惜一女？若连姻贵族，将来或大益。”父兄从之。遂生伯仁兄弟。络秀语伯仁等：“我所以屈节为汝家作妾，门户计耳！汝若不与吾家作亲亲者，吾亦不惜余年！”伯仁等悉从命。由此李氏在世，得方幅齿遇。

※ 译文

周浚担任安东将军时，一次外出打猎，赶上暴雨，于是就去妆南李氏家探望。李家很富有，可是男子却都没有在家里。有个女儿名字叫作络秀，听到外边来了客人，就同丫鬟一起在里边杀猪宰羊，操办了几十人的酒宴。饭食样样精美，但是没有听到有人说话的声音。暗中窥视，只看见一个相貌非凡的女子。周浚因此请求娶她为妾。络秀的父亲和哥哥都不肯答应。络秀却说：“我们家门第衰落，怎么还舍不得一个女儿呢？倘若能与贵族联姻，或许将来还会有好处呢。”于是父兄就顺从了她。后来络秀生下了周伯仁（顗）三兄弟。络秀对伯仁兄弟说道：“我之所以委屈自己嫁到你们周家做妾，是出于对李家的门户着想罢了。倘若你们不与我李家作亲戚，我也不会吝惜我的晚年！”周伯仁兄弟一切都听从母亲。从此，李家在社会上开始受到公正的待遇。

※ 原文

陶公[1]少有大志，家酤贫，与母湛氏同居。同郡范逵[2]素知名，举孝廉[3]，投侃宿。于时冰雪积日，侃室如悬磬[4]，而逵马仆甚多。侃母湛氏语侃曰：“汝但出外留客，吾自为计。”湛头发委地，下为二髲[5]，卖得数斛米，斫诸屋柱，悉割半为薪，锉诸荐以为马草。日夕，遂设精食，从者皆无所乏。逵既叹其才辩，又深愧其厚意。明旦去，侃追送不已，且百里许。逵曰：“路已远，君宜还。”侃犹不返，逵曰：“卿可去矣！至洛阳，当相为美谈。”侃乃返。逵及洛，遂称之于羊晫[6]、顾荣[7]诸人，大获美誉。

※ 注释

1 陶公：陶侃，字士行，晋庐江寻阳（今江西九江）人。年轻时家中贫困，入仕后勤于职事，很有政绩，声望颇高。曾任江夏、武昌太守，荆、广、江、湘等州刺史以及侍中、太尉等职，封长沙郡公。2 范逵：曾举孝廉，生平事迹不详。3 孝廉：选举官吏的科目，要求是孝顺清廉，被选中的人也称为孝廉。4 室如悬磬：比喻室无所有，极为贫乏。磬，一种石制的敲击乐器，悬挂在架子上演奏。5 髲：假发。6 羊晫：《晋书·陶侃传》作“杨晫”，当时担任豫章国郎中令。7 顾荣：字彦先，当时担任中书郎，死后追赠侍中、骠骑将军，又称“顾骠骑”。

※ 译文

陶公（陶侃）少年时胸怀大志，家中十分贫穷，他和母亲湛氏住在一起。同郡的范逵一向很有名气，被举为孝廉，上任途中在陶侃家投宿。当时连日冰雪，陶侃家徒四壁，范逵带的随从马匹很多。陶侃的母亲湛氏对陶侃说：“你只管出去留住客人，我自己想办法招待。”湛氏的头发长及地面，她剪下做成两段假发，卖掉后换了几斛米。又把屋内的几根柱子，劈下一半作柴火，把草席铡碎作为马料。傍晚，摆下了精致的饭食招待客人，随从的人也不缺吃喝。范逵既赞叹陶侃的才华和言谈，又对他深厚的情意感到愧疚不安。第二天早晨，范逵离去，陶侃又追着为他们送别，依依难舍，一起走了一百多里。范逵说：“已经送得很远，你该回去了。”陶侃还是不回去。范逵说：“你回去吧。这次到了洛阳，我一定替你美言。”陶侃这才回去。范逵到了洛阳，就在羊晫、顾荣等人面前赞扬陶侃，陶侃于是名声大噪。

※ 原文

陶公少时，作鱼梁[1]吏，尝以坩[2]饷母。母封鲊付使，反书责侃曰："汝为吏，以官物见饷，非唯不益，乃增吾忧也。"

※ 注释

1 鱼梁：一种捕鱼的设施，横截水流，留一缺口，让鱼随水流入竹篓。2 坩：一种陶制器皿。

※ 译文

陶公（陶侃）年轻时作鱼梁吏，曾经派人把腌鱼用罐子装着送给他母亲。母亲把腌鱼封好后又退给了使者，写了封信指责陶侃说："你做官，把公家的东西送给我，这样不但对我不好，反而会增加我的忧虑。"

※ 原文

桓宣武平蜀[1]，以李势[2]妹为妾，甚有宠，常著斋后。主[3]始不知，既闻，与数十婢拔白刃袭之。正值李梳头，发委藉地，肤色玉曜[4]，不为动容。徐曰："国破家亡，无心至此。今日若能见杀，乃是本怀。"主惭而退。

※ 注释

1 平蜀：蜀，指成汉，晋十六国之一。晋惠帝时，李雄据蜀称帝，国号大成，成帝时李寿又改国号为汉，史称成汉，其辖境包括今四川全境、陕西南部及云贵北部。成汉传至李势，日益衰落，晋穆帝永和二年（公元346年），桓温率师西伐，次年春，灭掉成汉。2 李势：字子仁，巴氐族，十六国时期成汉的统治者。桓温伐蜀，他投降后，被封为归义侯。3 主：公主，指桓温的妻子、晋明帝女儿南康长公主。4 曜：发出光辉。

※ 译文

宣武侯桓温平蜀后，把李势的妹妹纳为妾，非常宠爱她，总是让她住在书房后面。桓温的妻子南康长公主开始不知道此事，后来听说了，带着几十个婢女持刀去刺杀她。当时李氏正在梳头，长长的头发垂落到地上，肤色如白玉一般光洁。看到公主后，她毫不动容，徐徐说道："国破家亡，我也并不想这样。今天如果你能杀了我，正合了我的心愿。"公主很惭愧，便退了下去。

※ 原文

庾玉台[1]，希[2]之弟也。希诛，将戮玉台。玉台子妇，宣武弟桓豁女也，徒跣求进。阍[3]禁不内[4]。女厉声曰："是何小人！我伯父门，不听我前！"因突入，号泣请曰："庾玉台常因人[5]脚短三寸，当复能作贼不？"宣武笑曰："婿故自急。"遂原[6]玉台一门。

※ 注释

1 庾玉台：庾友，庾冰的三儿子，历任中书郎、东阳太守。2 希：庾希，庾冰的大儿子。桓温因忌恨庾希兄弟显贵而将他们杀掉。庾友因其儿媳是桓温的侄女而得以幸免。3 阍：守门人。4 内：同"纳"，意思是进入。5 因人：依靠别人。6 原：宽恕，赦免。

※ 译文

庾友是庾希的弟弟，庾希被杀后，桓温将要诛杀庾友。庾友的儿媳是桓温的弟弟桓豁的女儿，她光着脚前来求见。守门人将其拦住不让进，她大声呵斥道："你是什么人，我伯父家的大门居然不让我进去！"于是就冲了进去，号啕大哭请求桓温说："庾友经常靠人搀扶，脚也比常人短三寸，他会是叛贼吗？"桓温笑着说："侄女婿自然会着急！"于是便赦免了庾友一家。

※ 原文

谢公夫人帏[1]诸婢，使在前作伎[2]，使太傅暂见便下帏。太傅索更开，夫人云："恐伤盛德。"

※ 注释

1 帏：用帏帐隔开。2 作伎：表演歌舞等。

※ 译文

谢安的夫人用帏帐隔开那些婢女，让她们在里面表演歌舞，让谢安看一会儿就把帏帐放下。当谢安要求再次打开看的时候，谢夫人说："恐怕伤害你美好的德行啊。"

※ 原文

王右军郗夫人谓二弟司空、中郎曰："王家见二谢，倾筐倒庋；见汝辈来，平平尔。

汝可无烦复往。"

※ 译文

王羲之的妻子郗夫人，对她的两个弟弟司空（郗愔）和中郎（郗昙）说："王家见谢安和谢万兄弟到来，翻箱倒柜，倾其所有热情款待；见到你们来了却反应平常。你们可以不必再去了。"

※ 原文

王凝之谢夫人[1]既往王氏，大薄凝之。既还谢家，意大不说[2]。太傅慰释之曰："王郎，逸少之子，人才亦不恶[3]，汝何以恨乃尔？"答曰："一门叔父，则有阿大、中郎[4]；群从兄弟，则有封、胡、遏、末[5]。不意天壤之中，乃有王郎！"

※ 注释

1 谢夫人：谢道韫，谢安的侄女。2 不说：不悦，不高兴。3 不恶：不错，不坏。4 阿大、中郎：指谢尚和谢据。5 封、胡、遏、末：指谢韶、谢朗、谢玄和谢渊。

※ 译文

王凝之的夫人谢氏嫁到王家后非常看不起王凝之。回到谢家后非常不愉快，叔父谢安安慰她说："王凝之是王羲之的儿子，人品才学都很好，你怎么居然恨到如此地步呢？"谢道韫说："谢家一族中，叔父辈有谢尚、谢据；同族兄弟中有谢韶、谢朗、谢玄、谢渊。可是没有想到天地间还有王郎这样的人。"

※ 原文

王江州夫人[1]语谢遏曰："汝何以都不复进？为是[2]尘务经心，天分有限？"

※ 注释

1 王江州夫人：即王凝之的夫人谢道韫。2 为是：难道是。

※ 译文

王凝之的夫人谢道韫对谢玄说："你怎么一点长进都没有呢？莫非是世俗事务烦扰了你的心，还是你的天赋有限呢？"

※ 原文

谢遏绝重其姐[1]，张玄[2]常称其妹，欲以敌之。有济尼[3]者，并游张、谢二家。

人问其优劣，答曰：“王夫人神情散朗，故有林下风气；顾家妇[4]清心玉映，自是闺房之秀。”

※ 注释

1 其姐：指谢道韫，下文“王夫人”也是指她。2 张玄：又作“张玄之”，参见《夙惠》注。3 济尼：晋时的一个尼姑，生平不详。4 顾家妇：张玄的妹妹嫁给顾氏，又称为顾家妇。

※ 译文

谢遏（玄）十分推崇他姐姐谢道韫，张玄常常赞扬他妹妹，想把妹妹和谢遏的姐姐媲美。有一个法号济的尼姑，曾去过张、谢两家，有人问她二人的优劣，尼姑答道：“王夫人（谢道韫）神情洒脱，确实有竹林名士的风度；顾家媳妇（张玄妹）心灵纯洁明净，有如美玉辉映，自然是一位大家闺秀。”

术解第二十

术解记录了士人对技艺的理解和掌握，包括占卜、医药、音乐等。本门的描写表现了魏晋士人在方术上的才能。

※ 原文

荀勖[1]善解音声，时论谓之暗解[2]。遂调律吕[3]，正雅乐[4]。每至正会，殿庭作乐，自调宫商，无不谐韵。阮咸[5]妙赏，时谓神解[6]。每公会作乐，而心谓之不调。既无一言直[7]勖，意忌之，遂出阮为始平[8]太守。后有一田父耕于野，得周时玉尺，便是天下正尺。荀试以校己所治钟鼓、金石、丝竹[9]，皆觉[10]短一黍，于是伏阮神识。

※ 注释

1 荀勖：魏晋时人，善解乐律，曾掌管乐事。2 暗解：深解，精通。3 律吕：乐律。古代用十二个长度不同的律管，吹出十二个高度不同的标准音，以确定乐音的高低，叫作十二律。十二律分为阴阳两类，奇数六律为阳律，也叫六律，偶数六律为阴律，称为六吕，合称为律吕。4 雅乐：用于郊庙朝会等隆重场合的正乐。5 阮咸：

字仲容，阮籍的侄子，“竹林七贤”之一，和阮籍并称大小阮，曾任散骑侍郎、始平太守。6 神解：神妙的理解。7 直：这里表示“认为……正确”。8 始平：郡名，治所在槐里（今陕西兴平）。9 钟鼓、金石、丝竹：泛指各类乐器。10 觉：通“较”，相差。

※ 译文

荀勖精通音律，当时的舆论认为他是精通，因此由他调正乐律，校定祭祀朝会时的音乐。每当元旦朝会，宫廷奏乐时，荀勖亲自调节五音，韵律无不和谐。阮咸精于音乐鉴赏，当时人们都认为他对音乐有神妙的理解。每当集会演奏音乐时，阮咸总觉得音律不够正确，因此从不讲一句肯定荀勖的话。荀勖心里非常记恨他，就把他外放到始平做太守。后来一个农夫在田野里耕种，捡到一个周朝时的玉尺，这是天下校定音准的标准尺，荀勖就用它来校验自己所造的钟鼓、金石、丝竹乐器的音律，结果都短了一粒米的长度，自此荀勖才佩服阮咸对音乐神妙的见识。

※ 原文

人有相羊祜[1]父墓，后应出受命君[2]。祜恶其言，遂掘断墓后，以坏其势。相者立视之曰：“犹应出折臂三公[3]。”俄而祜坠马折臂，位果至公[4]。

※ 注释

1 羊祜：字叔子，晋泰山平阳（今山东新泰）人，立身清廉，德才并高，深得时人敬重。曾任尚书左仆射、征南大将军等职，死后追赠太傅。2 受命君：接受天命统治天下的君主。3 三公：魏晋以太尉、司徒、司空为三公。4 位果至公：羊祜死后追赠太傅，太傅和太宰、太保均为上公。三公、上公，加上大司马、大将军，合称八公。

※ 译文

有个看相的人看了羊祜父亲的墓地，说羊家以后会出皇帝。羊祜对他的话反感，就把墓后挖断，想以此破坏它的风水。算命的站在那儿看了后，说：“还会出一位断臂的三公。”不久羊祜就从马上摔了下来，胳膊断了，官职果然升到了三公。

※ 原文

王武子善解马性。尝乘一马，著连钱[1]障泥。前有水，终日[2]不肯渡。王云：“此必是惜障泥。”使人解去，便径渡。

※ 注释

1 连钱：本来指马毛斑驳像钱纹，这里指一种花饰。障泥：放在马鞍下的垫子，两旁下垂可以遮挡泥土。2 终日：良久。（据吴金华《世说新语考释》）

※ 译文

王武子精通马性。曾经骑着一匹马，马背上铺着连钱纹饰的垫子，前面遇到了河，马不肯渡水过河。王武子说："这一定是因为马爱惜垫子。"让人解下垫子后，马果然就直接过河了。

※ 原文

陈述[1]为大将军掾，甚见爱重。及亡，郭璞[2]往哭之，甚哀，乃呼曰："嗣祖，焉知非福！"俄而大将军作乱，如其所言。

※ 注释

1 陈述：字嗣祖，曾担任王敦的属官，很受王敦赏识。2 郭璞：字景纯，博学有才，精通五行、天文、占卜之术，曾为《尔雅》《方言》《山海经》等书作注，是晋代著名的学者。

※ 译文

陈述担任大将军王敦手下的属官，很受器重。陈述死后，郭璞来哭吊，非常悲伤，他喊道："嗣祖，怎么知道这就不是福气呢！"不久，大将军王敦叛乱，应验了郭璞的话。

※ 原文

晋明帝解[1]占冢宅，闻郭璞为人葬，帝微服往看，因问主人："何以葬龙角？此法当灭族！"主人曰："郭云：'此葬龙耳，不出三年，当致天子。'"帝问："为[2]是出天子邪？"答曰："非出天子，能致天子问耳。"

※ 注释

1 解：能，会。2 为：通"解"，能，会。

※ 译文

晋明帝（司马绍）会看墓地住宅的风水，他听说郭璞要为人选择墓地，就穿上便服前去观看。他问主人："为什么要葬在龙角上？这种葬法是会被灭族的。"主人说："郭璞先生说：'这是葬在了龙耳上，不出三年，将会引来天子。'"明帝说："会是出天子吗？"主人答道："不是出天子，只是能够招来天子的询问而已。"

※ 原文

王丞相令郭璞试作一卦，卦成，郭意色甚恶，云："公有震厄[1]！"王问："有可消伏[2]理不？"郭曰："命驾西出数里，得一柏树，截断如公长，置床上常寝处，灾可消矣。"王从其语。数日中，果震柏粉碎，子弟皆称庆。大将军云："君乃复委罪于树木。"

※ 注释

1 震厄：雷击的灾难。2 消伏：消除。

※ 译文

丞相王导让郭璞给他算一卦。卦算好了，郭璞的神情很不好，说道："您有雷震之灾！"王导问："有没有消除的办法呢？"郭璞说："坐上车向西走几里路，能见到一棵柏树，把这棵柏树砍成和您一样的高度，放在床上经常睡觉的地方，就可以消灾了。"王导听了他的话，几天后，柏树果然被雷击得粉碎，家里的人都向他祝贺。大将军王敦对郭璞说："你竟把罪过转嫁到树身上。"

※ 原文

郗愔信道甚精勤[1]，常患腹内恶，诸医不可疗。闻于法开[2]有名，往迎之。既来便脉，云："君侯[3]所患，正是精进[4]太过所致耳。"合一剂汤[5]与之，一服即大下，去数段许纸如拳大；剖看，乃先所服符[6]也。

※ 注释

1 郗愔信道甚精勤：郗愔信奉天师道，曾经绝谷十余年，认为喝符水可以健身治病。2 于法开：晋时高僧，精通佛法，擅长医术。3 君侯：对列侯和尊贵者的敬称。4 精进：这里指专心致志。5 汤：指中药汤剂。6 符：也叫符箓，道士写在纸上用以驱邪治病的神秘符号，用水服下，据说可以祛病延年。

※ 译文

郗愔信奉道教，非常虔诚勤勉，常常感到肚子不舒服，许多医生都无法治好。他听说于法开有名气，便去把他接来。于法开来后就诊脉，说道："您所患的病，正是过分虔诚所造成的。"配了一剂汤药给他。一服药，马上大泻，泻出好几段拳头大小的纸团，剖开一看，竟是先前吞下去的符箓。

※ 原文

殷中军妙解[1]经脉，中年都废。有常所给使，忽叩头流血。浩问其故，云："有死事，终不可说。"诘问良久，乃云："小人母年垂百岁，抱疾来久，若蒙官一脉，便有活理。讫就屠戮无恨。"浩感其至性，遂令舁来，为诊脉处方。始服一剂汤，便愈。于是悉焚经方。

※ 注释

1 妙解：神解，即先天的高妙领悟。

※ 译文

殷中军（浩）精通经络脉象，到中年的时候却全荒废了。有个经常使唤的仆人，一天突然向他磕头直至头上出血。殷中军问缘故，那个仆人说："有一件人命关天的事情始终不敢说出口。"问了很久才说道："小人的母亲年近百岁，生病很长时间了，倘若能够承蒙您去为她号号脉，便可以继续活下去。事成之后，就是让我去死，也不会有丝毫怨言。"殷浩被仆人真诚的孝心所感动了，于是就让他把母亲抬来，为她号脉并开了处方。刚刚煎了一剂药，病就好了。从此以后，殷浩烧光了所有的医书。

巧艺第二十一

巧艺记载了与艺术相关的人物和轶事。本门涉及的艺术类别有绘画、书法、建筑、棋艺、骑射，而其中绘画占大部分，这和魏晋士人认为绘画直观性强，最能传达人物的精神有关。

※ 原文

弹棋[1]始自魏宫内，用妆奁戏。文帝[2]于此戏特妙，用手巾角拂之，无不中。有客自云能，帝使为之。客著葛巾[3]角，低头拂棋，妙逾于帝。

※ 注释

1 弹棋：一种赌胜负的游戏。两人对局，在棋盘上放黑白子各十二颗，用手指或他物弹动棋子撞击对方棋子并攻破对方棋门为胜利。这种游戏起源于西汉，东汉逐渐失传，建安时，宫女模仿弹棋，用金钗、玉梳在梳妆的镜匣上游戏，其后渐又盛行。因此，这里说弹棋始自魏宫内，并不准确。2 文帝：指魏文帝曹丕。3 葛巾：葛布头巾。

※ 译文

弹棋源自魏时宫内的梳妆匣游戏。文帝曹丕玩得非常好，用手巾角一扫，没有击不中的。有个客人自称他也会玩，文帝就让他玩。客人戴着葛布头巾，他低下头来，用头巾拨击棋子，巧妙胜过文帝。

※ 原文

陵云台[1]楼观精巧，先称平众木轻重，然后造构，乃无锱铢[2]相负揭[3]。台虽高峻，常随风摇动，而终无倾倒之理。魏明帝登台，惧其势危，别以大材扶持之，楼即颓坏。论者谓轻重力偏故也。

※ 注释

1 陵云台：楼台名，在今洛阳，魏文帝时建造，高五丈、方四丈。2 锱铢：古时候比两小的重量单位，比喻非常轻。3 负揭：欠负，高举，差别的意思。

※ 译文

陵云台楼阁的结构精巧，建造的时候，先称了每根木头的轻重，然后才开始建造。这样一来，木头的轻重几乎没有什么差别。台虽然高峻，且常常随风飘摇，但是却始终都没有倒塌的可能。魏明帝登上陵云台，担心楼台危险，于是就命人用大木材将其支撑住，结果楼台瞬间倒塌了。当时的人们纷纷议论，都说这是因为轻重失去平衡的缘故。

※ 原文

韦仲将[1]能书。魏明帝起殿，欲安榜[2]，使仲将登梯题之。既下，头鬓皓然[3]，因敕儿孙勿复学书。

※ 注释

1 韦仲将：韦诞，字仲将，三国时魏国人，擅长楷书大字，官至光禄大夫。2 榜：匾额。3 皓然：雪白的样子。

※ 译文

韦仲将（诞）擅长书法。魏明帝曹叡建造宫殿，想挂上一块匾额，就让仲将登上梯子去题匾。下来以后，他的鬓发都白了，于是告诫儿孙不要再学习书法。

※ 原文

钟会是荀济北从舅[1]，二人情好不协。荀有宝剑，可直百万，常在母钟夫人许。会善书，学荀手迹，作书与母取剑，仍[2]窃去不还。荀勖知是钟而无由得也，思所以报之。后钟兄弟以千万起一宅，始成，甚精丽，未得移住。荀极善画，乃潜往画钟门堂，作太傅[3]形象，衣冠状貌如平生。二钟入门，便大感恸，宅遂空废。

※ 注释

1 从舅：指母亲的叔伯兄弟。2 仍：于是。3 太傅：钟繇。这个时候，钟繇已经去世了。

※ 译文

钟会是荀济北（勖）的堂舅，两个人感情不是很好。荀济北有一把价值百万的宝剑，常常放在母亲钟夫人那里。钟会擅长书法，于是便模仿荀济北的字体给荀济北的母亲写信，将宝剑骗走了，然后再也不还。荀济北知道是钟会干的，但是却没有办法索要回来，于是就想办法报复钟会。后来钟氏兄弟花费千万巨资建造了一所豪宅，刚刚建好，非常精美华丽，还没有入住。荀济北很擅长画画，于是他就潜入钟会的豪宅，在门堂上画了一副太傅钟繇的画像，衣冠容貌都跟其生前一样。钟氏兄弟一进门，看到了父亲的画像，就非常感伤悲痛，于是这所住宅从此就空闲荒废了。

※ 原文

戴安道就范宣[1]学，视范所为，范读书亦读书，范抄书亦抄书。唯独好画，范以为无用，不宜劳思于此。戴乃画《南都赋[2]图》，范看毕咨嗟，甚以为有益，始重画。

※ 注释

1 范宣：字宣子，晋人，精通儒籍，被召为太学博士、散骑郎，推辞不就。居家贫俭，以讲诵为业。2 南都赋：东汉张衡所做的记述汉朝南都盛况的一篇赋。南都，即南阳郡，治所在宛县（今河南南阳），是汉光武帝刘秀生长的地方，又在汉朝京都洛阳之南，所以称为南都。

※ 译文

戴安道（逵）到范宣那里求学，事事都看范宣的做法，范宣读书他也读书，范宣抄书他也抄书。唯独戴安道喜欢的绘画，范宣认为没用，觉得不该在这方面劳费心思。戴安道于是画了一幅《南都赋图》，范宣看罢赞赏不已，认为绘画大有益处，自此开始重视绘画了。

※ 原文

谢太傅云："顾长康[1]画，有苍生[2]来所无。"

※ 注释

1 顾长康：顾恺之，字长康，是晋时著名的画家。2 苍生：人类。

※ 译文

太傅谢安说："顾长康（恺之）的画，是自有人类以来所没有过的。"

※ 原文

顾长康画裴叔则，颊上益三毛。人问其故，顾曰："裴楷俊朗有识具[1]，正此是其识具。"看画者寻之，定[2]觉益三毛如有神明，殊胜未安时。

※ 注释

1 识具：才识。2 定：的确。

※ 译文

顾长康（恺之）画的裴叔则（楷），面颊上添了三根胡须。有人问他为何这样，顾长康说："裴楷英俊爽朗，又有才识，这三根胡须正表现了他的才识。"看画的人寻味这幅画像，也觉得增加这三根胡须似乎更有神韵，胜过没有添上的时候。

※ 原文

王中郎[1]以围棋是坐隐[2]，支公以围棋为手谈[3]。

※ 注释

1 王中郎：王坦之，曾任北中郎将。2 坐隐：围棋的别名，意思是在座上隐居。3 手谈：用手交谈，也是指围棋。

※ 译文

北中郎将王坦之把下围棋当作是在座上隐居，支道林（遁）把下围棋看成是用手交谈。

※ 原文

顾长康好写起人形。欲图殷荆州，殷曰："我形恶，不烦耳。"顾曰："明府正为眼尔[1]。但明点童子[2]，飞白[3]拂其上，使如轻云之蔽日。"

※ 注释

1 明府正为眼尔：殷仲堪瞎了一只眼，因此不愿意画像。2 童子：同"瞳子"，瞳人。3 飞白：中国书画的一种笔法，枯笔中露出丝丝白地。

※ 译文

顾长康（恺之）喜爱人物写生，想要给荆州刺史殷仲堪画像时，殷仲堪说："我长得不好，不麻烦您了。"顾长康说："您只是因为眼睛吧！只要把瞳子画得明亮一点，然后用飞白掠过，这样看起来就像轻云蔽日一样了。"

※ 原文

顾长康画谢幼舆在岩石里。人问其所以，顾曰："谢云：'一丘一壑，自谓过之[1]。'此子宜置丘壑中。"

※ 注释

1 "一丘"二句：这是谢鲲回答晋明帝问话时说的话，意思是在山水之间陶冶性情要超过庾亮。参见《品藻》注。

※ 译文

顾长康（恺之）画谢幼舆（鲲）时，将他画在岩石间。有人问他原因，顾长康说："谢幼舆曾说过：'寄情山水，我认为自己超过庾亮。'所以，此人应该放在高山幽谷之中。”

※ 原文

顾长康画人，或数年不点目精。人问其故，顾曰：“四体妍蚩[1]，本无关于妙处；传神写照[2]，正在阿堵[3]中。”

※ 注释

1 妍蚩：同“妍媸”，美丑。2 写照：画人物肖像。3 阿堵：这，这个。这里指眼睛。

※ 译文

顾长康（恺之）画人物肖像，有的好几年都不点上瞳仁。有人问他原因，顾长康说：“形体的美丑，本来就不牵扯到神妙之处；然而最能够传神的，就在这眼睛当中。”

贬斥篇

该部分分别从宠礼、任诞、简傲、排调、轻诋、假谲、黜免、俭啬、汰侈、忿狷、谗险、尤悔、纰漏、惑溺、仇隙诸方面的故事中反映了人性的虚伪和当时政治环境的险恶。

宠礼第二十二

宠礼的内容主要是对人才的表彰和奖掖。但在当时动荡不安的政局下，为巩固政权，防止叛变，宠礼的目的也包含笼络人心。

※ 原文

元帝正会，引王丞相登御床，王公固辞，中宗[1]引之弥苦。王公曰："使太阳与万物同晖，臣下何以瞻仰！"

※ 注释

1 中宗：晋元帝司马睿的庙号。

※ 译文

晋元帝司马睿在正月初一朝会时，拉着丞相王导登上御座，王导执意推辞，晋元帝仍是苦苦地拉他。王导说："如果太阳和万物一起散发出光辉，那臣子们瞻仰什么呢？"

※ 原文

桓宣武尝请参佐入宿，袁宏、伏滔[1]相次而至，莅名[2]，府中复有袁参军，彦伯疑焉，令传教[3]更质[4]。传教曰："参军是袁、伏之袁，复何所疑？"

※ 注释

1 袁宏、伏滔：字玄度。袁、伏二人都是桓温手下的参军，当时并称为"袁伏"。2 莅名：通名，通报来人的姓名。3 传教：传达教令的属吏。4 质：诘问。

※ 译文

宣武侯桓温曾经让属官入府住宿，袁宏、伏滔先后来到。点名时，府里还有一位袁参军，袁彦伯（宏）怀疑点名的袁参军不是自己，就让负责传达的小吏再问问。小吏说："参军就是袁、伏中的袁参军，又有什么疑惑的？"

※ 原文

王珣、郗超并有奇才，为大司马所眷拔[1]。珣为主簿，超为记室参军。超为人多须，珣状短小。于时荆州为之语曰：“髯参军，短主簿。能令公喜，能令公怒[2]。”

※ 注释

1 眷拔：器重提拔。2 “能令”二句：意思是他们受到桓温的宠幸，因而能够左右桓温的喜怒哀乐等感情。

※ 译文

王珣、郗超二人都是奇才，受到大司马桓温的器重提拔。王珣担任主簿，郗超担任记室参军。郗超胡子浓密，王珣身材矮小，当时荆州人给他们编了歌谣说：“大胡子参军，矮个子主簿，能让桓公欢喜，也能让桓公发怒。”

※ 原文

许玄度停都一月，刘尹无日不往[1]，乃叹曰：“卿复少时不去，我成轻薄京尹[2]！”

※ 注释

1 刘尹无日不往：许玄度和刘惔都善于清谈，《世说新语》原注引《语林》说：“玄度出都，真长九日十一诣之。”2 京尹：即京兆尹，京都地区的行政长官。刘惔当时担任丹阳尹。

※ 译文

许玄度在京都待了一个月，丹阳尹刘惔没有一天不去拜访他，刘尹于是感叹道：“你再有几天不走，我就成了不务正业的京兆尹了。”

※ 原文

孝武在西堂[1]会，伏滔预坐。还，下车呼其儿，语之曰：“百人高会，临坐未得他语，先问‘伏滔何在？在此不？’此故未易得。为人做父如此，何如？”

※ 注释

1 西堂：东晋皇宫的厅堂名，即太极殿的西厅。

※ 译文

晋孝武帝司马曜在西堂集会，伏滔也在座。伏滔回到家后，一下车就招呼他儿子，对他说：“上百人的聚会，皇上就座后没说别的，先问：‘伏滔在哪？在这里吗？’

这确实难得，为人在世，做父亲的能够这样，如何？”

※ 原文

卞范之[1]为丹阳尹，羊孚南州[2]暂还，往卞许，云：“下官疾动[3]，不堪坐。”卞便开帐拂褥，羊径上大床，入被须枕。卞回坐倾睐[4]，移晨达莫[5]。羊去，卞语曰：“我以第一理[6]期卿，卿莫负我。”

※ 注释

1 卞范之：卞鞠，字敬祖，起初担任桓玄的长史，桓玄篡位后任丹阳尹，后被杀。2 南州：城名，又名姑孰，故址在今安徽当涂。3 疾动：疾病发行。杨勇《世说新语校笺》说：“药发动也，羊亦服五石散者。”4 倾睐：斜着眼睛看，这里指注目看着。5 莫：同“暮”。6 第一理：这里指最善于谈论义理的人。

※ 译文

卞范之（鞠）任丹阳尹时，羊孚从南州临时回京，前往卞范之家里，对他说：“我的药性发作了，无法坐得住。”卞范之就撩开帐子，铺好被褥，羊孚径直上了床，钻进被子后又要枕头。卞范之侧身坐着望着他，从早晨直到晚上。羊孚离开时，卞范之对他说：“我期望你成为最善于谈论义理的人，你千万不要辜负我呀。”

任诞第二十三

任诞反映了魏晋士人对于传统礼教的蔑视及借酒浇愁以求精神超脱的愿望。这是魏晋士人对于旧礼制的反抗，也是处于黑暗政治环境中对自由的向往。

※ 原文

陈留阮籍，谯国嵇康，河内山涛三人年皆相比[1]，康年少亚之。预此契[2]者，沛国刘伶、陈留阮咸、河内向秀，琅琊王戎。七人常集于竹林之下，肆意酣畅，故世谓“竹林七贤”。

※ 注释

1 比：接近。2 契：聚会。

※ 译文

陈留的阮籍、谯国的嵇康、河内的山涛三个人年岁相仿，嵇康最小。参加他们聚会的还有沛国的刘伶，陈留的阮咸、河内的向秀、琅琊的王戎。七人常在竹林下聚会，纵情饮酒，所以世人称他们为“竹林七贤”。

※ 原文

阮籍遭母丧，在晋文王坐进酒肉。司隶何曾[1]亦在坐，曰：“明公方以孝治天下，而阮籍以重丧[2]显于公坐饮酒食肉，宜流之海外[3]，以正风教。”文王曰：“嗣宗毁顿[4]如此，君不能共忧之，何谓？且有疾而饮酒食肉，固丧礼也[5]！”籍饮啖不辍，神色自若。

※ 注释

1 何曾：字颖考，三国时魏国人，曾任司隶校尉，入晋后，官至太宰。2 重丧：重大的丧事，指父亲或母亲去世。3 海外：本指我国国境以外的地方，这里泛指边远地区。4 毁顿：指居丧过哀而导致损害身体、神情疲惫。5 固丧礼也：据《礼记·曲礼上》说，居丧时如身体疲乏不舒适可以饮酒食肉，这也合于丧礼；如居丧不能坚持到底才是最大的不孝。

※ 译文

阮籍为母亲服丧期间，在晋文王司马昭的宴席上喝酒吃肉。司隶校尉何曾也在座，他对文王说：“您现在以孝治国，而阮籍却在母丧期间出席您的宴会，喝酒吃肉，应该把他流放到偏远的地方，以正风俗教化。”文王说：“嗣宗如此悲伤消沉，你不能分担他的忧愁，为什么还这样说呢？况且身体不适而饮酒吃肉，这也是符合丧礼的呀！”阮籍依旧在喝酒吃肉，神色自若。

※ 原文

刘伶[1]病酒，渴甚，从妇求酒。妇捐酒毁器，涕泣谏曰：“君饮太过，非摄生之道，必宜断之！”伶曰：“甚善。我不能自禁，唯当祝鬼神自誓断之耳！便可具酒肉。”妇曰：“敬闻命。”供酒肉于神前，请伶祝誓。伶跪而祝曰：“天生刘伶，以酒为名，一饮一斛，五斗解酲[2]。妇人之言，慎不可听。”便引酒进肉，隗然[3]已醉矣。

※ 注释

1 刘伶：字伯伦，以嗜酒出名。病酒：醉酒后引起较长时间的身体不适。2 酲：醉酒后神志模糊的状态。3 隗然：醉倒的样子。

※ 译文

刘伶喝醉了，口渴得厉害，就向妻子要酒喝。妻子把酒都倒了，把喝酒的用具也全砸了，哭着劝阻刘伶说："你喝酒喝得太过分了，这不是养生的办法，应该戒掉！"刘伶说："你说得很对。不过我自己不能控制酒瘾，只有在鬼神面前祈祷发誓才能断绝啊。你去准备祈祷用的酒肉吧。"妻子说："就照你的话办。"于是就把酒肉供奉在神像前，让刘伶祷告发誓。刘伶跪下祷告道："天生刘伶，以酒为命，一喝就是一斛，五斗解除酒病。妇道人家的话，务必不要去听！"说完就拿起酒肉吃喝起来，晃晃悠悠又醉了。

※ 原文

步兵校尉[1]缺，厨[2]中有贮酒数百斛，阮籍乃求为步兵校尉。

※ 注释

1 步兵校尉：官名，西汉设置的屯兵八校尉之一，魏晋时统领宿卫部队。2 厨：指步兵营厨房。

※ 译文

步兵校尉的职位空缺了，听说步兵营的厨房里还有几百斛酒，阮籍就请求要担任步兵校尉。

※ 原文

刘伶恒纵酒放达，或脱衣裸形在屋中，人见讥之。伶曰："我以天地为栋宇，屋室为裈[1]衣，诸君何为入我裈中！"

※ 注释

1 裈：裤子。

※ 译文

刘伶常常纵酒放任，有时脱去衣服，赤身裸露地待在屋子里，有人看到后就讥笑他。刘伶说："我把天地当作房子，把屋子当作衣裤，你们怎么钻进我的裤子里来了！"

※ 原文

阮籍嫂尝还家，籍见与别。或讥之，籍曰："礼[1]岂为我辈设也？"

※ 注释

1 礼：礼法，这里指《礼记·曲礼上》中"嫂叔不通问"的规定。

※ 译文

阮籍的嫂嫂一次回娘家，阮籍去看她并和她告别。有人以此嘲笑阮籍，阮籍说："礼法难道是为我们这些人设立的吗？"

※ 原文

阮公邻家妇，有美色，当垆[1]酤酒[2]。阮与王安丰常从妇饮酒，阮醉，便眠其妇侧。夫始殊疑之，伺察，终无他意。

※ 注释

1 垆：酒家安置酒坛的土台。2 酤酒：卖酒。

※ 译文

阮公（阮籍）邻居家的妻子长得很美，在酒垆边卖酒。阮籍和安丰侯王戎经常到这家妇人那里喝酒，阮籍喝醉后，就在妇人的身边睡着了。妇人的丈夫起先还怀疑阮籍有不轨举动，就伺机观察，结果发现他并没有什么企图。

※ 原文

阮籍当葬母，蒸一肥豚，饮酒二斗，然后临诀，直言："穷[1]矣！"都得一号，因吐血，废顿良久。

※ 注释

1 穷：穷尽，完了。晋时洛下习俗，孝子遭父母丧，按照惯例要哭喊"奈何""穷"。

※ 译文

阮籍在埋葬母亲时，蒸了一头小猪，喝了两斗酒后就向母亲诀别，只喊了一声"完了”，一共就这么一声叫唤，紧接着就口吐鲜血，身体受损，神情恍惚，从此很长时间无法恢复。

※ 原文

阮仲容、步兵居道南，诸阮居道北。北阮皆富，南阮贫。七月七日，北阮盛晒衣，皆纱罗锦绮。仲容以竿挂大布犊鼻裈[1]于中庭。人或怪之，答曰：“未能免俗，聊复尔[2]耳[3]。”

※ 注释

1 犊鼻裈：形状像牛鼻子的围裙。2 尔：这样。3 耳：语气词，表示限止，相当于“罢了”“而已”。

※ 译文

阮咸和他的叔父阮籍住在道南，其他阮姓人家住在道北。道北的阮姓人家都很富裕，道南的阮姓人家都很困窘。七月七日，道北的阮家大晒衣服，全是绫罗绸缎，光彩耀眼夺目。仲容（阮咸）却用竹竿挂起粗布围裙晾在庭院里。有人对此感到很奇怪，阮咸就答道：“无法免除习俗，就只好姑且这样应景了。”

※ 原文

阮步兵丧母，裴令公往吊之。阮方醉，散发坐床，箕踞不哭。裴至，下[1]席于地，哭，吊唁毕便去。或问裴：“凡吊，主人哭，客乃[2]为礼。阮既不哭，君何为哭？”裴曰：“阮方外之人，故不崇礼制。我辈俗中人，故以仪轨自居。”时人叹为两得其中[3]。

※ 注释

1 下：放下，放置。即将席放在地上。2 乃：副词，仅仅，才。3 中：通“当”，适当，得当的意思。

※ 译文

阮籍的母亲去世了，裴令公（楷）前去吊唁。阮籍正喝醉了酒，披头散发，伸着腿坐在床上，哭都不哭。裴令公进来后，把垫席放在地上哭泣哀悼，吊唁完后就离开了。有人问裴令公：“但凡吊唁的时候，主人哭，客人才还礼。阮籍都没有哭，你为什么还要哭呢？”裴令公说：“阮籍不是世俗中人，因此不遵从礼制。而我们是世俗中人，因此要按照礼节行事。”当时的人们都赞叹他们各得其所。

※ 原文

诸阮皆能饮酒，仲容至宗人间共集，不复用常杯斟酌，以大瓮盛酒，围坐，相向大酌。时有群猪来饮，直接去上，便共饮之。

※ 译文

阮家的人都很能喝酒，阮咸到宗族亲友集会的时候，便不再用普通的杯子斟酒，而是用大瓮装酒，大家围坐在一起，共同畅饮。这时候有一群猪也来饮酒，阮咸于是就直接爬上大瓮，同猪一起饮酒。

※ 原文

阮浑[1]长成，风气韵度似父，亦欲作达[2]。步兵曰：“仲容已预之，卿不得复尔。”

※ 注释

1 阮浑：阮籍的儿子。2 作达：做放任不羁的事情。

※ 译文

阮浑长大成人后，气度酷似他的父亲。于是也想效法他的父亲。阮籍对他说：“阮咸已经参与进去了，你就不能再这样了。”

※ 原文

裴成公[1]妇，王戎女。王戎晨往裴许，不通径前。裴从床南下，女从北下，相对作宾主，了无异色。

※ 注释

1 裴成公：裴，谥号为成。

※ 译文

裴成公（頠）的妻子是王戎的女儿。王戎早晨到裴家去，也不打声招呼就直接进来了。裴成公从床的南边下来，他妻子从床北面下来，他们和王戎相对而坐，丝毫没有尴尬的神色。

※ 原文

阮仲容先幸[1]姑家鲜卑婢。及居母丧，姑当远移，初云当留婢，既发，定将去。仲容借客驴，著重服[2]自追之，累骑而返，曰："人种不可失！"即遥集[3]之母也。

※ 注释

1 幸：宠爱。2 重服：重孝服。3 遥集：阮孚，阮咸的儿子，为鲜卑婢所生。

※ 译文

阮咸原本已经爱上了姑母家的一个鲜卑族的婢女，等到他为母亲守孝的时候，姑母将要搬到远方去住，刚开始说要把这个婢女留下，但是到了出发的时候，又坚决要将其带走。于是阮咸就借了一个客人的驴子，穿着重孝服亲自去追赶她，然后同这个婢女共骑一头驴回来了，并且说道："后代的种子是不能失去的。"此女便是阮孚的母亲。

※ 原文

任恺[1]既失权势，不复自检括[2]。或谓和峤曰："卿何以坐视元裒败而不救？"和曰："元裒如北夏门，拉攞[3]自欲坏，非一木所能支。"

※ 注释

1 任恺：晋乐安博昌人，最初为魏国官员，担任中书侍郎。入晋后，历任侍中、太子少傅、吏部尚书。此人有经国之才干，性情忠正耿直，与贾充争权，因失势不得志而死。和峤曾与他非常交好，但却不曾以口舌相救。2 检括：检点约束。3 拉：断裂倾斜。

※ 译文

任恺失去权势后便不再约束自己。有人对和峤说："你怎么看着任恺失势而不去帮助他呢？"和峤说："任恺就好比北夏门，一旦倾斜断裂就自然要倒塌，这不是一根木头所能支撑得住的。"

※ 原文

刘道真[1]少时，常鱼草泽，善歌啸，闻者莫不留连。有一老妪，识其非常人，甚乐其歌啸，乃杀豚进之。道真食豚尽，了不谢。妪见不饱，又进一豚。食半余半，乃还之。后为吏部郎，妪儿为小令史，道真超用之，不知所由，问母，母告之，于是赍[2]牛酒诣道真。道真曰：“去，去！无可复用相报。”

※ 注释

1 刘道真：刘宝。晋高平人，曾是苦役犯，后来被司马骏赎出，官从侍中郎。

2 赍：携带。

※ 译文

刘道真（宝）年轻的时候，常常在湖沼中捕鱼。他善于歌吟长啸，但凡听到的人无不流连忘返。有一个老妇人，看出了他的与众不同，非常喜欢他高声吟唱，于是就杀了一只小猪给他吃。刘道真吃完后，连谢意都没有。老妇人看他没有吃饱的样子，于是就又杀了一只小猪给他吃。刘道真这次吃了一半，剩了一半，于是就把剩下的还给了老妇人。后来，刘道真做了吏部郎，老妇人的儿子是小令史，刘道真就破格任用他。他不知道是什么原因，因此就回家问母亲，母亲告诉他原因，于是他就带着牛肉和酒去拜访刘道真。刘道真却说道：“走开，走开！我再也没有什么可报答你的了。”

※ 原文

张季鹰纵任不拘，时人号为“江东步兵”。或谓之曰：“卿乃可[1]纵适一时，独不为身后名邪？”答曰：“使我有身后名，不如即时一杯酒！”

※ 注释

1 乃可：同“那可”，怎么能。

※ 译文

张季鹰（翰）生性放纵，不拘礼法，当时的人们称他为“江东步兵”。有人对他说：“你怎么可以总是纵情快意于一时，难道你就不为自己身后的名声想一想吗？”张季鹰说：“与其让我身后有好名声，还不如现在有一杯酒。”

※ 原文

贺司空入洛赴命，为太孙舍人，经吴阊门，在船中弹琴。张季鹰本不相识，先在金阊亭，闻弦甚清，下船就贺，因共语，便大相知说。问贺：“卿欲何之？”贺曰：“入洛赴命，正尔进路。”张曰：“吾亦有事北京，因路寄载。”便与贺同发。初不告家，家追问，乃知。

※ 译文

贺司空（遁）奔赴洛阳，接受任命，做太孙舍人。路过吴地的阊门时，他在船上弹琴。张季鹰（翰）本来不认识他，在金阊亭听到琴声非常清纯悦耳，于是就下船同贺司空相见。两人在一起交谈，彼此赏识爱悦。张季鹰问贺司空："您要到哪里去呢？"贺司空说："到洛阳任职，这不正赶路呢。"张季鹰说："我也有事要去京城，就顺路搭您的船吧。"于是与贺司空一同起程，开始没有同家里人说，直到家里追寻才知道。

※ 原文

祖车骑过江时，公私俭薄，无好服玩。王、庾诸公共就祖，忽见裘袍重叠，珍饰盈列。诸公怪问之，祖曰："昨夜复南塘一出。"祖于时恒自使健儿鼓行劫钞，在事之人，亦容而不问。

※ 译文

祖车骑（逖）刚过江时，公家和个人都很节俭，自供菲薄，没有什么高级昂贵的玩物。王导、庾亮这些名流一起去看望祖车骑，忽然发现他的皮衣一件又一件，珍贵的东西到处都是。大家都感到非常惊讶，就问他，祖车骑说："昨天夜里又到淮河南岸去了一趟。"祖车骑当时总是派一些武士去公开进行抢劫，当权者也容忍他，从不追究这些事情。

※ 原文

鸿胪卿孔群好饮酒，王丞相语云："卿何为恒饮酒？不见酒家覆瓿布，日月糜烂？"群曰："不尔，不见糟肉，乃更堪久？"群尝书与亲旧："今年田得七百斛秫米，不了麹蘖事。"

※ 译文

鸿胪卿孔群酷爱饮酒，王丞相（导）对他说道："你怎么总是喝酒呢？难道没有见过酒店里用来盖酒坛子的布，时间久了就腐烂了吗？"孔群却说："并非如此。难道您没有见过糟肉反而更长久吗？"孔群曾写信给亲戚故友说："今年田里收成有七百斛糯米，但酿酒还不够用。"

※ 原文

有人讥周仆射："与亲友言戏秽杂无检节。"周曰："吾若万里长江，何能不千里一曲！"

※ 译文

有人嘲笑周仆射（顗）在同亲友谈笑时言语粗野且不知自我约束。周仆射说：“我就好比是万里长江，怎么可能在千里之间不拐一点弯呢？”

※ 原文

温太真位未高时，屡与扬州、淮中估客樗蒲，与辄不竞。尝一过，大输物，戏屈，无因得反。与庾亮善，于舫中大唤亮曰：“卿可赎我！”庾即送值，然后得还。经此数四。

※ 译文

温太真（温峤）在其地位尚未显赫时，常同扬州和淮中的客商赌博，但逢赌必输。曾经有一次，他下了很大的赌注，结果赌输了，因此无法脱身。他和庾亮交情很好，于是就在船中大叫庾亮，说道：“你应该来赎我啊！”庾亮于是立即把钱送去了，温峤方得以返回。这样的事情竟然有好几次。

※ 原文

苏峻乱，诸庾逃散。庾冰时为吴郡，单身奔亡。民吏皆去，唯郡卒独以小船载冰出钱塘口，蘧篨覆之。时峻赏募觅冰，属所在搜检甚急。卒舍船市渚，因饮酒醉还，舞棹向船曰：“何处觅庾吴郡，此中便是！”冰大惶怖，然不敢动。监司见船小装狭，谓卒狂醉，都不复疑。自送过浙江，寄山阴魏家，得免。后事平，冰欲报卒，适其所愿。卒曰：“出自厮下，不愿名器。少苦执鞭，恒患不得快饮酒；使其酒足余年毕矣。无所复须。”冰为起大舍，市奴婢，使门内有百斛酒，终其身。时谓此卒非唯有智，且亦达生。

※ 译文

苏峻起兵发动叛乱，庾家的兄弟纷纷逃散。庾冰当时担任吴郡内史，孤身逃亡。当官的和老百姓都跑完了，只有一个衙门的差役独自用小船载着庾冰逃到钱塘江口，然后用粗制的苇席把庾冰盖住。当时苏峻悬赏捉拿庾冰，命令兵士四处搜索，急迫异常。差役离开小船，到沙洲上去买东西，并顺便喝得大醉才回到船上，他挥舞着船桨，并指着船说：“去哪里找庾内史啊，这里面就是。”庾冰害怕极了，但是也不敢动。搜捕的人见船舱窄小，以为是差役在耍酒疯，因此一点都不怀疑。庾冰被差役送过浙江后，寄居在会稽山阴的魏家，这时才得以脱险。后来叛乱被平定，庾冰想报答差役，实现他的愿望。差役说：“我出身卑贱，不想做官。不过从小困苦于被人差遣，从来都没有痛痛快快地喝过酒，倘若能允许我后半辈子总是有酒喝，就足够了。其他再也不需要什么。”于是庾冰就为他盖了一所大宅院，还买了几个奴婢，并让他的屋子里经常有上百斛的酒，一直到老。当时的人们认为，这个差役不但智谋超群，而且为人豁达。

※ 原文

殷洪乔[1]作豫章郡，临去，都下人因附百许函书。既至石头，悉掷水中，因祝曰：“沉者自沉，浮者自浮，殷洪乔不能作致书邮[2]。”

※ 注释

1 殷洪乔：殷羡，晋陈郡长平人，殷浩的父亲。历任豫章太守、光禄勋，有贪婪残暴的名声。2 致书邮：送信的邮差。

※ 译文

殷洪乔（羡）担任豫章郡的太守，即将赴任时，京都的人托他带了上百封信件。到达石头渚后，他把那些信全都扔到了水里。并祝祷道：“该沉的就自己沉下去吧，该浮的就自己浮上来。我殷羡可不能做那种送信的邮差。”

※ 原文

桓宣武少家贫，戏大输，债主敦求甚切，思自振之方，莫知所出。陈郡袁耽俊迈多能。宣武欲求救于耽。耽时居艰，恐致疑，试以告焉，应声便许，略无嫌吝。遂变服怀布帽随温去，与债主戏。耽素有艺名，债主就局，曰：“汝故当不办作袁彦道邪？”遂共戏。十万一掷，直上百万数，投马绝叫，傍若无人，探布帽掷对人曰：“汝竟识袁彦道不？”

※ 译文

桓温年轻的时候，家境困窘，他因赌博输了很大一笔钱，被债主催得很紧，他绞尽脑汁都没能想出自救的办法。陈郡的袁耽豪爽出众，多才多艺。桓温想求助于他。袁耽当时正居丧，桓温担心他会犹豫，因此就试探性地告诉了袁耽，想不到袁耽满口应下，一点儿都没有感到为难。于是他脱去孝服，把布帽子揣在怀里，同桓温一起去与债主博戏。袁耽的赌技向来享有盛名，债主走近赌局，说道：“你应该不会像袁耽那样吧。”于是两人开赌，一次下赌注就达十万元，然后一直上升到百万元。袁耽每次投掷色子都要大声地呼叫，旁若无人，他还从怀里把布帽子取出来，扔给对手，并说道："你到底认不认识袁彦道（耽）啊？"

※ 原文

谢安始出西戏，失车牛，便杖策步归。道逢刘尹，语曰："安石将[1]无伤？"谢乃同载而归。

※ 注释

1 将：应该，恐怕。

※ 译文

谢安第一次去城西赌博，把车以及驾车的牛都输掉了，于是就拄着手杖徒步往家赶。路上遇到刘尹，刘尹对他说道："安石应该没有受伤吧？"谢安就搭刘尹的车一起回来了。

※ 原文

襄阳罗友有大韵，少时多谓之痴。尝伺人祠，欲乞食[1]，往太早，门未开。主人迎神[2]出见，问以非时，何得在此？答曰："闻卿祠，欲乞一顿食耳。"遂隐门侧，至晓，得食便退，了无怍容。为人有记功，从桓宣武平蜀，按行蜀城阙观宇，内外道陌广狭，植种果竹多少，皆默记之。后宣武漂洲[3]与简文集，友亦预焉。共道蜀中事，亦有所遗忘，友皆名列，曾无错漏。宣武验以蜀城阙簿，皆如其言。坐者叹服。谢公云："罗友讵减魏阳元。"后为广州刺史，当之镇，刺史桓豁语令莫来宿，答曰："民已有前期，主人贫，或有酒馔之费，见与甚有旧。请别日奉命。"征西密遣人察之，至夕，乃往荆州门下书佐家，处之怡然，不异胜达。在益州语儿云："我有五百人食器。"家中大惊，其由来清，而忽有此物，定是二百五十沓乌樏。

※ 注释

1 乞食：乞讨食物。2 迎神：迎接神灵。3 漂洲：应为"溧洲"，长江中小洲名。

※ 译文

襄阳的罗友非常有风度，但是年轻的时候总是被别人说傻。他曾探听到有户人家要祭祀神灵，于是就想去要顿饭吃，可是去得太早了，人家的门都还没有开。等主人出来迎接神灵时见到他，就问："时候还不到呢，你怎么就待在这儿了？"他说："我是听说你们家里祭神，我只是想讨一顿饭而已。"说完就躲在门边，直到天色大亮，吃完就走了，脸上毫无羞愧之色。罗友的记忆力非常好，他跟随桓温将蜀地平定后，又巡视了城墙、宫殿、楼观、庙宇，以及城内外的道路宽窄，栽种果树、竹林的多少，全都默默地记在心中。后来，桓温在溧洲同简文帝会面，罗友也参加了。在一起谈论蜀地的事情时往往会有遗忘，罗友却能够将它们的名目一一说出，丝毫没有错漏。桓温拿出蜀地城阙簿册来检验，同罗友说的一样。在座的人没有不赞叹佩服的。谢安说："罗友难道会不如魏阳元（舒）吗？"后来，罗友被任命为广州刺史，即将前往就职的时候，荆州刺史桓豁嘱咐他夜间来住宿，他说："我已经有约会在先了，主人贫穷，也许已经破费备办了酒宴，他与我有着很深的交情。请允许我改日再遵从您的命令吧。"桓豁暗中使人察看，到了晚上，他居然是去荆州刺史的属官、掌管文书的书佐家，两个人相处得非常愉快，与名流贤士相处也不过如此。担任益州刺史的时候，对他的儿子说："我有五百人的餐具。"家里的人都非常惊讶，他向来清廉，却突然说有这么多餐具，必定是指二百五十套黑色的食盒了。

※ 原文

罗友[1]作荆州从事，桓宣武为王车骑集别[2]，友进，坐良久，辞出，宣武曰："卿向欲咨事，何以便去。"答曰："友闻白羊肉美，一生未曾得吃，故冒求前耳，无事可咨。今已饱，不复须驻。"了无惭色。

※ 注释

1 罗友：东晋襄阳人。博学能文，嗜酒放达。桓温非常看重他，历任襄阳太守，广州、益州刺史。2 集别：举行宴会送别。

※ 译文

罗友担任荆州从事时，桓温为王洽举行送别宴会。罗友进来坐了很久，后告辞出去。桓温说："你刚才想汇报公事，为什么就走呢？"罗友说："我听说白羊肉的味道十分鲜美，就是一直都没有吃过，所以冒昧地请求进来，其实并没有什么公事要汇报。现在我吃饱了，就不必再待在这里了。"说这些时，他脸上没有丝毫羞愧之意。

※ 原文

王子猷尝暂寄人空宅住，便令种竹。或问："暂住何烦尔？"王啸咏良久，直指竹曰："何可一日无此君？"

※ 译文

王徽之曾经暂时在别人的空房子里借住，他让人种上竹子。有人问他说：“只是临时借住，何必如此麻烦呢？”王徽之大声咏诵了很长时间，才指着竹子说：“怎么可以一天没有它呢！”

※ 原文

王子猷居山阴，夜大雪，眠觉，开室，命酌酒。四望皎然，因起彷徨[1]，咏左思[2]《招隐诗》[3]。忽忆戴安道，时戴在剡[4]，即便夜乘小船就之。经宿方至，造门不前而返。人问其故，王曰：“吾本乘兴而行，兴尽而返，何必见戴？”

※ 注释

1 彷徨：徘徊，走来走去。2 左思：晋人，外貌丑陋，但博学能文，曾花十年时间写成《三都赋》（分别描写三国时蜀都益州、吴都建业、魏都邺的山川风物、政治经济等情况），世人竞相传写，一时洛阳纸贵。3《招隐诗》：内容主要写招人归隐，并抒发隐居的乐趣。4 剡：县名，治所在今浙江嵊县，有水路可通山阴。

※ 译文

王子猷（徽之）住在山阴时，有天晚上下起大雪，他一觉醒来，打开房门，叫人斟酒。往四处眺望，天地一片洁白，于是起身徘徊，吟咏起左思的《招隐诗》。忽然想起了戴安道（逵），当时戴安道在剡县，王子猷立即乘上小船连夜去找他。船行了一夜才到，王子猷来到戴安道家门口却不进去而又返回山阴。有人问他缘由，王子猷说：“我本是因为兴致而去的，现在兴尽后回来，为何一定要见到戴安道呢？”

※ 原文

王卫军云：“酒正引人著[1]胜地。”

※ 注释

1 著：介词，到，在。

※ 译文

王卫军（荟）说：“酒的确可以将人带到美好的境界。”

※ 原文

王子猷出都，尚在渚下。旧闻桓子野善吹笛，而不相识。遇桓于岸上过，王在船中，客有识之者，云是桓子野。王便令人与相闻[1]云："闻君善吹笛，试为我一奏。"桓时已贵显，素闻王名，即便回下车，踞胡床[2]，为作三调[3]。弄[4]毕，便上车去。客主不交一言。

※ 注释

1 相闻：传话，通讯息。2 胡床：一种从胡地传入，可以折叠的轻便坐具。3 调：曲子，曲调。4 弄：演奏。

※ 译文

王子猷（徽之）到京都去，船还停泊在小洲边。以前他就听说桓子野（伊）擅长吹笛子，但没有见过面。恰好这时桓子野从岸上经过，王子猷在船上，有个认识桓子野的客人说，那就是桓子野。子猷让人传话给桓子野："听说你笛子吹得很好，可否为我演奏一曲？"桓子野当时已地位显贵，也久闻王子猷的大名，就回身下车，坐在胡床上，为王子猷吹了三支曲子。演奏完毕，就上车走了，主客双方一句话也没有说。

※ 原文

桓南郡被召作太子洗马，船泊荻渚，王大服散后已小醉，往看桓。桓为设酒，不能冷饮，频语左右："令温酒来！"桓乃流涕呜咽，王便欲去。桓以手巾掩泪，因谓王曰："犯我家讳，何预卿事！"王叹曰："灵宝故自达。"

※ 译文

桓南郡（玄）被朝廷任命为太子洗马，前去赴任的途中，把船停泊在荻渚。王忱服食了五石散后已经有了几分醉意，前去探望桓南郡。桓南郡为他摆酒。但是王忱服完药后无法喝冷酒，多次吩咐随从道："让他们温酒来。"桓南郡于是就低声哭了起来，王忱就想走，桓南郡用手帕擦了擦眼泪，然后对王忱说道："犯的是我的家讳，跟你有什么关系呢？"王忱赞叹道："灵宝实在是旷达啊！"

※ 原文

王孝伯问王大："阮籍何如司马相如[1]？"王大曰："阮籍胸中垒块，故须酒浇之[2]。"

※ 注释

1 司马相如：字长卿，汉代著名辞赋家。2 “阮籍”二句：意思是阮籍和司马相如都任性放达，不同的只是阮籍好酒。垒块，土疙瘩，比喻心中郁结的不平之气。

※ 译文

王孝伯（恭）问王大（忱）：“阮籍和司马相如相比怎么样？”王大说：“阮籍胸中郁结着不平之气，所以需要酒来浇灌。”

※ 原文

王佛大叹言：“三日不饮酒，觉形神不复相亲[1]。”

※ 注释

1 觉形神不复相亲：比喻不喝酒后精神无所寄托。

※ 译文

王佛大（忱）叹息说：“三天不喝酒，就觉得身体和精神不再互相亲近，精神没有寄托了。”

※ 原文

王孝伯言：“名士不必须奇才，但使常得无事，痛饮酒，熟读《离骚》，便可称名士。”

※ 译文

王孝伯（恭）说：“名士并不是一定有什么特殊的才能，只要他经常闲着无事，尽情畅饮，熟读《离骚》，就可以称得上是名士了。”

简傲第二十四

简傲表现了士人对权势的轻蔑以及对功名利禄之徒的鄙视。简傲指简慢高傲，为魏晋士人不屑名利，清高自洁的一种精神。

※ 原文

晋文王[1]功德盛大，坐席严敬，拟于王者。唯阮籍在坐，箕踞啸歌，酣放自若。

※ 注释

1 晋文王：司马昭，死后谥为文王，当时只是晋公。

※ 译文

晋文王司马昭德高望重，他出席宴会时，席座之间严肃恭敬，可以和君王相比拟。只有阮籍箕踞而坐，纵酒放歌，泰然自若。

※ 原文

钟士季[1]精有才理，先不识嵇康。钟要于时贤俊之士，俱往寻康。康方大树下锻，向子期[2]为佐鼓排[3]。康扬槌不辍，傍若无人，移时不交一言。钟起去，康曰："何所闻而来？何所见而去？"钟曰："闻所闻而来，见所见而去。"

※ 注释

1 钟士季：钟会，字士季。《世说新语》原注引《魏氏春秋》说，他寻访嵇康受到冷遇，因而怀恨在心，后来借其他的事诬陷嵇康。2 向子期：向秀，字子期，和嵇康等人为好友，是"竹林七贤"之一。嵇康被害后，他开始出仕，曾任黄门侍郎、散骑常侍。3 鼓排：拉风箱。排，风箱。

※ 译文

钟士季（会）非常聪明，擅长玄理，早先他并不认识嵇康，后来钟会邀请当时的名流，一起去拜访嵇康。嵇康正在大树下打铁，向子期（秀）帮他拉风箱。见钟会来了，嵇康依旧挥槌打铁，旁若无人，很长时间也不和钟会说话。钟士季起身离去时，嵇康说："你听到了什么才来的？见到了什么才走的呢？"钟士季说："听到所听到的才来，见到所见到的才走。"

※ 原文

嵇康与吕安[1]善，每一相思，千里命驾。安后来，值康不在，喜[2]出户延之，不入，题门上作"凤"字而去。喜不觉，犹以为欣，故作。"凤"字，凡鸟也[3]。

※ 注释

1 吕安：字仲悌，志向高远，轻视权贵，和嵇康交情很深。2 喜：嵇喜，字公穆，嵇康的哥哥，历任扬州刺史、太仆、宗正。3 “‘凤’字”二句：“凤”字由“凡”“鸟”二字组成。凡鸟，比喻凡俗的人，吕安意在表达对嵇喜的轻蔑。

※ 译文

嵇康和吕安很要好，吕安每当想念嵇康时，就不顾路途的遥远，驾车前往相会。吕安有一次到嵇康家，正好嵇康不在，嵇喜出门来接待他，吕安没有进去，只是在门上写个“凤”字就走了。嵇喜不明白什么意思，还以为是吕安高兴写上去的。“凤”这个字，指的是平凡的鸟。

※ 原文

高坐道人[1]于丞相坐，恒偃卧[2]其侧。见卞令，肃然改容，云：“彼是礼法人。”

※ 注释

1 高坐道人：晋高僧帛尸黎密多罗的别称。2 偃卧：仰卧。

※ 译文

高坐和尚到丞相王导家做客，常常是仰卧在丞相身旁。见了尚书令卞壶，神态就变得严肃起来，说：“他是讲究礼法的人。”

※ 原文

谢中郎是王蓝田女婿。尝著白纶巾，肩舆[1]径至扬州听事见王，直言曰：“人言君侯痴，君侯信自[2]痴。”蓝田曰：“非无此论，但晚令[3]耳。”

※ 注释

1 肩舆：轿子。由于是人用肩抬而行的，所以称为肩舆。2 信自：的确。王述少有痴名。不过在这里，女婿当面说岳父痴，可见其狂傲。3 令：美好。

※ 译文

谢万是王述的女婿。他曾经戴着用丝带做的白色头巾，坐着轿子直接来到扬州刺史的衙署，见了王述后，便直言不讳道：“别人说你痴傻，你确实是痴傻。”王述说道：“并非没有这种说法，不过后来我就显得聪明了。”

※ 原文

王子猷作桓车骑骑兵参军。桓问曰："卿何署？"答曰："不知何署，时见牵马来，似是马曹[1]。"桓又问："官[2]有几马？"答曰："'不问马[3]'，何由知其数？"又问："马比[4]死多少？"答曰："'未知生，焉知死[5]。'"

※ 注释

1 马曹：掌管马匹的管属，本来该叫骑曹，在这里称马曹，有戏谑之意。2 官：官署。3 不问马：语出《论语·乡党》，孔子得知马棚失火后，曰："'伤人乎？'不问马。"孔子是以人为本的思想，而王徽之在这里则是表示自己向来不关心养马之官事。4 比：最近，近来。5 "未知"二句：语出《论语·先进》，孔子看重现实人事，而不问死后鬼神之事。而这里王徽之用这个典故是说：我连活马都不知道有多少，又怎么会知道马死了多少呢？一方面显示他超脱世务，另一方面也说明他为官却不理公事。

※ 译文

王徽之担任桓车骑的骑兵参军。桓车骑（冲）问他："你是哪个官署任职"王徽之答说："不知道是哪个官署，不过时常看见牵着马过来，好像是马曹吧。"桓车骑又问："官署中有多少马？"王徽之说："'不问马'，我怎么能知道马的数量呢？"桓车骑又问道："近来马死了多少？"王徽之说："'未知生，焉知死。'"

※ 原文

谢公尝与谢万共出西[1]，过吴郡。阿万欲相与共萃[2]王恬[3]许，太傅云："恐伊不必酬[4]汝，意不足尔！"万犹苦要，太傅坚不回[5]，万乃独往。坐少时，王便入门内，谢殊有欣色，以为厚待己。良久，乃沐头散发而出，亦不坐，仍据胡床，在中庭晒头，神气傲迈，了无相酬对意。谢于是乃还，未至船，逆[6]呼太傅。安曰："阿螭不作[7]尔！"

※ 注释

1 出西：谢安、谢万住在建康东面的会稽，因此到建康去叫作出西。2 萃：聚，聚集。3 王恬：小字螭虎，当时担任吴郡太守。他是王导的儿子，出身名门，所以对新兴的谢氏家族轻视而没有礼貌。4 酬：答理，应对。5 回：改变。6 逆：预先。7 不作：不做作，这里指王恬不会假装热情接待谢万。

※ 译文

谢公（谢安）和谢万一起去建康，经过吴郡时，谢万想和谢公一块儿去王恬那里，谢公说："恐怕他不会招待你，我认为不值得这样做。"谢万还是极力邀谢公同去，谢公坚决不肯答应，谢万就自己去了。谢万在王恬那里坐了一会儿，王恬就进屋了，谢万非常高兴，认为王恬会好好招待自己。过了很久，王恬洗了头，竟披散着头发就出来了，也不就座，只是靠在胡床上，在院子里晒头发，神情高傲而放纵，丝毫没有招待谢万的意思。于是谢万就回来了，还没上船，就迎面叫谢公，谢公说："阿螭（王恬小名）是不会假装热情接待你的。"

※ 原文

王子猷作桓车骑参军。桓谓王曰："卿在府久，比[1]当相[2]料理。"初不答，直[3]高视，以手版拄颊云："西山朝来[4]，致有爽气。"

※ 注释

1 比：近来，最近。2 相：表示动作偏向一方。3 直：通"只"，只是，不过。4 朝来：早晨。来，是名词词缀，同"夜来"的"来"。

※ 译文

王徽之担任桓车骑（冲）的参军时，桓车骑对王徽之说："你进府里已经很长时间了，最近应该提拔你了。"王徽之不作答，只是抬头仰望，用手撑着脸说："西山露出晨曦，引来凉爽空气。"

※ 原文

谢万[1]北征，常以啸咏自高，未尝抚慰众士。谢公甚器爱万，而审其必败，乃俱行。从容谓万曰："汝为元帅[2]，宜数唤诸将宴会，以说众心。"万从之。因召集诸将，都无所说，直以如意指四坐云："诸君皆是劲卒[3]。"诸将甚忿恨之。谢公欲深著恩信，自队主[4]将帅以下，无不身造，厚相逊谢。及万事败，军中因欲除之。复云："当为隐士[5]。"故幸而得免。

※ 注释

1 谢万：字万石，谢安的弟弟。2 元帅：这里指全军的主帅。3 劲卒：精悍的士卒。谢万称诸将为劲卒，引起了反感，一则因为卒有死亡义，军中忌讳它；二则诸将已是将领，再称为卒，更使他们不快。4 队主：一队之主，即"队长"。古代军队中，以一百人为一队。5 隐士：这里指谢安。当时谢安还隐居东山，尚未出仕。

※ 译文

谢万北征前燕时，常常长啸歌咏显示自己的高贵，从不体恤全体将士。谢安器重爱护谢万，但也明白他必定会失败，于是和他一起随军出征，他找机会对谢万说："你作为元帅，应该经常召集将领们聚会，以便让大家能心情愉快。"谢万听从他的建议。于是就召集将领们聚会，他什么也不说，只是用如意指着大家说："你们都是勇猛的士兵。"众将听了非常气愤。谢安想笼络人心，自主帅以下的大小将领，他都亲自去拜访，诚恳地表示歉意。等到谢万兵败，军中的人想乘机除掉谢万。谢安又说："看看隐士（指谢安）的面子吧！"谢万这才得以幸免。

※ 原文

王子敬兄弟见郗公[1]，蹑履[2]问讯，甚修外生[3]礼。及嘉宾[4]死，皆著高屐[5]，仪容轻慢。命坐，皆云："有事，不暇坐。"既去，郗公慨然曰："使嘉宾不死，鼠辈[6]敢尔！"

※ 注释

1 郗公：郗愔，字方回。2 履：一种单底鞋子，可供正式场合穿着。3 外生：外甥。4 嘉宾：郗超，字嘉宾，郗愔的儿子，因深受征西大将军桓温的宠幸而权重一时，王献之兄弟也很推崇他。5 屐：当时的屐主要用来登山，或在家中不见宾客时穿着，由于不是正服，外出或见长辈时穿着木屐是不礼貌的。6 鼠辈：骂人的话，等于说老鼠一类的东西。

※ 译文

王子敬（献之）兄弟去见舅舅郗公（郗愔）时，恭恭敬敬，非常注意做外甥的礼节。等郗嘉宾（超）死后，去见郗公却都穿着高跟木屐，神色傲慢。郗公叫他们坐，都说："还有事情，没时间坐。"他们走后，郗公感叹道："如果嘉宾不死，你们这些鼠辈胆敢这样！"

※ 原文

王子猷尝行过吴中，见一士大夫家极有好竹，主已知子猷当往，乃洒扫施设[1]，在听事坐相待。王肩舆径造竹下，讽啸良久，主已失望，犹冀还当通。遂直欲出门。主人大不堪，便令左右闭门，不听[2]出。王更以此赏主人，乃留坐，尽欢而去。

※ 注释

1 施设：准备饮食。2 听：听任。

※ 译文

王徽之有一次路过吴地，他看到有一位士大夫家里有片好竹林。竹林的主人已经知道了王徽之会去，于是就吩咐家人打扫门庭，准备好酒食，坐在大厅等候。王徽之坐着轿子直接到了竹林，在那里吟诗吹口哨，待了很长一段时间。主人已经感到失望了，可是依然希望客人会转来通报。谁知道王徽之看完竹林后就直接出门走了。这时候主人实在是无法忍受了，于是就命家人把门关上，不让王徽之出去。王徽之因此更加赏识这家主人，于是就留坐，同主人尽欢而别。

※ 原文

王子敬自会稽经吴，闻顾辟疆[1]有名园。先不识主人，径往其家，值顾方集宾友酣燕[2]。而王游历既毕，指麾[3]好恶，傍若无人。顾勃然不堪曰："傲主人，非礼也；以贵骄人，非道也。失此二者，不足齿之伧耳！"便驱其左右出门。王独在舆上，回转顾望，左右移时不至，然后令送著门外，怡然不屑。

※ 注释

1 顾辟疆：吴郡人，曾任郡功曹、平北参军。2 燕：通"宴"。3 指麾：指点，评论。麾，通"挥"。

※ 译文

王子敬（献之）从会稽出来，经过吴郡，听说顾辟疆家有很好的园林。王子敬先前并不认识主人，也没打声招呼，就直接来到他家。此时正赶上顾家在宴请宾客，王子敬游览完毕，对园林指指点点地加以评价，旁若无人。顾辟疆受不了他的行为，勃然大怒说："对主人傲慢，是无礼的行为；因为地位高贵而盛气凌人，是不道义的。失去这两点，只是一个不足挂齿的北方佬罢了！"于是就把他的随从赶出大门。王子敬独自坐在轿上，左顾右盼，顾辟疆见他的随从很久也不来，就让人把他送到门外，王子敬依旧悠然自得，毫不在乎。

排调第二十五

排调记载着士人之间相互调侃的逗趣内容，从中可以看出他们非凡的才华和气度。

※ 原文

诸葛瑾[1]为豫州，遣别驾[2]到台，语云："小儿知谈，卿可与语。"连往诣恪[3]，恪不与相见。后于张辅吴[4]坐中相遇，别驾唤恪："咄咄[5]郎君！"恪因嘲之曰："豫州乱矣，何咄咄之有？"答曰："君明臣贤，未闻其乱。"恪曰："昔唐尧[6]在上，四凶[7]在下。"答曰："非唯四凶，亦有丹朱[8]。"于是一坐大笑。

※ 注释

1 诸葛瑾：字子瑜，仕吴，官至豫州牧。2 别驾：官名，州刺史的属官。到台：等于说入朝。魏晋时期，称朝廷内宫为"台"。3 恪：诸葛恪，字元逊，诸葛瑾的长子，仕吴，官至太傅，后受诬陷被孙峻杀害。4 张辅吴：张昭，字子布，仕吴，任辅吴将军。5 咄咄：吆喝声，相当于"哎呀"。郎君：门生故吏称呼长官或师门的子弟为"郎君"。6 唐尧：尧，封于唐，称唐尧，是传说中远古时的贤君。7 四凶：传说中尧时的四个恶人，指浑敦、穷奇、梼杌、饕餮，一说指舜时的共工、驩兜、三苗、鲧。这里用四凶来影射诸葛瑾手下的别驾。8 丹朱：尧的儿子，因他不成器，所以尧禅位于舜。这里别驾反唇相讥，用丹朱来影射诸葛恪。

※ 译文

诸葛瑾担任豫州牧时，派遣一名别驾到朝廷去，他对别驾说："我儿子擅长言谈，你见了他可以和他聊聊。"到京都后，别驾几次去拜访诸葛恪，诸葛恪都不见他。后来他们在辅吴将军张昭座间相遇了，别驾对诸葛恪喊道："哎呀，公子！"诸葛恪趁机嘲笑他说："豫州都乱了，有什么好哎呀的？"别驾答道："君明臣贤，我没听说豫州乱了。"诸葛恪说："从前贤明的唐尧在位时，他下面不是也有四个凶人吗？"别驾说道："不只有四个凶人，他还有一个不肖的儿子丹朱呢。"于是在座的人都大笑起来。

※ 原文

嵇、阮、山、刘在竹林酣饮，王戎后往。步兵[1]曰："俗物[2]已复来败人意！"

王笑曰：“卿辈意，亦复可败邪？”

※ 注释

1 步兵：阮籍。2 俗物：俗人。

※ 译文

嵇康、阮籍、山涛和刘伶在竹林开怀畅饮，王戎后到。阮籍说：“俗人竟然来败坏人的兴致。”王戎笑着说：“你们这类人的兴致也可以败坏吗？”

※ 原文

晋武帝问孙皓：“闻南人好作《尔汝歌》[1]，颇[2]能为不？”皓正饮酒，因举觞劝帝而言曰：“昔与汝为邻，今与汝为臣。上汝一杯酒，令汝寿万春！”帝悔之。

※ 注释

1《尔汝歌》：魏晋时盛行于南方的民歌。歌中经常以“尔”“汝”等称谓来表示亲昵。2 颇：疑问副词，可。

※ 译文

晋武帝（司马炎）问孙皓：“听说南方人喜欢写《尔汝歌》，你会作吗？”孙皓正在喝酒，于是就举起酒杯向晋武帝敬酒，并说道：“昔与汝为邻，今与汝为臣，上汝一杯酒，令汝寿万春！”晋武帝为自己的调笑追悔莫及。

※ 原文

孙子荆[1]年少时欲隐，语王武子“当枕石漱流[2]”，误曰“漱石枕流”。王曰：“流可枕，石可漱乎？”孙曰：“所以枕流，欲洗其耳[3]；所以漱石，欲砺其齿。”

※ 注释

1 孙子荆：孙楚，字子荆，四十多岁才开始做官，官至冯翊太守。2 枕石漱流：用石块作枕头，用流水漱口。指隐居山林的生活。3 洗其耳：这里暗用传说中许由洗耳的故事，来表示不愿意了解、参与世俗之事。

※ 译文

孙子荆（楚）年轻时想隐居，他本来要对王武子（济）说“要枕石漱流”，却误说成“漱石枕流”。王武子说：“流水可以枕，石头能漱口吗？”孙子荆说：“枕流，是为了洗净耳朵；漱石，是为了磨砺牙齿。”

※ 原文

王浑与妇钟氏共坐，见武子[1]从庭过，浑欣然谓妇曰：“生儿如此，足慰人意。”妇笑曰：“若使新妇得配参军[2]，生儿故可不啻[3]如此！”

※ 注释

1 武子：王济。2 参军：王沦，王浑的弟弟。3 不啻：不止。

※ 译文

王浑同妻子钟氏坐在一起，看见王济从庭院中走过，王浑就很高兴地对妻子说：“生他那样的儿子，我心满意足了。”妻子笑着说：“倘若我能配给王沦，那么生出的儿子就一定还不止这样。”

※ 原文

荀鸣鹤[1]、陆士龙[2]二人未相识，俱会张茂先坐。张令共语，以其并有大才，可勿作常语。陆举手曰：“云间[3]陆士龙。”荀答曰：“日下[4]荀鸣鹤。”陆曰：“既开青云睹白雉[5]，何不张尔弓，布尔矢？”荀答曰：“本谓云龙骙骙[6]，定是山鹿野麋[7]。兽弱弩强，是以发迟。”张乃抚掌大笑。

※ 注释

1 荀鸣鹤：荀隐，字鸣鹤，曾任太子舍人、廷尉平。2 陆士龙：陆云，字士龙。3 云间：云彩之间。因为陆云名云，字又叫士龙，所以这样说。后世就把陆云家乡所在地华亭（今上海松江西）称为“云间”。4 日下：指京都。因为荀隐的家乡颍川（治所在今河南许昌）靠近京都洛阳，所以这样说。5 白雉：银雉，一种色白而像野鸡的鸟。“雉”和“日”音相近，陆云取“白雉”谐音“白日”嘲弄荀隐，暗指荀隐算不上鹤。6 骙骙：强壮的样子。7 麋：驼鹿，俗称“四不像”，这是暗指陆云算不上龙。

※ 译文

荀鸣鹤（隐）和陆士龙（云）两人原先并不认识，后来在张茂先（华）席间相遇。张茂先让他俩一块儿交谈，因为二人都有杰出的才学，所以不必像常人那样说些平常的话。陆士龙举手道：“我是云间陆士龙。”荀鸣鹤答道：“我是日下荀鸣鹤。”陆士龙说：“既然乌云已经散开，见到了白雉，为什么不拉开弓，搭上箭？”荀鸣鹤答道：“本以为是矫捷的云龙，没想到是山间的麋鹿，兽弱弓强，所以箭就发得迟缓。”张茂先于是拍手大笑。

※ 原文

陆太尉诣王丞相。王公食[1]以酪。陆还，遂病。明日，与王笺云：“昨食酪小过，通夜委顿。民虽吴人，几为伧鬼。”

※ 注释

1 食：让……吃。

※ 译文

陆太尉（阮）去拜访王导丞相。王导请他吃奶酪。陆太尉回家后就病了。第二天，他就写信给王导说：“昨天多吃了些奶酪，通宵难受。我虽然是个吴人，但是差一点儿成为北方的死鬼。”

※ 原文

元帝[1]皇子生，普赐群臣。殷洪乔[2]谢曰：“皇子诞育，普天同庆。臣无勋焉，而猥[3]颁厚赉[4]。”中宗笑曰：“此事岂可使卿有勋邪？”

※ 注释

1 元帝：指晋元帝司马睿，下文“中宗”是他的庙号。2 殷洪乔：殷羡，字洪乔，官至光禄勋。3 猥：谦词，表示谦卑。4 赉：赏赐。

※ 译文

元帝司马睿的儿子诞生后，遍赏群臣。殷洪乔（羡）谢恩道：“皇子诞生，普天同庆。我对此没有什么功劳，却蒙受厚赏。”元帝笑着说：“这样的事怎么能让你有功劳呢？”

※ 原文

刘真长始见王丞相，时盛暑之月，丞相以腹熨弹棋局，曰：“何乃[1]渹[2]？”刘既出，人问见王公云何[3]，刘曰：“未见他异，唯闻作吴语耳。”

※ 注释

1 乃：代词，这样，如此。2 渹：意思为凉。为当时的吴人语。3 云何：怎么样。

※ 译文

刘真长（惔）初次去见丞相王导，当时正是炎热的夏天，王丞相将腹部贴在弹棋的棋盘上，说："怎么如此凉啊！"刘真长出来后，有人问他见到王公怎么样，答说："没有看到他有什么特殊的地方，只是听到他说吴语而已。"

※ 原文

王公与朝士共饮酒，举琉璃碗谓伯仁曰："此碗腹[1]殊空，谓之宝器，何邪？"答曰："此碗英英，诚[2]为清澈，所以为宝耳[3]。"

※ 注释

1 腹：器物中空的部分。2 诚：确实，实在。3 耳：语气词，表示肯定。

※ 译文

王导同朝中的名士一起喝酒，他举起琉璃碗对周伯仁（顗）说："这碗腹中空空，反而说它是宝贝，你说这是什么原因呢？"周顗答道："这碗异常精美清亮，因此说是宝贝。"

※ 原文

王长豫[1]幼便和令，丞相爱恣甚笃。每共围棋，丞相欲举行[2]，长豫按指不听。丞相曰："讵得[3]尔[4]？相与[5]似有瓜葛。"

※ 注释

1 王长豫：王悦，王导的长子。2 行：下（棋）。3 得：能。4 尔：如此，这样。5 相与：相互，彼此。

※ 译文

王长豫（悦）从小就温顺伶俐，王丞相（导）对他非常疼爱娇惯。常常一起下围棋，丞相拈起棋子要下的时候，王长豫（一旦发现自己下错了棋或者棋势不利于自己）就按住父亲的手指不让动。王丞相笑着说："怎么可以这样呢？我和你好像有些关系呢！"

※ 原文

王丞相枕周伯仁膝[1]，指其腹曰："卿此中何所有？"答曰："此中空洞无物，然容卿辈数百人。"

※ 注释

1 膝：这里指腿。

※ 译文

丞相王导枕在周伯仁（顗）的腿上，指着他的肚子说："你这里有什么东西呢？"周伯仁答道："这里空洞无物，不过可以容下几百个像你这样的人。"

※ 原文

许思文往顾和许[1]，顾先在帐中眠，许至，便径就床角枕共语。既而唤顾共行，顾乃命左右取枕[2]上新衣，易己体上所著。许笑曰："卿乃复有行来[3]衣乎？"

※ 注释

1 许：同"所"，表示处所。2 枕：此处应为"杭"，同"桁"，指衣架。3 行来：外出，出行。

※ 译文

许文思到顾和的处所，顾和原先正在帐中睡觉，许文思来了以后就径直走进，然后到床上枕着角枕一起聊天。过了一会儿，许文思又请顾和一起去散步，顾和就命人取下衣架上的新衣服来替换自己身上所穿的衣服。许文思就笑着说："你怎么还有出门专用的衣服啊？"

※ 原文

康僧渊[1]目深而鼻高，王丞相每调[2]之。僧渊曰："鼻者，面之山，目者，面之渊。山不高则不灵，渊不深则不清。"

※ 注释

1 康僧渊：晋代高僧，西域人，生在长安。2 调：调笑，戏弄。

※ 译文

康僧渊眼睛深凹，鼻子高挺，丞相王导常常因此笑话他。康僧渊说：“鼻子，是脸上的山；眼睛，是脸上的潭。山不高就没有灵气，潭不深就不会清亮。”

※ 原文

何次道往瓦官寺礼拜甚勤，阮思旷语之曰：“卿志大[1]宇宙，勇迈终古。”何曰：“卿今日何故忽见推？”阮曰：“我图数千户郡，尚不能得；卿乃[2]图作佛，不亦大乎？”

※ 注释

1 大：在这里为动词，比……大。2 乃：竟，竟然。

※ 译文

何次道（充）经常去瓦官寺拜佛，很虔诚。阮思旷（裕）对他说：“你的志向比宇宙大，你的勇气超越往古。”何次道说：“你今天怎么突然推崇起我来了？”阮思旷答：“我想当个几千户的小郡守都还未能实现；你居然想成佛，难道志向还不够大吗？”

※ 原文

桓大司马乘雪欲猎，先过王、刘诸人许。真长见其装束单急，问：“老贼欲持此何作？”桓曰：“我若不为此，卿辈亦那得坐谈？”

※ 译文

桓温想趁着下雪去打猎，先到王濛、刘惔等人的处所。刘惔见桓温装束单薄紧扎，就问道：“你这个老东西，这样装扮想去做什么？”桓温说：“倘若我不穿成这样，你们这帮人有谁还能坐下来清谈呢？”

※ 原文

谢公在东山，朝命屡降而不动。后出为桓宣武司马，将发新亭，朝士咸出瞻送[1]。高灵时为中丞，亦往相祖[2]。先时，多少饮酒，因倚[3]如醉，戏曰：“卿屡违朝旨，高卧东山，诸人每相与言：‘安石不肯出，将如苍生何！’今亦苍生将如卿何？”谢笑而不答。

※ 注释

1 瞻送：送行，多指送人远行时看着他离去。2 祖：原意为古时候人们出行时祭祀路神，在这里引申为饯行。3 倚：立，站立。

※ 译文

谢安在东山隐居，朝廷一再下令征召他入朝做官，都不从命。后来，他担任桓温的司马，即将从新亭出发的时候，满朝文武官员都来为他送行。高灵当时担任御史中丞，也来为他饯行。来之前，他已经喝了些酒，于是就一副醉态地站着，并开玩笑地说道：“你一再违背朝廷的命令，隐居在东山，众人总是相互议论说：‘安石不肯出山，天下百姓怎么办呢？’如今天下百姓对你该怎么办呢？”谢安听后笑了笑，没有回答。

※ 原文

初，谢安在东山居，布衣，时兄弟已有富贵者，翕集[1]家门，倾动人物。刘夫人戏谓安曰：“大丈夫不当如此乎？”谢乃捉鼻[2]曰：“但恐不免耳[3]！”

※ 注释

1 翕集：聚集。2 捉鼻：捏着鼻子。3 耳：语气词，表示感叹。

※ 译文

当初，谢安在东山隐居，他还是个平民百姓。那时候，他的兄弟中就已经有做官富贵的了。一旦聚集在家门，都会引起当地的轰动。谢安的妻子刘夫人同谢安开玩笑说：“大丈夫难道不应当像这样吗？”谢安就捏着鼻子说：“只怕我想免都无法免呢！”

※ 原文

王、刘每不重蔡公。二人尝诣蔡，语良久，乃问蔡曰：“公自言何如夷甫？”答曰：“身不如夷甫。”王、刘相目而笑曰：“公何处不如？”答曰：“夷甫无君辈客。”

※ 译文

王濛和刘惔二人总是看不起蔡谟。有一次，他俩去拜访蔡谟，一起讨论了很久后，就问蔡谟：“你自己觉得同王衍相比如何？”蔡谟答道：“我比不上王衍。”王濛和刘惔听后相视一笑，然后又接着问：“你认为自己什么地方不如王衍？”蔡谟说：“王衍没有像你们这样的客人。”

※ 原文

张吴兴[1]年八岁，亏齿，先达[2]知其不常，故戏之曰："君口中何为开狗窦？"张应声答曰："正使君辈从此中出入！"

※ 注释

1 张吴兴：张玄之，曾经担任吴兴太守。2 先达：前辈贤达。

※ 译文

张玄之八岁的时候掉了门牙，当时那些前辈贤达知道这孩子不平常，因而戏谑他道："你的嘴里怎么开了个狗洞呢？"张玄之立即回答道："正是为了让你们从这里进出啊！"

※ 原文

郝隆[1]七月七日出日中仰卧。人问其故，答曰："我晒书[2]。"

※ 注释

1 郝隆：字佐治，晋人，官至征西参军。2 晒书：当时的民间风俗，七月七日要晒经书和衣裳。郝隆戏称也要晒晒腹中的经书。

※ 译文

郝隆七月七日这天到太阳底下躺着。有人问他为什么要这样，他答道："我在晒书呢。"

※ 原文

谢公始有东山之志，后严命屡臻，势不获已，始就桓公司马。于时人有饷[1]桓公药草，中有"远志[2]"。公取以问谢："此药又名'小草'，何一物而有二称？"谢未即答。时郝隆在坐，应声答曰："此甚易解：处则为远志，出则为小草[3]。"谢甚有愧色。桓公目谢而笑曰："郝参军此过[4]乃[5]不恶[6]，亦极有会。"

※ 注释

1 饷：馈赠。2 远志：中药名。根名为远志，叶名为小草。3 "处则"二句：此为双关语，是嘲讽谢安的出仕。处，明指隐于地下，暗指谢安隐居山中；出，明指露出地面，暗指谢安出山做官。4 过：量词，次，回。5 乃：甚，很，非常。6 不恶：

不错，不坏。

※ 译文

谢安在最初的时候有隐居东山的意向，后来皇帝的诏令不断地下达，无奈就担任桓温的司马一职。这时候，有人送给桓温一些草药，其中有一味是远志。桓温拿过这种草药问谢安："这药又名小草，为什么一种东西却有两个名称呢？"谢安没有立即回答。当时郝隆也在座，他随声说道："这非常好解释：隐藏就叫远志，露出就叫小草。"谢安听后，一脸羞愧。桓温看着谢安，笑了笑说："郝参军这次的表现相当不错，话也说得很有意趣。"

※ 原文

郝隆为桓公南蛮参军。三月三日会，作诗。不能者，罚酒三升。隆初以不能受罚，既饮，揽笔便作一句云："娵隅[1]跃清池。"桓问："娵隅是何物？"答曰："蛮名鱼为娵隅。"桓公曰："作诗何以作蛮语？"隆曰："千里投公，始得蛮府参军，那得不作蛮语也？"

※ 注释

1 娵隅：古代西南的少数民族把鱼称为"娵隅"。

※ 译文

郝隆担任桓温的南蛮校尉参军。三月三日那天举行聚会，每个人都要作诗，作不出诗的就得被罚喝三升酒。郝隆刚开始因为作不出诗而被罚，喝完酒后，他就提笔写了一句："娵隅跃清池。"桓温问道："娵隅是什么啊？"答说："蛮人把鱼称作娵隅。"桓温说："作诗为什么还要用蛮语呢？"郝隆说："我不远千里前来投奔您，才得到了个蛮府参军的职位，怎么能不用蛮语呢？"

※ 原文

袁羊尝诣刘惔，惔在内眠未起。袁因作诗调之曰："角枕粲文茵，锦衾烂长筵[1]。"刘尚[2]晋明帝女，主见诗不平，曰："袁羊，古之遗狂！"

※ 注释

1 "角枕"二句：语出《诗·唐风·葛生》，是一首悼亡诗。大意是：华丽的褥子配上角枕有多么鲜艳；长长的竹席铺着丝被会更加灿烂。2 尚：娶公主为妻称为尚。

※ 译文

袁羊（乔）有一次去拜访刘惔。刘惔正在帐内睡觉，还没有起来。袁羊便作诗嘲笑刘惔道："角枕粲文茵，锦衾烂长筵。"刘惔娶的是晋明帝司马绍的女儿庐陵公主，公主看了这诗后很不高兴地说道："袁羊是古代狂人的子孙。"

※ 原文

殷洪远答孙兴公诗云："聊复放一曲。"刘真长笑其语拙，问曰："君欲云那放？"殷曰："榼腊[1]亦放，何必其铊铃[2]邪？"

※ 注释

1 榼腊：叠韵联绵词，状鼓声。2 铃：钟声和铃声。

※ 译文

殷洪远（融）答孙兴公（绰）的诗说："姑且再放一曲。"刘惔就嘲笑他的语句拙劣，问道："你想要怎么放？"殷洪远说："达拉达拉的鼓声也是放，何必一定要钟声和铃声才叫作放呢？"

※ 原文

桓公既废海西，立简文。侍中谢公见桓公，拜，桓惊[1]笑曰："安石，卿何事至尔？"谢曰："未有君拜于前，臣立于后[2]！"

※ 注释

1 惊：惊讶。2 "未有"二句：是双关语，讽刺桓温想自立为君。君，可以是对位高者的尊称，也可指君主。臣，可以用作自己的谦虚称谓，也可以与君主相对而言，指臣子。

※ 译文

桓温将海西公（司马奕）罢黜后，扶立简文帝。这时候，担任侍中的谢安一见到桓温就跪拜，桓温惊讶地笑着问道："安石（谢安），是什么原因让你这么做啊？"谢安说："那是因为没有君在前面跪拜，而臣却站在后边的道理。"

※ 原文

张苍梧[1]是张凭[2]之祖，尝语凭父曰："我不如汝。"凭父未解所以，苍梧曰："汝有佳儿。”凭时年数岁，敛手曰：“阿翁，讵[3]宜以子戏父？”

※ 注释

1 张苍梧：张镇，三国时吴国吴郡人，曾担任苍梧太守。2 张凭：才华横溢，举孝廉，官至御史中丞。3 讵：难道，岂。

※ 译文

张镇是张凭的祖父，他曾对张凭的父亲说：“我比不上你啊！”张凭的父亲不明白他说的是什么意思，张镇就说：“因为你有一个好儿子啊！”张凭当时才几岁，就拱着手对张镇说道：“爷爷，难道可以用儿子来戏弄他的父亲吗？”

※ 原文

桓豹奴是王丹阳外生，形似其舅，桓甚讳之。宣武云：“不恒相似，时似耳。恒似是形，时似是神。”桓逾不说。

※ 译文

桓豹奴（嗣）是王丹阳（混）的外甥，长得很像他的舅舅。桓豹奴非常忌讳这一点。桓温说：“你也不是总是像你的舅舅，只是偶尔像而已。经常像的是相貌，偶尔像的是神情。”于是桓豹奴就更加不高兴了。

※ 原文

王子猷诣谢万，林公先在坐，瞻瞩甚高。王曰：“若林公须发并全，神情当复胜此不？”谢曰：“唇齿相须，不可以偏亡。须发何关于神明！”林公意甚恶，曰：“七尺之躯，今日委君二贤。”

※ 译文

王徽之去拜访谢万，林公（支遁）早就已经在座了，他神情傲慢，眼光也很高。王徽之说：“倘若林公的头发和胡须都齐全的话，神情应当会比现在好吗？”谢万说：“唇齿相依，缺一不可。胡须和头发同神情又有什么关系呢？”林公神色难看，他说：“我这七尺之躯，今天完全交给你们这两位贤达了。”

※ 原文

郗司空拜北府，王黄门诣郗门拜，云：“应变将略，非其所长[1]。”骤咏之不已。

郗仓谓嘉宾曰："公今日拜，子猷言语殊不逊，深不可容！"嘉宾曰："此是陈寿作诸葛评，人以汝家[2]比武侯，复何所言？"

※ 注释

1 "应变"二句：随机应变的用兵谋略，并非此人所擅长。2 汝家：你的父亲。

※ 译文

郗司空被任命为北府长官，他的外甥王徽之来登门祝贺，说："应变将略，非其所长。"他反复地、不停地吟诵着这句话。郗司空的二儿子郗仓对他的哥哥嘉宾（郗超）说："父亲今天上任，子猷说话太无礼，实在无法容忍。"嘉宾说："这是陈寿对诸葛亮的评价，人家把你父亲比作诸葛武侯，你还有什么可说的呢？"

※ 原文

王文度、范荣期俱为简文所要。范年大而位小，王年小而位大。将前[1]，更相推在前，既移久[2]，王遂在范后。王因谓曰："簸之扬之，糠秕在前[3]。"范曰："洮之汰之，砂砾在后[4]。"

※ 注释

1 将前：将要前行时。2 移久：过了很久。3 "簸之"二句：簸扬轻浮之物。这是王坦之在以糠秕嘲弄范启。4 "洮之"二句：陶洗杂质。这是范启在以砂砾来嘲笑王坦之。

※ 译文

王坦之和范启共同被简文帝（司马昱）邀请。范启年长却官位低，王坦之年龄小却官位高。即将向前走时，两人相互推让，都请对方走在前。推让了好一会儿，王坦之就走在了范启的后边。王坦之于是就对范启说道："簸扬谷子，糠秕都浮在前面。"而范启却说："洮洗米粒，砂砾都沉在后面。"

※ 原文

刘遵祖少为殷中军所知，称之于庾公。庾公甚忻然，便取为佐。既见，坐之独榻上与语。刘尔日殊不称，庾小失望，遂名之为"羊公鹤"。昔羊叔子有鹤善舞，尝向客称之，客试使驱来，氃氋而不肯舞，故称比之。

※ 译文

刘遵祖（爱之）年轻的时候很受殷中军（浩）的器重，因此被推荐给庾亮，庾亮非常高兴，就任命他为属吏。接见的时候，让他坐在独榻上，同他谈话。可是刘遵祖当天的表现却同殷中军对他的称赞不相称。这使得庾亮感到很失望，于是称刘遵祖为“羊公鹤”。从前，羊叔子养了一只鹤，这只鹤会舞蹈，羊叔子曾经向人夸奖它，于是客人试着让他把鹤赶来，然而鹤身上的羽毛蓬松凌乱，怎么都不肯起舞。所以称刘遵祖为“羊公鹤”。

※ 原文

魏长齐[1]雅有体量[2]，而才学非所经。初宦当出，虞存[3]嘲之曰：“与卿约法三章：谈者死，文笔[4]者刑，商略[5]抵罪。”魏怡然而笑，无忤于色。

※ 注释

1 魏长齐：魏颜，字长齐，官至山阴令。2 体量：度量。3 虞存：字道长，官至尚书吏部郎。4 文笔：这里指写文章。5 商略：品评，评论。

※ 译文

魏长齐（颜）很有度量，但是才学不是他的长处。初次做官将要外出时，虞存嘲笑他说：“和你约法三章：谈论的人处死，写诗文的人判刑，品评人物就要治罪。”魏长齐高兴地笑着，没有一点抵触的神色。

※ 原文

范启与郗嘉宾书曰：“子敬举体无饶纵，掇皮无余润[1]。”郗答曰：“举体无余润，何如举体非真者？”范性矜假[2]多烦，故嘲之。

※ 注释

1 “子敬”二句：意思是王献之性情率真，无所掩饰。无饶纵，没有丰满的肌肉，这里指没有掩饰率真本性的东西。掇皮，剥去皮。无余润，没有丰润的肌肉，这里也是指没掩饰率真的本性。2 矜假：矜持做作。

※ 译文

范启在给郗嘉宾（超）的信中说：“子敬（王献之）全身一点也不丰满，即使去了皮也没有多余的肌肉。”郗嘉宾回复说：“浑身没有多余的肌肉，和全身都是假的相比，哪一样更好呢？”范启生性虚假做作，所以郗嘉宾如此嘲笑他。

※ 原文

二郗[1]奉道，二何奉佛，皆以财贿[2]。谢中郎云：“二郗谄于道，二何佞于佛。”

※ 注释

1 二郗：郗愔和郗昙。2 财贿：财物。贿，财。

※ 译文

郗愔和郗昙兄弟两人都信奉道教，何充和何准兄弟两人都信奉佛教。他们为此都用了很多财物。谢中郎（万）说：“二郗谄媚道教，二何巴结佛教。”

※ 原文

简文在殿上行，右军与孙兴公在后。右军指简文语孙曰：“此啖名客[1]！”简文顾曰：“天下自有利齿儿[2]。”后王光禄作会稽，谢车骑出曲阿祖之，王孝伯罢秘书丞，在坐，谢言及此事，因视孝伯曰：“王丞齿似不钝。”王曰：“不钝，颇亦验。”

※ 注释

1 啖名客：好名的人。2 利齿儿：能说会道的人。

※ 译文

简文帝（司马昱）在大殿上行走，王羲之和孙绰二人跟在后面。王羲之指着简文帝对孙绰说：“这一位是爱好名声的人。”简文帝回过头说道：“世上本来就有牙尖嘴利的人。”后来王光禄（蕴）出任会稽内史，谢玄到曲阿为他送行，王光禄的儿子王孝伯（恭）被免除了秘书丞一职，也在座。谢玄说到这件事情，于是就看着王孝伯说：“王丞相的牙齿好像并不钝啊！”王孝伯说：“的确不钝，已经多次被证明了。”

※ 原文

谢遏[1]夏月尝仰卧，谢公清晨卒[2]来，不暇着衣，跣出屋外，方蹑履[3]问讯。公曰：“汝可谓‘前倨而后恭[4]’。”

※ 注释

1 谢遏：谢玄，字幼度，小字遏。2 卒：通“猝”，突然。3 履：一种单底鞋子，可供正式场合穿着。4 前倨而后恭：语出《战国策·秦策》，是说苏秦在秦国游说失败后回到家中，嫂子不给他做饭；后来他在赵国做了大官，回家时嫂子见了他就跪拜在地。苏秦问："嫂何前倨而后卑（卑，《史记·苏秦列传》作"恭"）也？"倨，傲慢，怠慢。

※ 译文

夏天的时候，谢遏（玄）正仰面大睡，谢公（谢安）于早晨时突然来到，谢遏来不及穿衣服，光着脚跑到外屋，正要穿上鞋子问候。谢公说："你可以说是'前倨而后恭'啊。"

※ 原文

苻朗初过江，王咨议大好事，问中国人物及风土所生，终无极已。朗大患之。次复问奴婢贵贱，朗曰："谨厚有识中者，乃至十万；无意为奴婢，问者，止数千耳。"

※ 译文

苻朗刚刚过江时，王肃之非常爱管闲事，问起中原地区的著名人物、风土人情来没完没了。苻朗很讨厌他。后来他又问起奴婢价格的高低，苻朗回答道："忠厚老实，见多识广的，就得十万钱；没有见识，只是提起奴婢问问，则只需数千钱而已。"

※ 原文

东府客馆是版屋。谢景重诣太傅，时宾客满中，初不交言，直[1]仰视云："王[2]乃复[3]西戎其屋[4]。"

※ 注释

1 直：通"只"，只是，不过。2 王：会稽王，指司马道子。3 乃复：竟然。复为词缀，没有实义。4 西戎其屋：名词用作动词，使他的屋子西戎化。

※ 译文

东府的客馆全都是木板房。谢景重（重）去那里拜会太傅司马道子，当时客馆里坐满了客人，他不和别人交谈，只是仰视说道："会稽王居然让客馆成了西戎人的房舍。"

※ 原文

顾长康啖甘蔗，先食尾。人问所以，云："渐至佳境[1]。"

※ 注释

1 佳境：美好的境界，指甘蔗的根部。

※ 译文

顾长康（恺之）吃甘蔗，先吃甘蔗尾。有人问他什么缘故，他说："渐渐地进入美好的境界。"

※ 原文

桓南郡与殷荆州语次，因共作了语[1]。顾恺之曰："火烧平原无遗燎[2]。"桓曰："白布缠棺竖旒旐[3]。"殷曰："投鱼深渊放飞鸟。"次复作危语[4]。桓曰："矛头淅米剑头炊[5]。"殷曰："百岁老翁攀枯枝。"顾曰："井上辘轳卧婴儿。"殷有一参军在坐，云："盲人骑瞎马，夜半临深池。"殷曰："咄咄逼人！"仲堪眇目故也。

※ 注释

1 了语：了，指完了，终结。以完了、终结之意为题所做的诗句为了语。2 遗燎：余火，剩下的火种。文中意思是野火烧了平原，没有留下任何东西。3 旒旐：指招魂幡，出殡的时候在棺材前面引路的旗子。4 危语：以极危险的事情为题材所赋的诗做隐语。5 炊：做饭的意思。

※ 译文

桓南郡（玄）和殷荆州（仲堪）在清谈的时候，顺着话题一起试作了"了语"。顾恺之说："火烧平原无遗燎。"桓南郡说："白布缠棺竖旒旐。"殷荆州说："投鱼深渊放飞鸟。"紧接着，他们又一起作"危语"。桓南郡说："矛头淅米剑头炊。"殷荆州说："百岁老翁攀枯枝。"顾恺之说："井上辘轳卧婴儿。"殷荆州的一个参军也在座，说道："盲人骑瞎马，夜半临深池。"殷荆州说："实在是咄咄逼人啊！"因为殷荆州有一只眼睛是瞎的。

※ 原文

桓南郡与道曜[1]讲《老子》，王侍中[2]为主簿，在坐。桓曰："王主簿可顾名思义[3]。"王未答，且大笑。桓曰："王思道能作大家儿[4]笑。"

※ 注释

1 道曜：晋人，生平不详。2 王侍中：王桢之，字公干，小字思道，王羲之的孙子，曾任侍中，御史中丞。3 顾名思义：《老子》的主旨讲“道”，桢之小字思道，所以桓玄说可以顾名思义。4 大家儿：名门大族的子弟。

※ 译文

南郡公桓玄和道曜讨论《老子》，侍中王桢之当时担任桓玄手下的主簿，也在座。桓玄说：“王主簿可以从自己的名字就想到道的含义。”王桢之没有回答，只是大笑。桓玄说：“王思道能发出名门子弟的笑声。”

※ 原文

祖广[1]行恒缩头。诣桓南郡，始下车，桓曰：“天甚晴朗，祖参军如从屋漏[2]中来。”

※ 注释

1 祖广：字渊度，曾任桓玄手下的参军，官至护军长史。2 屋漏：此一语双关。本来是指屋子的西北角，因为西北角上开有天窗，日光由此照射到屋里。这里是指漏水的房屋，调侃祖广走路时缩头缩脑的滑稽模样。

※ 译文

祖广在走路的时候总是缩头缩脑的，他前去拜会桓南郡（玄）的时候，刚一下车，桓南郡就说：“天空多么晴朗啊，祖参军却好像刚从漏雨的屋子里走出来一样。”

※ 原文

桓玄素轻桓崖[1]，崖在京下有好桃，玄连就求之，遂不得佳者。玄与殷仲文书，以为嗤笑曰：“德之休明[2]，肃慎[3]贡其楛矢[4]；如其不尔，篱壁间物[5]，亦不可得也。”

※ 注释

1 桓崖：桓修，字承祖，小字崖，桓玄的堂兄弟。2 休明：美好清明。3 肃慎：商周时，东北北部一个以狩猎为生的少数民族。周武王灭商后，各方前来进贡，他们送来了楛矢。4 楛矢：用楛木作箭杆的箭。5 篱壁间物：家园中生产的东西，这里泛指平常的物品。

※ 译文

桓玄一向瞧不起桓崖（修），桓崖在京城有良种桃树，桓玄屡次向他索取树种，始终没有要到好的品种。桓玄在给殷仲文的信中，拿这件事自嘲道："如果德行美好，连远方的肃慎族也会进贡箭矢；如果不是这样，就连庭院里的一般物品也得不到呀。"

轻诋第二十六

轻诋是关于士人交往间的评论或言谈，但和《排调》不同的是，这里含有贬抑对方的意思，即用轻诋的言辞来蔑视对方。

※ 原文

王太尉问眉子[1]："汝叔名士，何以不相推重？"眉子曰："何有名士终日妄语！"

※ 注释

1 眉子：王玄，字眉子，王衍的儿子。他的叔叔王澄，字平子。

※ 译文

太尉王衍问他的儿子眉子（玄）："你的叔叔是名士，为什么你不推崇他呢？"眉子回答："哪有名士一天到晚胡说八道的？"

※ 原文

深公[1]云："人谓庾元规名士，胸中柴棘三斗许[2]。"

※ 注释

1 深公：竺道潜，字法深。2 许：同"所"，概数词，大约，左右。

※ 译文

深公说（竺道潜）："世人都认为庾元规（亮）是名士，可是他胸中所藏的荆棘就有两三斗。"

※ 原文

庾公权重[1]，足倾王公。庾在石头[2]，王在冶城[3]坐。大风扬尘，王以扇拂尘曰："元规尘污人！"

※ 注释

1 庾公权重：庾亮当时以镇西将军镇守武昌，掌握重兵。2 石头：地名，故址在今江苏南京市西南。一说即石首县（今属湖北），晋代置（据杨勇《世说新语校笺》）。3 冶城：故址在今南京市朝天宫一带。当时王导以丹阳太守居冶城。

※ 译文

庾公（庾亮）权力很大，足以压倒王公（王导）。庾公在石头城，王公在冶城闲坐，大风刮起尘土，王公用扇子拂去尘土说："元规刮来的尘土把我都弄脏了。"

※ 原文

王丞相轻蔡公[1]，曰："我与安期、千里共游洛水边，何处闻有蔡充儿[2]？"

※ 注释

1 蔡公：蔡谟，字道明。他曾嘲笑过王导妻曹氏妒忌其妾的事，让王导无地自容，所以对他很恼怒。2 "我与"二句：西晋时王导、王承、阮瞻都已显贵，蔡谟尚未出名。洛水，流经西晋京都洛阳的一条河，这里暗指西晋时代。安期，王承，字安期。千里，阮瞻，字千里。蔡充，据《晋书·蔡谟传》当作"蔡克"，字子尼，蔡谟的父亲。

※ 译文

丞相王导瞧不起蔡公（蔡谟），他说："我和王安期、阮千里在洛水边游玩时，哪里听说过蔡充的儿子呢？"

※ 原文

谢镇西书与殷扬州，为真长求会稽，殷答曰："真长标同伐异，侠[1]之大者。常谓使君降阶为甚，乃复[2]为之驱驰邪？"

※ 注释

1 侠：通"狭"，狭隘，气量小。2 乃复：那么。

※ 译文

谢镇西（尚）给殷扬州（浩）写信，信中推荐刘真长（惔）担任会稽内史。殷扬州给他回信道："刘真长党同伐异，实在是个心胸狭窄的人。我常常认为你降低身份来同他交往就已经很过分了，怎么还要为他奔走效劳呢？"

※ 原文

桓公入洛[1]，过淮、泗，践北境，与诸僚属登平乘楼[2]，眺瞩中原，慨然曰："遂使神州陆沉[3]，百年丘墟，王夷甫[4]诸人不得不任其责！"袁虎率尔对曰："运自有废兴，岂必诸人之过？"桓公懔然作色，顾谓四坐曰："诸君颇闻刘景升[5]不？有大牛重千斤，啖刍豆[6]十倍于常牛，负重致远，曾不若一羸牸。魏武入荆州，烹以飨士卒，于时莫不称快。"意以况袁。四坐既骇，袁亦失色。

※ 注释

1 入洛：指桓温在晋废帝太和四年（公元 369 年）伐燕一事，后因粮运不济，受挫而还。2 平乘楼：大船的船楼。3 陆沉：指国土沦丧。4 王夷甫：王衍，字夷甫，虽居宰辅之位，却爱好清谈，不以国事为重，最后被石勒俘虏杀害。5 刘景升：刘表，字景升，汉末曾任荆州牧。在曹操、袁绍相争的官渡之战前，袁绍向他求助，他暗中保持中立。袁绍失败后，曹操讨伐他，曹兵未至就因病而死。6 刍豆：喂牲口的草料和豆料。

※ 译文

桓公（桓温）进军洛阳，经过淮河、泗水，来到北方地区，他和僚属登上大船船楼，眺望中原，感慨道："国土沦丧，成了百年废墟，王夷甫（衍）等人不能不承担责任！"袁虎（宏）冒失地答道："国运自有衰败兴盛的规律，哪里就是这些人的过错呢？"桓公顿时神情变得严厉起来，他环顾四座的人，说："大家都听说过刘景升（表）吧？他有一头一千斤重的大牛，吃的草料是普通牛的十倍，负重远行，竟然不如一头瘦弱的母牛。魏武帝进入荆州后，就把它杀了，犒赏士兵，当时人们没有不拍手称快的。"桓温的意思是把这头牛比作袁虎。在座的人听了很害怕，袁虎也大惊失色。

※ 原文

高柔在东，甚为谢仁祖所重。既出，不为王、刘所知。仁祖曰："近见高柔，大自敷奏，然未有所得。"真长云："故不可在偏地居，轻在角觮中，为人作议论。"高柔闻之，云："我就伊无所求。"人有向真长学[1]此言者，真长曰："我实亦无可与伊者。”然游燕犹与诸人书：“可要安固[2]。”安固者，高柔也。

※ 注释

1 学：学舌。2 安固：即高柔，因其做过安固令，所以又被人称安固。

※ 译文

高柔在会稽，受到谢仁祖（尚）的推崇。到了京城建康后，却并没有得到王濛和刘惔的赏识。谢仁祖说：“最近看到高柔竭力呈上长篇奏章，可是却毫无成效。”刘惔说：“所以不能住在边远地区，随便待在某一个角落里，不过是被人当作议论的对象。”高柔听了这些话后，说道：“我对他并无所求。”有人把这话说给刘惔听，刘惔说：“我也实在没有什么东西可以给他。”不过每每遇到游乐宴饮，刘惔还是会给各位写信说：“可以邀请安固。”安固就是高柔。

※ 原文

刘尹、江虨、王叔虎、孙兴公同坐，江、王有相轻色。虨以手歙[1]叔虎云：“酷吏！”词色甚强。刘尹顾谓：“此是瞋邪？非特是丑言声，拙视瞻[2]。”

※ 注释

1 歙：击打的意思。2 视瞻：看。

※ 译文

刘尹（惔）、江虨、王叔虎（彪之）和孙公兴（绰）同坐，江虨和王叔虎脸上显出互相轻视的神色。江虨用手击拍着王叔虎说：“残暴的官吏！”言辞音调都很严厉。刘尹回过头来说：“你这是发怒吗？不仅仅是声音难听，模样也难看。”

※ 原文

孙绰作列仙商丘子赞曰：“所牧何物？殆非真猪。倘遇风云，为我龙摅[1]。”时人多以为能。王蓝田语人云：“近见孙家儿作文，道‘何物真猪’也。”

※ 注释

1 龙摅：像蛟龙一样腾飞。

※ 译文

孙绰作《列仙商丘子赞》说："所放牧的是什么，恐怕不会是真猪。倘若能够遇上风起云涌，助我腾飞好似蛟龙舞。"世人大多认为写得非常好。王述对别人说："近几天看到了孙家那个小子写的文章，说什么'何物''真猪'。"

※ 原文

蔡伯喈睹睐笛椽[1]，孙兴公听妓，振且摆折。王右军闻，大嗔曰："三祖寿乐器，虺瓦吊，孙家儿打折。"

※ 注释

1 睹睐笛椽：察看可以做笛子的竹椽。

※ 译文

蔡邕在会稽亭看到了一根可以用来做长笛的屋椽竹，并用它做成了长笛。孙绰一边听歌伎唱歌，一边拿着这个长笛手舞足蹈，并把它打断了。王羲之听说这件事后，大发雷霆，说："祖上三代保存的乐器，没有心肝的东西！竟被孙家那小子把它给打断了。"

※ 原文

王中郎与林公绝不相得。王谓林公诡辩，林公道王云："著腻颜帢[1]，缔布[2]单衣，挟《左传》，逐郑康成[3]车后，问是何物尘垢囊[4]！"

※ 注释

1 颜帢：三国时，魏国流行的一种模仿古代皮弁而制成的丝帛便帽，帽前有一横缝，可以区别前部和后部；到西晋末年，渐渐去掉横缝，称为"无颜帢"。东晋时期戴颜帢，犹同今天戴古人的冠巾，已不合时宜。2 缔布：古代的一种粗葛布。3 郑康成：郑玄，字康成，东汉著名经学家，曾聚徒讲学，遍注群经。4 尘垢囊：装尘土和污垢的皮囊。

※ 译文

北中郎将王坦之和林公（支遁）不和。王中郎认为林公诡辩，林公评价王坦之说："戴着油腻的老式帽子，穿着粗布单衣，夹着《左传》，追随在郑康成的车子后面跑，请问这是什么样的污秽皮囊啊！"

※ 原文

孙长乐作王长史诔云："余与夫子，交非势利，心犹澄水，同此玄味[1]。"王孝伯见曰："才士[2]不逊，亡祖何至与此人周旋！"

※ 注释

1 "余与"四句：意思是我和他的交往，并不是势利之交；我们的心像是清水一样，都有这种玄奥美妙的旨趣。夫子，对文人的尊称。2 才士：有才华的人，这里指孙绰。

※ 译文

长乐侯孙绰在为左长史王濛撰写的诔文中说："我和先生，非势利之交，心如澄水，有共同的意趣。"王孝伯（恭）看了以后说："孙绰太不自量力了，我已故的祖父怎么会和这样的人交往！"

※ 原文

谢太傅谓子侄曰："中郎[1]始是独有千载！"车骑曰："中郎衿抱[2]未虚，复那得[3]独有？

※ 注释

1 中郎：谢万，谢安的弟弟，谢玄的叔叔。2 衿抱：胸怀。3 那得：怎么能。

※ 译文

谢安对子侄们说道："中郎（谢万）才是千百年来独一无二的。"谢玄说："中郎的胸襟不开阔，又怎么可以称得上是独一无二呢？"

※ 原文

庾道季诧[1]谢公曰："裴郎[2]云：'谢安谓裴郎乃可不恶，何得为复饮酒？'裴郎又云：'谢安目支道林，如九方皋[3]之相马，略其玄黄[4]，取其俊逸。'"谢公云："都无此二语，裴自为此辞耳！"庾意甚不以为好，因陈东亭《经酒垆下赋》[5]。读毕，都不下赏裁[6]，直云："君乃复作裴氏学！"于此《语林》遂废。今时有者，皆是先写，无复谢语。

※ 注释

1 诧：告诉。2 裴郎：裴启，字荣期，曾作《语林》一书流传于世。这里的"裴郎云"，即《语林》中所记之事。3 九方皋：春秋时人，善于相马。他曾为秦穆公寻求良马，不重马的毛色、雄雌而注重马的内神，因而得到良马，受到伯乐的赞赏。4 玄黄：赤黑色和黄色，这里泛指马的毛色。5《经酒垆下赋》：《语林》中记载了经酒垆下一事，其事参见《伤逝》，东亭侯王珣曾为此作赋。庾道季称引这篇赋的目的，是要谢安相信《语林》一书所记的事是可信的。6 赏裁：鉴定，评语。

※ 译文

庾道季（龢）对谢安说："裴郎（启）说：'谢安说裴郎确实不错，怎么又喝起酒了呢？'裴郎还说：'谢安评价支道林（遁）就像九方皋相马，忽略马的毛色，只注重它的神态。'"谢安说："这两句话都不是我说的，是裴郎他自己编造的。"庾道季心里很不以为然，就读起东亭侯王珣的《经酒垆下赋》。读完后，谢安不作任何评价，只是说："你竟然作起裴氏的学问了！"从此《语林》便不再流传。现在看到的，都是先前抄写的，不再有谢安所说的话。

※ 原文

王北中郎不为林公所知，乃著论《沙门不得为高士论》。大略云："高士[1]必在于纵心调畅，沙门[2]虽云俗外，反更束于教，非情性自得之谓也。"

※ 注释

1 高士：超越世俗的人。2 沙门：依照戒律出家修行的佛教徒，即和尚。

※ 译文

北中郎将王坦之不被林公（支遁）看重，他就写了《沙门不得为高士论》，主旨是说："高士一定是随心所欲、闲适舒畅的人。和尚虽然在世俗之外，但更容易受到教律的约束，并不能说是他们的本性悠然自适。"

※ 原文

人问顾长康："何以不作[1]洛生咏[2]？"答曰："何至作老婢[3]声！"

※ 注释

1 作：效仿，模仿。2 洛生咏：洛阳的书生吟诵诗文的腔调。3 老婢：老年妇女。

※ 译文

有人问顾长康道（恺之）：“您为何不像洛阳的书生那样吟诵诗歌呢？”顾长康说：“为何要学老年妇女的声音啊！”

※ 原文

殷颉、庾恒并是谢镇西外孙。殷少而率悟，庾每不推。尝俱诣谢公，谢公熟视殷，曰：“阿巢[1]故似镇西。”于是庾下声[2]语曰：“定何似？”谢公续复云：“巢颊似镇西。”庾复云：“颊似，足作健不？”

※ 注释

1 阿巢：殷颉，字伯通，小字阿巢。阿在前作辅助语词，没有实义。2 下声：压低声音。下，低。

※ 译文

殷颉和庾恒都是谢镇西（尚）的外孙。殷颉自幼聪明直率，但是庾恒却总不赞许他。有一次，他们一起去拜访谢安，谢安仔细打量了殷颉一番，说：“阿巢确实像镇西。”这时候，庾恒低声说道：“到底什么地方像？”谢安接着说：“阿巢的脸颊长得像镇西。”庾恒就又说：“脸颊像，难道就能够成为强者吗？”

※ 原文

旧目韩康伯：将肘[1]无风骨。

※ 注释

1 将肘：握住胳膊肘用力地捏。

※ 译文

过去的人们评价韩康伯（伯）说：“用力握捏他的胳膊肘，也摸不着他的刚气和骨头。”

※ 原文

支道林入东，见王子猷兄弟。还，人问：“见诸王何如？”答曰：“见一群白颈乌[1]，但闻唤哑哑声[2]。”

※ 注释

1 白颈乌：乌鸦的一种，颈部有一圈白羽毛。王氏兄弟多穿白衣领的服装，所以这样讥讽他们。2 唤哑哑声：丞相王导虽是北方人，但很喜爱说吴地方言，王氏子弟多学他的做法。这里是在讥讽他们说话像乌鸦叫。

※ 译文

支道林（遁）到会稽，见到了王子猷（徽之）兄弟，回来后，有人问他："看了王氏兄弟，觉得怎么样？"支道林回答："看见一群白脖子的乌鸦，只听见哑哑的叫声。"

※ 原文

王中郎举许玄度为吏部郎，郗重熙曰："相王[1]好事，不可使阿讷[2]在坐头[3]。"

※ 注释

1 相王：简文帝。2 阿讷：许玄度的小字。3 头：放在名词的后边，表示处所，相当于"旁边""前边"等。

※ 译文

王坦之推荐许玄度（询）担任吏部郎，郗重熙（昙）说："相王爱多事，不能让阿讷在他的身边。"

※ 原文

桓南郡每见人不快[1]，辄嗔云："君得哀家梨，当复不蒸食不？"

※ 注释

1 快：技艺高超。

※ 译文

桓南郡（玄）每次看到别人办事能力差的时候都会生气地说："你得到哀家的梨子，该不会蒸着吃了吧？"

假谲第二十七

假谲里的欺骗大多是为解决当下难题所行使的善意谎言，显现了行诈者机警的一面。本门中出于玩弄权术而伤害他人的事例为少数。

※ 原文

魏武少时，尝与袁绍好为游侠[1]，观人新婚，因潜入主人园中，夜叫呼云："有偷儿贼！"青庐[2]中人皆出观，魏武乃入，抽刃劫新妇，与绍还出。失道，坠枳棘[3]中，绍不能得动，复大叫云："偷儿在此！"绍遑迫[4]自掷[5]出，遂以俱免。

※ 注释

1 游侠：重义轻生又好招惹是非的人。2 青庐：用青布搭成的棚屋，新婚夫妇在里面行交拜礼。3 枳棘：枳木和棘木，是两种多刺的灌木。4 遑迫：惊慌。5 掷：腾跃。

※ 译文

魏武帝曹操年轻时，曾经喜欢和袁绍一起四处做些游侠的事。有一次看到别人家结婚，就潜入主人的院子里，夜里叫喊道："有贼！"新房里的人都跑出来看，魏武帝乘机进入屋内，拔刀将新娘子劫出，和袁绍一道返回。途中迷失道路，掉进了荆棘丛中，袁绍动弹不得。魏武帝又大嚷道："小偷在此！"袁绍惊慌得自己跳了出来，二人才得以逃脱。

※ 原文

魏武行役，失汲道[1]，军皆渴，乃令曰："前有大梅林，饶子，甘酸，可以解渴。"士卒闻之，口皆出水，乘此得及前源。

※ 注释

1 汲道：通向水源的道路。汲，取水。

※ 译文

魏武帝曹操在行军途中，找不到水源，士兵们都渴得厉害，于是他传令说："前面有一片梅子林，结了很多果子，又甜又酸，可以解渴。"士兵听说后，嘴里都流出口水，乘这个机会才得以赶到前方的水源。

※ 原文

魏武常言：“人欲危己，己辄心动。”因语所亲小人曰：“汝怀刃密来我侧，我必说心动。执汝使行刑，汝但勿言其使，无他，当厚相报！”执者[1]信焉，不以为惧，遂斩之。此人至死不知也。左右以为实，谋逆者挫气[2]矣。

※ 注释

1 执者：被捉住的人。2 挫气：挫伤了勇气。

※ 译文

魏武帝曹操曾说：“如果有人要谋害我，我就会心跳得厉害。”他随即对他的贴身仆人说：“你揣着刀，悄悄走到我身边，我一定会说我心跳得厉害，然后就把你抓起来送去受刑。你只要不说是我指使你的，就不会有什么事，我还会重重报答你。”仆人相信了他的话，也没觉得害怕，结果就被杀了。此人到死也不明原因。左右的人也以为这是真的，想谋害他的人因此而泄气。

※ 原文

魏武常云：“我眠中不可妄近，近便斫人，亦不自觉，左右宜深慎此！”后阳[1]眠，所幸一人窃以被覆之，因便斫杀。自尔每眠，左右莫敢近者。

※ 注释

1 阳：通“佯”，假装。

※ 译文

魏武帝曹操曾说：“我睡觉的时候别人不能随便靠近我，靠近了，我就会杀人，自己也不知道。你们对此应当特别小心！”后来他假装睡觉，一个他宠爱的随从悄悄给他盖被子，于是就被杀死了。从此以后，每当他睡觉时，手下的人没有谁敢靠近。

※ 原文

袁绍年少时，曾遣人夜以剑掷魏武，少下，不著。魏武揆之，其后来必高。因帖卧床上，剑至果高。

※ 译文

袁绍年轻的时候，曾经派遣人在夜里用剑刺杀魏武帝曹操，剑稍微低了些，没有刺中。魏武帝推测第二剑肯定会高些。于是就贴床紧卧，剑刺下来的时候果真很高。

※ 原文

王大将军既为逆，顿军姑孰。晋明帝以英武之才，犹相猜惮，乃著戎服，骑巴賨马，赍一金马鞭，阴察军形势。未至十余里，有一客姥，居店卖食，帝过愒[1]之，谓姥曰："王敦举兵图逆，猜害忠良，朝廷骇惧，社稷是忧。故劬劳晨夕，用[2]相[3]觇察。恐行迹危露，或致狼狈。追迫之日，姥其匿之。"便与客姥马鞭而去，行敦营匝而出。军士觉，曰："此非常人也！"敦卧心动，曰："此必黄须鲜卑奴来[4]！"命骑追之。已觉[5]多许里。追士因问向姥："不见一黄须人骑马度此邪？"姥曰："去已久矣，不可复及。"于是骑人息意而反。

※ 注释

1 愒：恐吓，吓唬。2 用：连词，以，来。3 相：表示动作偏向一方。4 此必黄须鲜卑奴来：由于晋明帝的母亲是北燕胡人，因此晋明帝貌似胡人。5 觉：相差。

※ 译文

王敦谋反，军队驻扎在姑孰。晋明帝（司马绍）虽然可谓文韬武略，但依然害怕他，于是穿上军装，快马加鞭，暗自去察看军情。在距离军营还有十多里的地方，有一位客居的老妇人在店里卖东西。晋明帝一进去就先吓唬老妇说："王敦谋反，猜忌陷害忠良，朝廷为之惊恐，由于担忧国家，我才不辞辛劳，日夜兼程来察看军情。担心暴露行踪后，也许会狼狈不堪。他们追赶我的时候，请您来掩护我吧。"于是就把金马鞭送给了老妇人，然后离去，在围绕着王敦的军营走了一圈后就又出来了。这时被军士察觉，说："这并非一般人。"王敦正躺在床上，他忽然心跳，就说："肯定是黄胡须的鲜卑奴来了。"于是立刻命令骑兵追赶。这时已经相距好几里路了，追赶的军士于是询问刚才的那位老妇人道："刚才有没有看到一个黄胡须的人骑着马从这里经过？"老妇人答道："已经走了很长时间，你们追不上了。"于是骑兵便打消了继续追赶的念头，掉头回营了。

※ 原文

王右军[1]年减十岁时，大将军甚爱之，恒置帐中眠。大将军尝先出，右军犹未起。须臾，钱凤[2]入，屏[3]人论事，都忘右军在帐中，便言逆节[4]之谋。右军觉，既闻所论，知无活理，乃剔吐[5]污头面被褥，诈孰眠。敦论事造半，方意右军未起，相与大惊曰："不得不除之！"及开帐，乃见吐唾从横[6]，信其实孰眠，于是得全。于时称其有智。

※ 注释

1 王右军：王羲之，是王敦的堂侄。2 钱凤：字世仪，曾任王敦手下的铠曹参军。3 屏：屏退，使避开。4 逆节：指叛逆作乱。5 剔吐：呕吐。剔，作"阳"，通"佯"，假装。6 从横：纵横。从，同"纵"。

※ 译文

右军王羲之还不到十岁时，大将军王敦很喜欢他，常常让他在自己的床帐里睡觉。有一次大将军先从帐里出来，王羲之还没起来，一会儿钱凤来了，王敦遣开手下的人，一起商谈事情，完全忘了王羲之还在帐里，一起密谋叛乱的细节。王羲之醒后，听到了他们密谋的事情，知道自己会遭到灭顶之灾，于是吐口水弄脏头脸和被褥，装作自己还在熟睡。王敦事情商量到一半，才想到王羲之还没起床，两人大惊失色，说道："不能不杀掉他。"等他们掀开帐子，发现王羲之口水流得到处都是后，就相信他还在熟睡，于是王羲之的性命才得以保全。当时人们都赞扬王羲之有智谋。

※ 原文

陶公[1]自上流来赴苏峻之难，令诛庾公。谓必戮庾，可以谢峻。庾欲奔窜，则不可；欲会，恐见执，进退无计。温公[2]劝庾诣陶，曰："卿但遥拜，必无它。我为卿保之。"庾从温言诣陶。至，便拜。陶自起止之，曰："庾元规何缘拜陶士行？"毕，又降就下坐。陶又自要起同坐。坐定，庾乃引咎责躬[3]，深相逊谢。陶不觉释然[4]。

※ 注释

1 陶公：陶侃，字士行，当时担任征西大将军、荆州刺史。他曾说："苏峻作乱，衅由诸庾，诛其兄弟，不足以谢天下。"2 温公：温峤，字太真，当时担任江州刺史。3 引咎责躬：归罪于自己，责备自己。4 释然：疑惑消除的样子。

※ 译文

陶公（陶侃）从上游下来平息苏峻叛乱，他下令杀掉庾公（庾亮），说只有杀了庾公，才能稳住苏峻。庾公此时想逃跑已经不可能了，想见陶公又怕被抓起来，进退两难。温公（温峤）劝庾公去拜见陶公，他说："你只管远远地跪拜，一定不会有什么事，我替你担保。”庾公听从了温峤的建议，去拜见陶公，一见面就下拜。陶公起身阻止，说道：“庾元规为什么要拜我陶士行？”行完礼，庾公又屈身到下位坐下。陶公亲自起身邀请他和自己坐在一块儿。落座后，庾公就引咎自责，诚恳地谢罪，陶公也渐渐消除了对庾公的怨恨。

※ 原文

温公丧妇，从姑刘氏[1]，家值乱离散，唯有一女，甚有姿慧，姑以属公觅婚。公密有自婚意，答云：“佳婿难得，但如峤比云何？”姑云：“丧败[2]之余，乞粗存活，便足慰吾余年，何敢希汝比？”却后[3]少日，公报姑云：“已觅得婚处，门地粗可，婿身名宦，尽不减峤。”因下玉镜台[4]一枚。姑大喜。既婚，交礼，女以手披纱扇[5]，抚掌大笑曰：“我固疑是老奴[6]，果如所卜！”玉镜台，是公为刘越石[7]长史，北征刘聪[8]所得。

※ 注释

1 刘氏：既然是温峤堂姑母，应当称温氏，这里可能是随夫姓而称刘氏。又据《温氏谱》，温峤并未娶刘家女子，所以有人认为这是一篇虚构的文字。2 丧败：丧乱败落。3 却后：过后。4 玉镜台：一种玉制的梳妆用具，上面可以架镜子。5 纱扇：新娘用来遮脸的纱巾。6 老奴：老家伙，含有亲密调侃的意味。7 刘越石：刘琨，字越石，晋中山魏昌（今河北无极）人，曾任并州刺史、都督并冀幽三州军事，死后追赠侍中、太尉。在西晋衰微之时，有志辅佐帝室，司马睿在建康称晋王，身在北方的刘琨便派温峤南下劝进。8 刘聪：字玄明，匈奴族，十六国时期汉国国君。其父刘渊死后，他杀兄夺取帝位，后攻破西晋京都，俘虏怀、愍二帝。

※ 译文

温公（温峤）妻子死了。他的堂姑母刘氏，遭遇战乱和家人失散了，只有一个女儿，美丽聪慧。堂姑母嘱咐温公给女儿寻门亲事，温公私下已有自己娶她的意思，就回答道：“好女婿实在难找，如果是像我这样的怎么样？”堂姑母说：“遭遇战乱后侥幸生存的人，只求能马马虎虎地活下去，就足以告慰我的后半生了，哪里敢奢望你这样的人呢？”事后没几天，温公报告堂姑母说：“已经找到人家了，门第还算可以，女婿的名声地位都不比我差。”随即送了一个玉镜台作为聘礼，堂姑母非常高兴。结婚时行了交拜礼后，新娘用手掀开纱巾，拍手大笑说：“我本来就怀疑是你这老家伙，果然不出我所料！”玉镜台是温公担任刘越石手下的长史，北征刘聪时得到的战利品。

※ 原文

诸葛令[1]女，庾氏妇，既寡，誓云不复重出。此女性甚正强[2]，无有登车[3]理。恢既许江思玄[4]婚，乃移家近之。初诳女云：“宜徙于是。”家人一时去，独留女在后。比其觉，已不复得出。江郎莫来，女哭詈[5]弥甚，积日渐歇。江虨暝入宿，恒在对床上。后观其意转帖[6]，虨乃诈厌[7]，良久不悟，声气转急。女乃呼婢云：“唤江郎觉！”江于是跃来就之，曰：“我自是天下男子，厌何预卿事而见唤邪？既尔相关，不得不与人语。”女默然而惭，情义遂笃。

※ 注释

1 诸葛令：诸葛恢，字道明，官至尚书令。他的大女儿嫁给庾亮的儿子庾会。2 正强：正直倔强。3 登车：指出嫁时乘车到夫家。4 江思玄：江虨，字思玄，博学多才，曾任尚书左仆射、护军将军。5 詈：骂。6 帖：安定。7 厌：同“魇”，做噩梦。

※ 译文

尚书令诸葛恢的女儿是庾会的妻子，守寡以后，立誓说不再重新嫁人。这个女子性格非常正直倔强，没有再嫁的可能。诸葛恢答应江思玄（虨）求婚后，便把家迁到靠近江思玄的地方。起初他骗女儿说：“应当迁到这里。”后来全家人都走了，唯独把女儿留了下来。等她察觉后，已经无法出去了。江思玄傍晚到来，她哭骂得更厉害，好多天才逐渐安静下来。江思玄晚上进来就寝，总是在对面床上睡。后来见她的情绪渐渐安定，江思玄就假装做噩梦，许久不醒，声音和气息渐渐急促。她就招呼婢女说：“把江郎叫醒！”江思玄于是跳起来到她身边，说：“我本是世上的男人，做噩梦关你什么事，为何要叫醒我呢？你既然这样关心我，就不能不和我说话。”她默默无言，又感到羞愧，此后二人的感情才深厚起来。

※ 原文

愍度道人始欲过江，与一伧道人为侣，谋曰：“用旧义在江东，恐不办[1]得食。”便共立“心无义”。既而此道人不成渡。愍度果讲义积年。后有伧人来，先道人寄语云：“为我致意愍度，无义那可[2]立？治此计，权救饥尔！无为[3]遂负如来也。”

※ 注释

1 不办：不能。2 那可：怎么能。3 无为：同“勿为”，不能，不要。

※ 译文

憨度道人起初想要过江，他与一位北方的僧人结伴而行，两人计议道："单靠着原来的教义到江东，恐怕连饭都没得吃。"于是两人共同创立"心无义"说。之后这位北方的僧人并没有渡江去南方，而憨度道人却在渡过江后讲了多年的"心无义"说。后来有个北方人过江来，原先的那位僧人托他捎话说："请替我问候憨度道人，'心无义'说怎么能成立呢？想出这个办法，不过是为了暂且解决饿肚子的当务之急罢了。千万不能这样辜负了如来佛祖啊！"

※ 原文

王文度弟阿智[1]，恶乃[2]不翅[3]，当年长而无人与婚。孙兴公有一女，亦僻错，又无嫁娶理。因诣文度，求见阿智。既见，便阳言："此定可，殊不如人所传，那得至今未有婚处？我有一女，乃不恶[4]，但吾寒士，不宜与卿计，欲令阿智娶之。"文度欣然而启蓝田云："兴公向来，忽言欲与阿智婚。"蓝田惊喜。既成婚，女之顽嚚，欲过阿智。方知兴公之诈。

※ 注释

1 阿智：王处之，字文将，小字为阿智。阿为前辅助语词，无实义。2 乃：颇，甚。六朝的口语词。3 不翅：即"不啻"，意思是不只，不止。4 乃不恶：不坏，不错。

※ 译文

王文度（坦之）的弟弟阿智（王处之）非常凶恶，年岁大了都还没有人肯与他结亲。孙绰有个女儿，也非常乖僻，一直都嫁不出去。孙绰于是去拜访文度，要求见见阿智。见面以后，孙绰假意说道："这个孩子一定很好，并不像外边流传的那样，怎么至今还没有婚娶呢？我有个女儿，也很不错，不过我是个贫寒之士，本不该与你商量，我想让阿智娶她。"王文度听后便急忙高兴地去告诉父亲王述，他说："兴公刚才来过，忽然提出要把女儿嫁给阿智。"王述听后又惊又喜。结婚后，女方的顽愚固执远远超过阿智，这才知道了孙绰的狡诈。

※ 原文

谢遏年少时，好著紫罗香囊，垂覆手[1]，太傅患之，而不欲伤其意。乃谲[2]与赌，得即烧之。

※ 注释

1 覆手：手巾之类。2 谲：诡诈，设计谋。

※ 译文

谢玄年轻的时候，喜欢佩戴用紫色的锦罗制成的香袋，还垂着手巾之类的服饰。谢安很为此担忧，但是又不想使他伤心。于是就设计与他赌，香囊赢过来后便立即将其烧掉。

黜免第二十八

黜免记载了关于黜退而免官的人和事，反映出魏晋时期统治阶级内部的权力斗争。

※ 原文

诸葛厷[1]在西朝，少有清誉，为王夷甫所重，时论亦以拟王。后为继母族党[2]所谗，诬之为狂逆[3]。将远徙，友人王夷甫之徒，诣槛车[4]与别。厷问："朝廷何以徙我？"王曰："言卿狂逆。"厷曰："逆则应杀，狂何所徙？"

※ 注释

1 诸葛厷：字茂远，官至司空主簿。2 族党：同族亲属。3 狂逆：狂放叛逆。4 槛车：押解犯人的囚车。

※ 译文

诸葛厷在西晋时，年纪轻轻就声名远播，深受王夷甫（衍）的器重，当时人们也把他和王夷甫相比。后来遭到继母家族的陷害，诬告他狂妄叛逆。即将流放时，他的朋友王夷甫等人，到囚车前和他告别。诸葛厷问："朝廷为什么要流放我？"王夷甫说："有人说你狂妄叛逆。"诸葛厷说："叛逆该杀头，狂妄有什么要流放的？"

※ 原文

桓公入蜀[1]，至三峡中，部伍[2]中有得猿子者。其母缘岸哀号，行百余里不去，遂跳上船，至便即绝。破视其腹中，肠皆寸寸断。公闻之怒，命黜其人。

※ 注释

1 入蜀：指桓温伐蜀一事。2 部伍：部队。

※ 译文

桓公（桓温）率领部队进入四川，经过三峡时，队伍里有人捉住一只小猿，母猿沿岸一直跟着，哀鸣哭号，走了一百多里都不肯离去。最后母猿跳到船上，刚落甲板就气绝身亡。有人剖开母猿的肚子，看到肠子全都断成一寸一寸的。桓公听到此事后大怒，下令把那个捉猿的人从军中开除。

※ 原文

殷中军被废[1]，在信安，终日恒书空作字。扬州吏民寻义逐之，窃视，唯作“咄咄怪事[2]”四字而已。

※ 注释

1 被废：指殷浩北伐失败被废为庶人一事。2 咄咄怪事：使人吃惊的怪事。咄咄，表示惊叹诧异的声音。

※ 译文

中军将军殷浩被废为平民后，住在信安，整天总是对着空中写字。扬州的官民因为追念他的恩义就跟随他，暗中察看，发现殷浩只是在写“咄咄怪事”四个字而已。

※ 原文

桓公坐有参军椅[1]烝薤[2]不时解，共食者又不助，而椅终不放，举座皆笑。桓公曰：“同盘尚不相助，况复危难乎？”敕令免官。

※ 注释

1 椅：当据《太平御览》卷九百七十七作“掎”，指用筷子夹取食物。2 烝薤：同“蒸薤”，把米和薤调上油豉蒸熟的一种食物。由于蒸熟后凝结得像饭一样，所以很难夹取。薤，也称藠头，一种多年生草本植物，地下有鳞茎可食用。

※ 译文

桓公（桓温）举行宴会，席间有一名参军用筷子夹蒸薤，沾在一起夹不开，一起进餐的人都不帮助他，参军就夹住蒸薤不放，在座的人都笑了。桓公说：“同桌吃饭尚且不肯互相帮助，何况是有危难的时候呢？”于是下令免去在座人的职务。

※ 原文

殷中军废后，恨简文[1]曰：“上人著百尺楼上，儋[2]梯将去。”

※ 注释

1 恨简文：简文帝司马昱当时以抚军、录尚书事辅佐朝政，殷浩兵败后被罢免，虽然是桓温提议的，但认可这一提议并奏请皇帝的却是司马昱。2 儋：通“担”，扛。

※ 译文

中军将军殷浩被废为平民后，抱怨简文帝司马昱说：“让人爬上百尺高的楼上，却把梯子给扛走了。”

※ 原文

邓竟陵[1]免官后赴山陵，过见[2]大司马桓公。公问之曰：“卿何以更瘦？”邓曰：“有愧于叔达，不能不恨于破甑[3]！”

※ 注释

1 邓竟陵：邓遐，字应远，曾任桓温手下的参军，官至竟陵太守，后桓温在枋头兵败，迁怒于他，被免官。2 过见：拜访。3 “有愧”二句：意思是自己涵养不够，不能不抱怨被免官的事，因而愧对叔达。叔达，孟敏，字叔达，东汉人，他客居太原时，随身携带的饭甑坠地打碎，他认为既已破碎，看也无用，就头也不回地走了。当时的名流郭泰为此很欣赏他。甑，一种陶制的炊具。

※ 译文

竟陵太守邓遐罢官后去参加简文帝的葬礼，同时去拜访大司马桓温，桓温问他：“你怎么越来越瘦了？”邓遐说：“我对于叔达（孟敏）有愧，不像他那样豁达，即使瓦甑碎了也毫不抱怨。”

※ 原文

桓宣武既废太宰父子[1]，仍上表曰："应割近情，以存远计。若除太宰父子，可无后忧。"简文手答表曰："所不忍言，况过于言。"宣武又重表，辞转苦切[2]。简文更答曰："若晋室灵长[3]，明公便宜奉行此诏。如大运去矣，请避贤路[4]！"桓公读诏，手战流汗，于此乃止。太宰父子，远徙新安。

※ 注释

1 太宰父子：指司马晞、司马综父子二人。司马晞，字道升，简文帝的哥哥，官至太宰。简文帝辅政时，司马晞因未能掌权而有所不满。简文帝即帝位后，桓温告他谋反，奏请逮捕司马晞父子并处以死刑，简文帝不答应，后流放到扬州新安郡（治所在今浙江淳安西）。2 苦切：急切。3 灵长：绵延久长。4 避贤路：让开贤人得以进用的道路，这里的意思是自己让位给桓温。这是一句言辞很重的话，所以桓温才"手战流汗"。

※ 译文

宣武侯桓温废黜太宰司马晞父子后，又上奏章说："应该割舍亲情，确保长远大计。如果除掉太宰父子，就没有后顾之忧了。"简文帝司马昱亲自在奏章上批示说："这是我不忍心说的，何况所做的已超过所说的。"桓温又再次上奏章，言辞更加急切。简文帝又批示说："如果晋室国运长久，你就应该执行这道诏令；如果运势已去，就请允许我让开进用贤人的道路！"桓温读罢诏书，双手大颤，脸上流汗，才打消了这个念头。太宰父子于是被流放到遥远的新安郡。

※ 原文

桓玄败[1]后，殷仲文[2]还为大司马[3]咨议[4]，意似二三[5]，非复往日。大司马府听[6]前，有一老槐，甚扶疏[7]。殷因月朔[8]，与众在听，视槐良久，叹曰："槐树婆娑[9]，无复生意！"

※ 注释

1 败：指桓玄篡位遭北府兵将领刘裕起兵声讨，桓玄兵败被杀。2 殷仲文：桓玄的姐夫，曾帮助桓玄谋反，用为侍中，后被刘裕所杀。3 大司马：这里指琅琊王司马德文，即后来的晋恭帝。4 咨议：即咨议参军，谋议军事要务，位在其他参军之上。5 二三：指反复无定，错乱异常。6 听：通"厅"，厅事，厅堂。官府办公议事的地方。7 扶疏：枝叶繁茂而分披下垂的样子。8 月朔：每月初一。9 婆娑：这里指枝叶倾伏乏力的样子。

※ 译文

桓玄失败后，殷仲文回来继续担任大司马刘裕的咨议参军，他有些心神不宁，三心二意，不再像从前那样了。大司马府的堂前有一棵老槐树，枝叶很茂盛。殷仲文在初一这天和大家到厅堂集会，他凝视槐树良久，感叹说："槐树枝叶倾伏乏力，再也没有生机了！"

俭啬第二十九

俭啬记载了士人节俭和吝啬两种品行。反映节俭的如陶侃；反映吝啬的如王戎。

※ 原文

和峤[1]性至俭，家有好李，王武子求之，与不过数十。王武子因其上直[2]，率将[3]少年能食之者，持斧诣园，饱共啖毕，伐之，送一车枝与和公。问曰："何如君李？"和既得，唯笑而已。

※ 注释

1 和峤：字长舆，生性吝啬，因此受到世人的讥讽。下文王武子是他的妻舅。2 上直：入官署值班。3 率将：带领。

※ 译文

和峤生性吝啬，家里有非常好的李子树，王武子（济）向他要些李子时，他只给了几十个。王武子乘他上朝值班的时候，率领年轻体壮能吃的人，手持斧头来到他的果园，一起大吃一顿，然后就把树给砍了，还送了一车树枝给和峤，问他说："和你们家的李子树相比怎么样？"和峤收下这些树枝后，只有苦笑而已。

※ 原文

王戎[1]俭吝，其从子[2]婚，与一单衣，后更责[3]之。

※ 注释

1 王戎：字浚冲，生性吝啬，极爱聚敛财物，世人常常以此讥笑他。2 从子：侄儿。3 责：索取。

※ 译文

王戎十分吝啬，侄子结婚，他送了一件单衣，侄子婚后他又去要了回来。

※ 原文

司徒王戎，既贵且富，区宅、僮牧、膏田、水碓[1]之属，洛下无比。契疏[2]鞅掌[3]，每与夫人烛下散筹[4]算计。

※ 注释

1 水碓：利用水力舂米的工具。2 契疏：券契账簿。3 鞅掌：繁多的样子。4 筹：又叫筹马、筹码，计数用的工具。

※ 译文

司徒王戎，地位显贵，十分富有，家中的宅院、奴仆、田地以及水碓之类的财物，在洛阳无人能和他相比。家里有很多券契账簿，他常常和妻子一起在烛光下摆开筹码算账。

※ 原文

王戎有好李，卖之，恐人得其种，恒钻其核。

※ 译文

王戎家有良种李子树，卖李子时他生怕别人会得到李子的树种，就把李子核给钻破了。

※ 原文

王戎女适裴頠，贷钱数万。女归[1]，戎色不说。女遽[2]还钱，乃释然。

※ 注释

1 归：已婚妇女回娘家。2 遽：急忙，迅速。

※ 译文

王戎的女儿嫁给了裴頠，向父亲借了几万钱。女儿回娘家时，王戎脸色很不好，女儿就急忙把钱还给他，王戎这才高兴起来。

※ 原文

卫江州[1]在浔阳，有知旧[2]人投之，都不料理[3]，唯饷“王不留行[4]”一斤。此人得饷，便命驾。李弘范[5]闻之，曰：“家舅刻薄，乃复驱使草木。”

※ 注释

1 卫江州：卫展，字道舒，晋人，历任南阳太守、江州刺史、廷尉。2 知旧：故交，老友。3 料理：照顾，安排。4 王不留行：也称王不留，一种药草名。卫展送此物，暗示他不留友人。5 李弘范：当据《晋书》本传作“李弘度”。李充，字弘度，官至中书侍郎。

※ 译文

江州刺史卫展在浔阳时，有一位老友来投奔他，他一点也不好好招待，只是送了一斤“王不留行”草药给他，老友得到这种馈赠，立即坐车走了。李充听说此事后，说：“我舅舅太刻薄了，竟然驱使草木为他送客。”

※ 原文

王丞相俭节，帐下[1]甘果，盈溢不散。涉春烂败，都督[2]白之，公令舍去。曰：“慎不可令大郎[3]知。”

※ 注释

1 帐下：营帐中。2 都督：这里指帐下领兵的人，相当于卫队长。3 大郎：大公子，这里指王悦，王导的长子。

※ 译文

丞相王导生性节俭，家里的水果堆积如山，也不给别人。到了春天，水果都烂了，管家把这件事告诉他，他下令扔掉，还说：“千万不要让大郎（王导的大儿子）知道。”

※ 原文

苏峻之乱，庾太尉南奔[1]见陶公。陶公雅相赏重。陶性俭吝，及食，啖薤，庾因留白[2]。陶问："用此何为？"庾云："故可种。"于是大叹庾非唯风流，兼有治实。

※ 注释

1 南奔：此时陶侃在浔阳（今江西九江），庾亮自建康（今江苏南京）去见他，因浔阳在建康西南，所以说南奔。2 白：指薤的地下根部分，色白，可以吃，也可以再种。

※ 译文

苏峻叛乱时，太尉庾亮南逃，去见陶公（陶侃），陶公对他十分赏识器重。陶公生性节俭，吃饭时，给他吃薤头，庾亮就把根白留下了。陶公问他："你要这个有什么用？"庾亮说："还可以再种。"陶公因此大加赞叹，说庾亮不仅才华出众，而且具有治世的本领。

※ 原文

郗公大聚敛，有钱数千万。嘉宾意甚不同，常朝旦[1]问讯，郗家法，子弟不坐，因倚语[2]移时[3]，遂及财货事。郗公曰："汝正当欲得吾钱耳！"乃开库一日，令任意用。郗公始正谓损数百万许。嘉宾遂一日乞与[4]亲友，周旋[5]略尽。郗公闻之，惊怪不能已已。

※ 注释

1 朝旦：早晨。2 倚语：站着说话。3 移时：过了很长时间。4 乞与：送给。5 周旋：有交往的人，朋友。

※ 译文

郗公（郗愔）大肆搜刮钱财，有几千万钱，郗嘉宾（超）非常反感他这样做。有一次早晨去请安，按郗家的家规，子弟们不能坐着，他便站了很长时间，把话题转移到钱财上来。郗公说："你不过是想要我的钱罢了！"于是就敞开钱库一天，让他随便取用。郗公原本以为只会损失几百万钱，没想到郗嘉宾在一天之内几乎把钱都给了亲朋好友。郗公闻听后，惊诧不已。

汰侈第三十

汰侈描写了魏晋时期统治者的纵情挥霍和享受，揭露出他们腐朽堕落的生活。

※ 原文

石崇每要[1]客燕[2]集，常令美人行酒；客饮酒不尽者，使黄门[3]交斩美人。王丞相与大将军尝共诣崇。丞相素不能饮，辄自勉强，至于沈醉。每至大将军，固[4]不饮以观其变，已斩三人，颜色如故，尚不肯饮。丞相让[5]之，大将军曰："自杀伊家人，何预卿事！"

※ 注释

1 要：通"邀"，邀请。2 燕：通"宴"。3 黄门：黄门令，多为宦者。4 固：坚持，固执。5 让：责备。

※ 译文

石崇每次请客宴饮，总让美女劝酒，客人倘若没有喝完，就要让内侍把劝酒的美女杀掉。王导和王敦曾经一起去拜访他。王导平时不怎么喝酒，这天一再强迫自己喝，结果大醉。每次轮到王敦的时候，他都不喝，以便观察事态的变化，已经有三个人被杀了，王敦依然面不改色，并且还是不肯喝。王导责备他，王敦说："他自己杀自己家里的人，与你有什么关系呢？"

※ 原文

石崇厕，常有十余婢侍列，皆丽服藻饰[1]。置甲煎粉[2]、沉香汁[3]之属，无不毕备。又与新衣著令出，客多羞不能如厕。王大将军往，脱故衣，著新衣，神色傲然。群婢相谓曰："此客必能作贼。"

※ 注释

1 藻饰：打扮。2 甲煎粉：把甲煎（一种螺）研磨后加上香料而制成的粉。3 沉香汁：用沉香木炮制而成的香水。

※ 译文

石崇家的厕所里，总有十几个婢女站在一旁侍候着，她们都穿着华丽的服饰。厕所内还放着甲煎粉、沉香汁之类的香料，无不齐备。又让上完厕所的客人换上新衣服后出来，有的客人不好意思，就不上厕所了。大将军王敦去时，脱下旧衣服，换上新衣服，神色非常傲慢。婢女们议论说："这个人一定会造反。"

※ 原文

武帝尝降[1]王武子家，武子供馔，并用琉璃器。婢子百余人，皆绫[2]罗[3]绔[4]褶[5]，以手擎饮食。烝豚肥美，异于常味。帝怪而问之，答曰："以人乳饮豚。"帝甚不平，食未毕，便去。王、石所未知作。

※ 注释

1 降：莅临。2 绫：薄且有彩纹的丝织品。3 罗：轻而有眼纹的丝织品。4 绔：同"裤"，裤子。5 褶：女子的上衣。

※ 译文

晋武帝（司马炎）曾经莅临女婿王济家里。王济供献酒食，并且用的都是琉璃器皿。一百多名身穿绫罗衣裤的婢女，用手举着食品。有一道蒸乳猪，肥嫩鲜美，不同于一般的味道。晋武帝很奇怪，就问王济，王济说："这是用人奶喂养的小猪。"晋武帝心中不快，没吃完就走了。王恺和石崇再富裕，都不知道这么做。

※ 原文

王君夫尝责一人无服余衵[1]，因直内著[2]阁[3]曲重闺里，不听[4]人将出。遂饥经日[5]，迷不知何处去。后因缘[6]相为，垂死，乃得出。

※ 注释

1 衵：内衣。2 著：介词，在。3 阁：同"阁"。4 听：听任，由着。5 经日：日复一日。这里指多日。6 因缘：依据，凭借。

※ 译文

王恺曾经惩罚一人，只让他穿着一件内衣，不让多穿。由于要去上朝，因此就把那个人关在深宅内院里，谁都不许将其放出来。这个人就这样饿了好几天，浑浑噩噩找不到出路。后来靠别人帮助，都快要死了，才被放了出来。

※ 原文

石崇与王恺争豪，并穷绮丽[1]，以饰舆服[2]。武帝，恺之甥也，每助恺。尝以一珊瑚树[3]，高二尺许赐恺[4]。枝柯扶疏[3]，世罕其比。恺以示崇，崇视讫，以铁如意击之，应手而碎。恺既惋惜，又以为疾己之宝，声色甚厉。崇曰："不足恨，今还卿。"乃命左右悉取珊瑚树，有三尺、四尺，条干绝世，光彩溢目者六七枚，如恺许[5]比甚众。恺惘然[6]自失。

※ 注释

1 绮丽：华美艳丽。2 舆服：车马服饰。3 珊瑚树：由珊瑚虫的分泌物聚结而成的树状物体，有红、白、黑色等，可供玩赏。4 扶疏：枝条繁茂的样子。5 许：这样，如此。6 惘然：精神恍惚、若有所失的样子。

※ 译文

石崇和王恺斗富，二人都极尽奢华地装饰自己的车马服装。晋武帝司马炎是王恺的外甥，他常常帮助王恺。有一次送给王恺一棵二尺多高的珊瑚树，枝条繁茂，世间少有。王恺拿给石崇看，石崇看罢，随手举起铁如意向珊瑚树砸去，珊瑚树应声而碎。王恺非常惋惜，还以为石崇妒忌自己的珍宝，所以声色俱厉地指责石崇。石崇说："这不值得遗憾，我今天就赔给你。"于是命令手下把珊瑚树都拿了出来，有的三尺高、有的四尺高，枝条都极其漂亮，世上罕见，光彩夺目，这样的珊瑚树石崇有六七棵，像王恺那株差不多的就更多了。王恺顿时觉得惘然若失。

※ 原文

王武子被责[1]，移第北邙[2]下。于时人多地贵，济好马射，买地作埒[3]，编钱匝地竟埒。时人号曰"金沟"。

※ 注释

1 王武子被责：王济被任命为河南尹，尚未到任，因为经过王宫时鞭打了王府官吏而被免官。责，责罚。2 北邙：山名，在洛阳东北。3 埒：矮墙，这里指骑射场地四周的土围墙。

※ 译文

王武子（济）遭贬，把家迁到了北邙山下。当时人多地贵，王武子喜欢骑马射箭，就买地修建了跑马场，价格相当于把钱用绳子串起来围着跑马场铺一圈。当时人们称此为“金沟”。

※ 原文

石崇每与王敦入学戏，见颜、原象而叹曰：“若与同升孔堂，去人何必有间！”王曰：“不知余人云何[1]，子贡去卿差[2]近。”石正色云：“士当令身名俱泰，何至以瓮牖[3]语人！”

※ 注释

1 云何：怎么样。2 差：副词，比较。3 瓮牖：原宪生活贫困，但是却安贫乐道。他住的屋子窗户是用陶瓮做的。

※ 译文

石崇每每同王敦一起去学校玩，看到颜回和原宪的像，石崇总是叹息说：“如果能同他们一起进入孔子的学堂，也不一定能相差多远。”王敦说：“我不知道其他人如何，子贡和你比较近。”石崇很严肃地说：“身为读书人，应当使生活和名誉都达到美满。怎么能拿用陶瓮作窗户之类的话题来同他人交谈呢？”

※ 原文

彭城王有快牛，至爱惜之。王太尉与射，赌得之。彭城王曰：“君欲自乘，则不论；若欲啖者，当以二十肥者代之。既不废啖，又存所爱。”王遂杀啖。

※ 译文

彭城王司马权有一头走得非常快的牛，彭城王非常爱惜它。王太尉（衍）同他比试射箭，赌赢了这头牛。彭城王说：“倘若是您自己想乘骑，那就什么都不用说了，倘若您是想要吃掉它，则我愿意用二十头肥牛来换它。既让您有了吃的，又保全了我的爱物。”王太尉最终还是把那头牛杀掉吃了。

※ 原文

王右军少时，在周侯末坐，割牛心[1]啖之。于此改观。

※ 注释

1 牛心：当时的习俗认为牛心最珍贵。周顗当时很有声望，他先切牛心给王羲之吃，表明了对王羲之的重视。

※ 译文

右军王羲之年轻时，在武城侯周顗举行的宴会上位列末座，周顗把割下的牛心给他吃，从此人们就改变了对他的看法。

忿狷第三十一

忿狷记载了士人急躁易怒、心胸狭窄的个性，其中流传最广的是王蓝田食鸡子的事。

※ 原文

魏武有一妓，声最清高，而性情酷[1]恶。欲杀则爱才，欲置则不堪。于是选百人一时俱教。少时果有一人声及之，便杀恶性[2]者。

※ 注释

1 酷：极，非常。2 恶性：性情暴躁。

※ 译文

魏武帝曹操有一名歌女，声音清丽高亢，可是性情冷酷暴躁。魏武帝想杀掉她又怜惜她的才华，要留下她又不能忍受她的脾气。于是选来一百名歌女，同时教她们唱歌。不久，果然就有一个人的声音赶上了她，魏武帝立即把那个脾气暴躁的歌女杀了。

※ 原文

王蓝田性急。尝食鸡子，以箸[1]刺之，不得，便大怒，举以掷地。鸡子于地圆转未止，仍下地以屐齿[2]蹍之，又不得。瞋甚，复于地取内口中，啮破即吐之。王右军闻而大笑曰："使安期[3]有此性，犹当无一豪[4]可论，况蓝田邪？"

※ 注释

1 箸：筷子。2 屐齿：木板鞋底部的齿状木头。3 安期：王承，字安期，王述的父亲，很有名望。4 豪：通"毫"，比喻极其细微的地方。

※ 译文

蓝田侯王述性情急躁。有一次吃鸡蛋，他拿筷子去戳鸡蛋，没戳着，顿时大怒，拿起鸡蛋就扔到地上。鸡蛋着地后滴溜溜地转个不停，王蓝田又跳下地用木屐齿去踩，又没踩中。王蓝田气疯了，把鸡蛋从地上捡起放到嘴里，嚼烂了就吐了出来。右军将军王羲之听说此事后大笑说："假使安期（王蓝田父亲）有这个脾气，尚且没什么值得可取的，何况是王蓝田呢！"

※ 原文

王司州尝乘雪往王螭许。司州言气少有牾逆[1]于螭，便作色不夷。司州觉恶，便舆床就之，持其臂曰："汝讵复足与老兄[2]计？"螭拨其手曰："冷如鬼手馨[3]，强来捉人臂！"

※ 注释

1 牾逆：不服顺。2 老兄：面对弟辈的自称，具有亲昵的意味。3 馨：语气词，相当于"样""般"，晋宋时期，口语中常用。

※ 译文

王司州（胡之）曾经冒雪到王螭家去。司州的言辞、口气稍微有点不合王螭的意，王螭脸上立刻露出不高兴的神色。司州发现不妙，就挪动坐榻靠近王螭，拉住他的手臂说："你怎么能和老兄计较呢？"王螭拨开他的手说："你的手冰凉得像鬼一样，还来抓人家的手臂！"

※ 原文

桓宣武与袁彦道樗蒱[1]，袁彦道齿[2]不合，遂厉色掷去五木[3]。温太真云："见袁生迁怒，知颜子[4]为贵。"

※ 注释

1 樗蒱：一种赌博游戏，类似后世的掷骰子。2 齿：博齿，指骰子上的点数。3 五木：赌博用具，两头尖细，中间扁平，两面分别为黑白二色。因每副五枚，用木头制成，所以叫五木。4 颜子：颜回，字子渊，孔子的学生。《论语·雍也》中记载孔子的话说："有颜回者好学，不迁怒，不贰过。"不迁怒，不把怒气发泄到另一个人的身上。不贰过，不会犯和以前同样的错误。

※ 译文

宣武侯桓温和袁彦道（耽）赌博，袁彦道掷出的点数不合心意，就火冒三丈地把五个色木都扔了。温太真（峤）说："见袁生把怒气迁移到五色木上面，更知道颜回是值得尊敬的。"

※ 原文

谢无奕[1]性粗强[2]。以事不相得，自往数[3]王蓝田，肆言极骂。王正色面壁不敢动。半日，谢去，良久，转头问左右小吏曰："去未？"答云："已去。"然后复坐。时人叹其性急而能有所容。

※ 注释

1 谢无奕：谢奕，字无奕，曾任安西司马、安西将军、豫州刺史，死后追赠镇西将军。2 粗强：粗暴倔强。3 数：数落，责备。

※ 译文

谢无奕（奕）性情粗暴蛮横，因为一件事和王蓝田（述）不和，就自己跑到王蓝田那里数落他，破口大骂。王蓝田神情严肃地面对墙壁，一动也不动。骂了半天，谢无奕走了。过了很久，王蓝田才掉过头来，问身边的侍从："走了吗？"侍从回答："已经走了。"王蓝田这才回到座位上。当时人们赞赏王蓝田虽然性急却能有所容忍。

※ 原文

王令[1]诣谢公，值习凿齿[2]已在坐，当与并榻[3]。王徙倚[4]不坐，公引之与对榻。去后，语胡儿[5]曰："子敬实自清立，但人为尔，多矜咳[6]，殊足损其自然。"

※ 注释

1 王令：王献之，字子敬，官至尚书令。2 习凿齿：字彦威，官至荥阳太守。3 并榻：合坐一榻。下文"对榻"指坐在对面的榻上。4 徙倚：徘徊。5 胡儿：谢朗，字长度，小字胡儿，谢安的侄儿。6 矜咳：矜持固执。据徐震堮《世说新语校笺》说，咳，一本作硋，疑是。又说："晋人讲门第，士庶不同坐，书中屡见，谢安见献之不肯与习同榻，故以拘于习俗讥之。"

※ 译文

尚书令王子敬（献之）去拜访谢公（谢安），恰巧习凿齿也在，按道理，王子敬应该和习凿齿坐同一张榻。王子敬却走来走去地不肯坐下，谢公于是让他和习凿齿对座。王子敬走后，谢公对胡儿（谢朗）说："子敬确实清高特立，不过显得做作，这样过分地矜持拘泥，尤其伤害了他的自然本性。"

※ 原文

王大[1]、王恭[2]尝俱在何仆射[3]坐。恭时为丹阳尹，大始拜荆州。讫将乖[4]之际，大劝恭酒。恭不为饮，大强逼之，转苦，便各以裙[5]带绕手。恭府近千人，悉呼入斋，大左右虽少，亦命前，意便欲相杀。何仆射无计，因起排坐二人之间，方得分散。所谓势利之交，古人羞之。

※ 注释

1 王大：王忱，字元达，小字佛大。2 王恭：字孝伯，他是王忱的族侄，但两人感情不和。3 何仆射：何澄，字子玄，为人清正而有名望，曾任尚书左仆射。4 乖：分别。5 裙：下衣。

※ 译文

王大（王忱）、王恭曾一道在尚书左仆射何澄家做客。王恭当时任丹阳尹，王大刚出任荆州刺史。快分别的时候，王大向王恭劝酒，王恭不喝，王大就逼着他喝，越来越激烈，最后双方都撩起衣服，准备动武了。王恭府上有近千人，全都叫进屋里。王大手下人数虽少，也都奉命前来，双方摆开阵势，准备厮杀。何澄万般无奈，便站起来坐在两人的中间，这才使得双方散去。这种势利之交，古人都认为是羞耻的。

※ 原文

桓南郡小儿时，与诸从兄弟各养鹅共斗。南郡鹅每不如，甚以为忿。乃夜往鹅栏间，取诸兄弟鹅悉杀之。既晓，家人咸以惊骇，云是变怪，以白车骑[1]。车骑曰："无所致怪，当是南郡[2]戏耳！"问，果如之。

※ 注释

1 车骑：指桓冲，字幼子，桓玄的叔叔，曾任车骑将军。2 南郡：桓温死时，桓玄才四岁，袭爵南郡公，所以这里直接称他为南郡。

※ 译文

南郡公桓玄小的时候，和堂兄弟们一起养鹅，然后互相斗着玩。桓玄养的鹅常常斗败，他非常气愤，于是夜里跑到鹅栏里，把堂兄弟们的鹅全都给杀了。天亮后，家人发现此事都非常惊恐，以为是什么灾害，就把这件事告诉了车骑将军桓冲。桓冲说："不是什么怪事，一定是桓玄搞的鬼！"一问，果然如此。

谗险第三十二

谗险叙述的是进谗者为了自己的利益而极力诋毁他人的行德，反映了当时政治环境的险恶。

※ 原文

王平子形甚散朗[1]，内实劲侠[2]。

※ 注释

1 散朗：闲适爽朗。2 劲侠：刚正侠义。

※ 译文

王平子（澄）外表看来非常闲适爽朗，但内心却是刚正侠义。

※ 原文

袁悦[1]有口才，能短长说[2]，亦有精理。始作谢玄参军，颇被礼遇。后丁艰[3]，服除还都，唯赍《战国策》而已。语人曰："少年时读《论语》《老子》，又看《庄》《易》，此皆是病痛[4]事，当何所益邪？天下要物，正有《战国策》。"既下，说司马孝文王[5]，大见亲待，几乱机轴[6]。俄而见诛。

※ 注释

1 袁悦：字元礼，官至骠骑咨议。晋孝武帝太元年间，他深受会稽王司马道子的信任，经常劝道子专揽朝政。王恭知道这事后，报告了孝武帝，孝武帝借其他罪名杀死了他。袁悦曾离间王忱、王恭。2 短长说：战国纵横家所用的游说之辞。短长，《战国策》的书名曾称为《短长》，主要记述战国时纵横家的言论和行动，由汉代刘向根据先秦史料编订而成。3 丁艰：遭遇父亲或母亲的丧事。4 病痛：小病，比喻小事。5 司马孝文王：会稽王司马道子，字也叫道子，晋孝武帝的胞弟，死后谥为孝文。6 机轴：比喻国家的重要部门。机，弩牙。轴，车轴。

※ 译文

袁悦很有口才，擅长纵横家的游说之术，说理很深刻。开始担任谢玄的参军时，很受器重。后来回家守丧，丧期过后回到京都，只带了本《战国策》。他对人说："年轻时读《论语》《老子》，还读了《庄子》《周易》，这些说的都是些不痛不痒的小事，读了能有什么收获呢？天底下最重要的书，只有《战国策》。"到了京都后，游说孝文王司马道子，很受宠信和款待，几乎搅乱了朝纲，不久就被杀了。

※ 原文

孝武甚亲敬王国宝[1]、王雅[2]。雅荐王珣于帝，帝欲见之。尝夜与国宝及雅相对，帝微有酒色，令唤珣。垂至，已闻卒传声，国宝自知才出珣下，恐倾夺[3]其宠，因曰："王珣当今名流，陛下不宜有酒色见之，自可别诏召也。"帝然其言，心以为忠，遂不见珣。

※ 注释

1 王国宝：字也叫国宝，王绪的从祖兄，因和司马道子有姻亲，也深受其信任。会稽王司马道子辅政时，重用王绪、王国宝，两王互相勾结，扰乱朝政，后来王恭、殷仲堪联合起兵声讨，王绪被杀，王国宝被赐死。2 王雅：字茂建，曾任太子少傅、尚书左仆射。3 倾夺：争夺。

※ 译文

孝武帝司马曜非常信任王国宝和王雅。王雅向孝武帝举荐王珣，孝武帝想见见他。一天晚上，孝武帝和王国宝、王雅在一起，孝武帝略有醉意，他下令传王珣晋见。王珣快要到了，已经听到士兵传唤的声音。王国宝自知才华在王珣之下，害怕他会夺了自己的宠幸，就对孝武帝说："王珣是当今的名流，陛下不该在酒后召见他，可以改日再下令召见他。"孝武帝觉得他说得很对，认为他忠心耿耿，就没有召见王珣。

※ 原文

王绪[1]数谗殷荆州于王国宝，殷甚患之，求术于王东亭。曰："卿但数诣王绪，往辄屏人，因论它事，如此，则二王之好离矣。"殷从之。国宝见王绪，问曰："比[2]与仲堪屏人何所道？"绪云："故是常往来，无它所论。"国宝谓绪于己有隐，果情好日疏，谗言以息。

※ 注释

1 王绪：字仲业，曾任会稽王司马道子从事中郎，深受宠幸。2 比：近来。

※ 译文

王绪屡次在王国宝面前说荆州刺史殷仲堪的坏话，殷仲堪因此很烦恼，他向东亭侯王珣求教对付的办法。王珣说："你只要频繁地去拜访王绪，到了以后就叫身边的人退下，然后说些不相干的事。这样，就会离间他和王国宝的关系。"殷仲堪按王东亭说的去做了。后来王国宝见到王绪，问道："最近你和殷仲堪在一起时总要赶走侍从，你们都说些什么呢？"王绪说："我们只是一般的来往，没有谈其他的事情。"王国宝觉得王绪对自己有所隐瞒，两人感情开始一天比一天疏远，谗言也因此平息了。

尤悔第三十三

尤悔记载着士人对于自己过失所引发的悔恨，涉及面极广，大到政治斗争，小至生活琐事，表现出士人们对于自我行为的反省能力。

※ 原文

魏文帝忌弟任城王[1]骁壮。因在卞太后[2]阁共围棋，并啖枣，文帝以毒置诸枣蒂中，自选可食者而进，王弗悟，遂杂进之。既中毒，太后索水救之。帝预敕左右毁瓶罐，太后徒跣趋井，无以汲。须臾遂卒。复欲害东阿[3]，太后曰："汝已杀我任城，不得复杀我东阿！"

※ 注释

1 任城王：曹彰，字子文，曹操的儿子，和曹丕、曹植都是卞夫人所生，曹丕即位后，封任城王。2 卞太后：曹丕的母亲，曹丕即位时尊为太后。3 东阿：指曹植，字子建，封东阿王。

※ 译文

魏文帝曹丕嫉恨弟弟任城王曹彰的骁勇强壮。他趁着在卞太后屋里一块儿下围棋吃枣的机会，把毒放在枣蒂里，他自己挑没有毒的吃，任城王不知道，就把有毒没毒的都一起吃了。中毒后，卞太后找水救他。魏文帝早事先让手下把瓶子、瓦罐都砸了，太后光着脚跑到井边，却没法打水。不久，任城王死了。随后，魏文帝又要加害东阿王曹植，卞太后对他说："你已经杀了我的任城王，不要再杀我的东阿王了。"

※ 原文

陆平原河桥败[1]，为卢志[2]所谗，被诛。临刑叹曰："欲闻华亭[3]鹤唳，可复得乎？"

※ 注释

1 陆平原河桥败：晋武帝死后，西晋发生八王之乱，成都王司马颖任命陆机为河北大都督，率军征讨长沙王司马乂，战于河桥，兵败遭谗，后被司马颖所杀。河桥，桥名，故址在今河南孟县西南、孟津东北的黄河上。2 卢志：字子道，当时是司马颖手下的左长史。3 华亭：地名，属吴郡吴县，故址在今上海淞江，是陆机的家乡。

※ 译文

平原内史陆机河桥兵败后，遭到卢志的陷害，被杀。临刑前，陆机感叹道："想听听故乡华亭的鹤鸣，还有可能吗？"

※ 原文

王大将军起事[1]，丞相兄弟诣阙谢[2]。周侯深忧诸王，始入，甚有忧色。丞相呼周侯曰："百口委卿！"周直过不应。既入，苦相存救。既释，周大说，饮酒。及出，诸王故在门。周曰："今年杀诸贼奴[3]，当取金印如斗大系肘后。"大将军至石头，问丞相曰："周侯可为三公[4]不？"丞相不答。又问："可为尚书令不？"又不应。因云："如此，唯当杀之耳！"复默然。逮周侯被害，丞相后知周侯救己，叹曰："我不杀周侯，周侯由我而死。幽冥[5]中负此人！"

※ 注释

1 王大将军起事：指晋元帝永昌元年（公元 322 年）王敦起兵以诛刘隗为名准备攻入建康一事。2 诣阙谢：王导是王敦的堂弟，当时担任司空、录尚书事。王敦起兵，刘隗劝晋元帝诛杀王氏宗族，因而王导兄弟整天到朝廷谢罪。阙，这里指皇宫。3 贼奴：对坏人的蔑称，这里指王敦等人。4 三公：晋代以太尉、司徒、司空为三公，是掌握军政大权的中央最高官员。5 幽冥：暗昧不明。

※ 译文

大将军王敦起兵谋反，丞相王导兄弟一起到朝廷谢罪。武城侯周顗也很担心王家的安危，刚进宫时，神色忧郁。王导对周顗喊道："我们一家老少都托付给你了！"周顗径直从他们面前走过，没有答话。进了宫里，周顗竭尽全力，救助王家。王导等人被赦免后，周顗非常高兴，还喝了酒。等他出来时，王家的人还在门口。周顗说："今年杀了那些叛贼，我会把斗大的金印挂在胳膊肘后。"不久大将军王敦到了石头城，问王导说："周侯能做三公吗？"王导没有作答。又问："能作尚书令吗？"王导还是没有作答。王敦于是说道："既然如此，那只有杀了他啦！"王导依旧沉默。周顗被杀后，王导才知道是周顗救了自己，他慨叹道："我没有杀周侯，周侯却因我而死，我在冥冥中辜负了这个人！"

※ 原文

王导、温峤俱见明帝，帝问温前世所以得天下之由。温未答，顷，王曰："温峤年少未谙，臣为陛下陈之。"王乃具叙宣王创业之始，诛夷名族[1]，宠树同己[2]。及文王之末高贵乡公事[3]。明帝闻之，覆面著床曰："若如公言，祚[4]安得长！"

※ 注释

1 诛夷名族：指晋宣王司马懿在创业过程中杀害魏王室曹爽、吏部尚书何晏、太尉王凌等人，以及逮捕了当朝的一批王公。名族，有名望的家族。2 宠树同己：指提拔追随自己的太尉蒋济等人，司马懿曾封蒋济为都乡侯。宠树，宠爱提拔。同己，指赞同自己的人。3 高贵乡公事：高贵乡公即曹髦，字彦士，曹丕的孙子。初封为高贵乡公，齐王曹芳嘉平六年（公元 254 年），大将军司马师废曹芳，立他为帝。高贵乡公甘露五年（公元 260 年），大将军司马昭又杀曹髦，立曹奂为帝。4 祚：皇位，国统。

※ 译文

王导、温峤一起去见晋明帝司马绍，明帝问温峤前代君王获得天下的原因。温峤没有回答，过了一会儿，王导说："温峤年轻，不熟悉以前的事情，我来说给陛下听吧。"王导就详细叙述了晋宣王司马懿开始创业时，诛杀名门望族，培植亲信，以及文王司马昭晚年除掉高贵乡公曹髦的事情。明帝听后，掩面倒在坐榻上说："如果像你说的，晋室的气数怎么会长久呢！"

※ 原文

王大将军于众坐中曰："诸周由来[1]未有作三公者。"有人答曰："唯周侯邑五马领头而不克[2]。"大将军曰："我与周洛下相遇，一面顿尽[3]。值世纷纭，遂至于此[4]！"因为流涕。

※ 注释

1 由来：历来。2 唯周侯邑五领头而不克：指周颛官至尚书左仆射，但最终也未能做到三公。邑五马，指赌博时得到五个筹码。邑，通"挹"，取。马，筹码。领头，领先。3 顿尽：立即说尽内心的话，指真诚相待。4 此：指周被王敦所杀一事。

※ 译文

大将军王敦在聚会时对在座的人说："周家从来没有人担任过三公的。"有人答道："只有周侯取得五个筹码，处于领先的地位。"大将军王敦说："我与周颛在洛阳相遇，一见如故。没想到却遇上世事纷乱，所以就到了今天这样的地步！"于是为他流下了眼泪。

※ 原文

阮思旷奉大法[1]，敬信甚至。大儿年未弱冠，忽被[2]笃疾。儿既是偏所爱重，为之祈请三宝[3]，昼夜不懈。谓至诚有感者，必当蒙佑。而儿遂不济[4]。于是结恨释氏，宿命[5]都除。

※ 注释

1 大法：指佛教大成之法，这里泛指佛教。2 被：遭受。3 三宝：指佛、法、僧。4 不济：没有救了，即死去。5 宿命：原来的佛教信仰。

※ 译文

阮思旷（裕）信奉佛法，虔诚至极。他的大儿子年龄还不满二十岁，却忽然身染重病。这个孩子是阮思旷最为偏爱的一个，他于是就为儿子祈求佛、法、僧三宝显灵，日夜不敢懈怠。他认为，用自己的虔诚来感动佛祖，就一定会蒙受佛祖的保佑。但是儿子最终还是死了。从此以后，阮思旷开始怨恨佛教，把素来的虔诚信仰全都抛掉了。

※ 原文

桓公卧语曰："作[1]此寂寂，将为文、景[2]所笑！"既而屈起[3]坐曰："既不能流芳后世，亦不足复遗臭万载邪？"

※ 注释

1 作：像。2 文、景：指晋文帝司马昭和晋景帝司马师。3 屈起：屈，同"崛"。意思是一下子坐起来。

※ 译文

桓公（温）躺着说道："像这样默默无闻地度过一生，将会被晋文帝和晋景帝所耻笑。"说完，他就一下子坐起来说："既然无法流芳百世，难道不可以遗臭万年吗？"

※ 原文

谢太傅于东船行，小人[1]引船，或迟或速，或停或待，又放船从横，撞人触岸。公初不呵谴[2]。人谓公常无嗔喜。曾送兄征西[3]葬还，日莫雨驶[4]，小人皆醉，不可处分[5]。公乃于车中手取车柱[6]撞驭人，声色甚厉。夫以水性沉柔，入隘奔激。方之人情，固知迫隘[7]之地，无得保其夷粹[8]。

※ 注释

1 小人：对士族阶层之外平民百姓的蔑称。2 呵谴：呵斥责备。3 征西：指谢奕，字无奕，死后追赠镇西将军。据《晋书·谢奕传》，他并未被任命为"征西"的官职，这里称为"征西"，不知何据。4 驶：迅疾。5 处分：处理。6 车柱：垫车的圆木。（据张万起《世说新语词典》）7 迫隘：狭窄，喻指危险的场合。8 夷粹：平和纯正。

※ 译文

太傅谢安在东边会稽乘船出行，船夫驾着船，有时慢有时快，有时停下有时等候，有时还任船四处漂游，冲撞别人的船或者撞到岸上，谢安从不指责，有人说谢安为人无怒无喜。一次他为哥哥谢奕送葬回来，傍晚雨下得很急，车夫们都醉了，无法顺利地驾驭马车。谢安就在车上拿起垫车的木柱击打车夫，声色俱厉。水性沉静柔和，可是进入险要处却奔腾激荡。用来比喻人的性情，自然就知道，当处于紧急危难的时刻，是无法保持那份平和美好的心境的。

※ 原文

简文见田稻，不识，问是何草？左右答是稻。简文还，三日不出，云：“宁有赖其末[1]而不识其本[2]？”

※ 注释

1 末：这里指稻穗。2 本：这里指稻苗。

※ 译文

简文帝司马昱见到田里的稻子，不认识，问是什么草？身边的人告诉他说是稻子。简文帝回来后，三天没有出门，说：“哪有依靠它的末梢生存，却不认识它本来面目的呢？”

纰漏第三十四

纰漏记录着士人的差错和失误，以及造成这些失误的原因。有嘲讽也有感慨，如，王国宝误以为自己即将升官，是因为求官心切而未能分析形势；任瞻不辨茶或茗，则是因为失意后的精神恍惚，显示着当时失意知识分子的处境。

※ 原文

王敦初尚主[1]，如厕，见漆箱盛干枣，本以塞鼻，王谓厕上亦下果，食遂至尽。既还，婢擎金澡盘盛水，琉璃碗盛澡豆[2]，因倒著水中而饮之，谓是干饭。群婢莫不掩口而笑之。

※ 注释

1 主：指晋武帝的女儿舞阳公主。2 澡豆：用豌豆末和香药制成的丸剂，可以用来洗手洗脸。

※ 译文

王敦刚娶舞阳公主为妻时，有一次上厕所，看到漆盒里装着干枣，这本来是上厕所用来塞鼻子的，王敦却以为是厕所里摆的果品，就都给吃光了。出来后，婢女手端着金澡盘盛水，琉璃碗里装着澡豆，王敦还以为是干粮，就把它倒在水里给吃了。婢女们看到后都捂着嘴笑话他。

※ 原文

元皇初见贺司空[1]，言及吴时事，问："孙皓[2]烧锯截一贺头，是谁？"司空未得言，元皇自忆曰："是贺劭[3]。"司空流涕曰："臣父遭遇无道，创巨痛深，无以仰答明诏。"元皇愧惭，三日不出。

※ 注释

1 贺司空：贺循，字彦先，死后追赠司空。2 孙皓：字元宗，孙权的孙子，吴国末代君主。3 贺劭：字兴伯，贺循的父亲，三国时吴国会稽山阴（今浙江绍兴）人，曾任吴郡太守，官至太子太傅。据《资治通鉴·晋纪》记载，孙皓荒淫残暴，怀疑中书令贺劭假装中风，竟然把锯子烧红后锯下了他的头。

※ 译文

晋元帝司马睿第一次见到司空贺循时，谈及吴国的事情，他问道："孙皓曾用烧热的锯子锯断了一个姓贺的头颅，这个人是谁呢？"贺司空没有回答，元帝自己回忆道："是贺劭。"贺司空流泪说道："我的父亲遇上无道的昏君，我至今还创痛深重，所以无法回答陛下的问话。"元帝非常内疚，三天没有出门。

※ 原文

蔡司徒[1]渡江，见彭蜞[2]，大喜曰："蟹有八足，加以二螯。"令烹之。既食，吐下委顿，方知非蟹。后向谢仁祖说此事，谢曰："卿读《尔雅》[3]不熟，几为《劝学》[4]死。"

※ 注释

1 蔡司徒：蔡谟，字道明，曾任司徒。2 彭蜞：外形像螃蟹，但较小，螯与足无毛。3《尔雅》：我国最早一部解释词义的专书，其中《释鱼》篇讲到八足二螯的动物有三种，并非都是螃蟹。4《劝学》：指汉末蔡邕取《荀子·劝学》文意写成的《劝学篇》文，其中有"蟹有八足，加以二螯"两句。

※ 译文

司徒蔡谟到了江南后，看见彭蜞非常高兴，说道："螃蟹有八只脚，加上两只螯。"就让人把彭蜞煮了。吃了以后，上吐下泻，疲惫不堪，这才知道吃的不是螃蟹。后来，他向谢仁祖（尚）说起这件事，谢仁祖说："你《尔雅》没读熟，还差一点被《劝学》害死。"

※ 原文

任育长[1]年少时，甚有令名。武帝崩，选百二十挽郎[2]，一时之秀彦，育长亦在其中。王安丰选女婿，从挽郎搜其胜者，且择取四人，任犹在其中。童少时神明可爱，时人谓育长影亦好。自过江，便失志。王丞相请先度时贤共至石头迎之，犹作畴日相待，一见便觉有异。坐席竟，下饮[3]，便问人云："此为茶为茗[4]？"觉有异色，乃自申明云："向问饮为热为冷[5]耳。"尝行从棺邸下度，流涕悲哀。王丞相闻之曰："此是有情痴。"

※ 注释

1 任育长：任瞻，字育长，历任谒者仆射、都尉、天门太守。2 挽郎：牵引灵柩唱挽歌的年轻男子。3 下饮：上茶，设茶。4 茗：晋时称早采者为茶，晚采者为茗。5 为热为冷：晋时热和茶、冷和茗各在同一韵部，读音相近，任瞻因不辨茶和茗，自觉失言，想掩饰自己的窘态，所以这样说。

※ 译文

任育长（瞻）年轻时，名声很好。晋武帝（司马炎）驾崩后，选了一百二十人跟随灵柩唱挽歌的人，都是当时的优秀人才，任育长也在其中。王安丰选女婿，在这一百二十名当中挑选了四个较为卓越的人才，任育长还是在其中。少年时，任育长聪明可爱，当时人们说连任育长的影子都好看。但自从过江以后，他就神志失常了。当时丞相王导邀请已经渡江的名流一起到石头城迎接他，大家仍像以前那样互相问候，可是见面后就发现有些异样。落座后上茶，任育长就问人说："这是茶还是茗？"看到别人诧异的神色，就自言自语道："刚才我是问水是热还是冷的？"有一次经过棺材铺，他悲伤得哭了。王导听闻后说道："这是犯了痴症了。"

※ 原文

谢虎子[1]尝上屋熏鼠。胡儿既无由知父为此事，闻人道痴人有作此者。戏笑之，时道此，非复一过[2]。太傅既了己之不知，因其言次，语胡儿曰："世人以此谤中郎[3]，亦言我共作此。"胡儿懊热[4]，一月日[5]闭斋不出。太傅虚托引己之过，以相开悟，可谓德教[6]。

※ 注释

1 谢虎子：谢据，字玄道，小字虎子，谢安的二哥。2 一过：一遍。3 中郎：指谢据。4 愧热：愧恼，羞惭。5 一月日：一个月。6 德教：用德行来感化教育人。

※ 译文

谢虎子（据）曾经跑到房顶上去熏老鼠，谢胡儿（朗）不知道他父亲做过这样的事，听人说只有傻子才这样做，就一起跟着嘲笑，不时地和人说起这件事，而且不止说过一次。太傅谢安知道谢胡儿并不知道事情的原委，就趁着和他聊天的时候，对谢胡儿说："社会上的人拿这件事诋毁中郎，还说是我和他一块儿干的。"谢胡儿听后羞愧懊恼，一个月都躲在书房没有出去。太傅假托事情是自己干的，以此来开导谢胡儿，使他醒悟，可以说是以德教人。

※ 原文

殷仲堪父[1]病虚悸[2]，闻床下蚁动，谓是牛斗。孝武不知是殷公，问仲堪："有一殷，病如此不？"仲堪流涕而起曰："臣进退维谷[3]。"

※ 注释

1 殷仲堪父：殷师，字师子。《世说新语》原注引《续晋阳秋》，说他有失心病，即精神错乱症。2 虚悸：因气血亏虚而心跳发慌。3 进退维谷：进退都陷于困难的境地，这里指不知如何回答。

※ 译文

殷仲堪的父亲得了心悸的病，听到床下蚂蚁走动的声音，就说是有牛在打斗。孝武帝司马曜不知这是殷仲堪父亲的事，问殷仲堪说："有一个姓殷的，病情是不是像这样的？"殷仲堪哭着站起来说："我不知如何回答才好。"

※ 原文

虞啸父[1]为孝武侍中，帝从容问曰："卿在门下[2]，初不闻有所献替[3]。"虞家富春[4]，近海，谓帝望其意气[5]，对曰："天时尚暖，鱼虾未可致，寻当有所上献。"帝抚掌大笑。

※ 注释

1 虞啸父：晋会稽余姚（今属浙江）人，历任侍中、尚书、会稽内史。2 门下：官署名，即门下省，是直属于皇帝的顾问机构。3 献替：献可替否，意思是直言进谏，提出正确可行的建议，否定错误不当的政令。4 富春：县名，东晋时改称富阳，在今浙江杭州西南。5 意气：进奉，奉献。

※ 译文

虞啸的父亲担任孝武帝司马曜的侍中时，有一次孝武帝不经意地问他说："你在门下省，可是我从来没听说你有过什么贡献呀。"虞啸家在富春，靠着大海，他以为皇上是希望他进贡，就答道："现在天气还热，鱼类海产还得不到，过不了多久就会进献给您。"孝武帝听后拍手大笑。

※ 原文

王大丧后，朝论或云国宝应作荆州[1]。国宝主簿夜函白事[2]云："荆州事已行。"国宝大喜，而夜开阁唤纲纪[3]，话势[4]虽不及作荆州，而意色甚恬。晓遣参问[5]，都无此事。即唤主簿数之曰："卿何以误人事邪？"

※ 注释

1 "王大"二句：王忱死后，会稽王司马道子想让王国宝接任荆州刺史，但晋孝武帝却下令任用殷仲堪。2 白事：报告文书。下文"荆州事"的"事"，也指公文、文书。3 纲纪：主簿。4 话势：话头，话题。5 参问：验证。

※ 译文

王大（王忱）死后，朝中议论王国宝应担任荆州刺史。王国宝的主簿连夜写了报告文书说："有关荆州任命的公文已经发布了。"王国宝大喜，当晚就打开房门把主簿叫来，虽然谈论的话题没有涉及荆州刺史的事，但他的神情非常安适。第二天早晨，派人去朝廷询问，竟完全没有这回事，王国宝立刻把主簿叫来，数落他说："你怎么误了我的事情呢？"

惑溺第三十五

惑溺主要描写男女之间情爱上的迷惑和沉溺，以及因此而丧失神志的举止。

※ 原文

魏甄后[1]惠[2]而有色，先为袁熙[3]妻，甚获宠。曹公之屠邺[4]也，令疾召甄，左右白："五官中郎[5]已将去。"公曰："今年破贼正为奴[6]。"

※ 注释

1 甄后：魏文帝曹丕的皇后甄氏，是明帝曹叡的生母。2 惠：通"慧"，聪明。3 袁熙：字显奕，袁绍的次子，汉末曾任幽州刺史。4 邺：县名，汉末魏郡郡治所在地，故址在今河北临漳西南邺镇东。袁熙出任幽州刺史，甄氏留在邺城。建安九年（公元 204 年），曹军攻破邺城后获得甄氏。5 五官中郎：官名，主管皇帝侍卫，因曹丕曾任此职，这里代指曹丕。6 奴：尊长者对卑幼者的昵称，这里指曹丕。

※ 译文

魏甄后聪明貌美，原先是袁熙的妻子，很受宠爱。曹操攻破邺城后，立即下令召见甄氏，身边的人禀告说："五官中郎将曹丕已经把她带走了。"曹操说："今年击败敌人正是为了这小子！"

※ 原文

荀奉倩[1]与妇至笃，冬月妇病热，乃出中庭自取冷，还以身熨之。妇亡，奉倩后少时亦卒。以是获讥于世。奉倩曰："妇人德不足称，当以色为主。"裴令闻之，曰："此乃是兴到[2]之事，非盛德言，冀后人未昧此语。"

※ 注释

1 荀奉倩：荀粲，字奉倩，三国时魏国人，年二十九而死。2 兴到：兴致所到，指一时兴起。

※ 译文

荀奉倩（粲）和妻子的感情很深，冬天妻子生病发烧，荀奉倩就到院子里把自己冻冷，然后回到屋子，用自己的身体贴着妻子给她退烧。妻子去世后，荀奉倩没过多久也死了，因此受到世人的嘲笑。荀奉倩曾说："女人的德行并不值得称道，应当以容貌为主。"中书令裴楷听到此言后说："这是一时兴起所说的话，并不是有美德的人应该说的话，希望后人不要被这话弄糊涂了。"

※ 原文

贾公闾[1]后妻郭氏酷妒，有男儿名黎民，生载周[2]，充自外还，乳母抱儿在中庭，儿见充喜踊，充就乳母手中呜[3]之。郭遥望见，谓充爱乳母，即杀之。儿悲思啼泣，不饮它乳，遂死。郭后终无子。

※ 注释

1 贾公闾：贾充，字公闾，曹魏时任司马氏属下右长史，指使成济杀害高贵乡公曹髦。入晋后，和裴楷共同制定晋律，官至太尉。2 载周：满一周岁。3 呜：亲吻。

※ 译文

贾公闾（充）的后妻郭氏心胸非常狭隘。有个儿子名叫黎民，刚满周岁时，贾充从外面回来，奶娘抱着他在院子里，儿子看见贾充兴奋异常，贾充就到奶娘跟前，在她手中亲吻了孩子。郭氏老远看见了，以为贾充爱上奶娘，就把她杀了。儿子思念奶娘，忧伤地啼哭，别人的奶不喝，最后死了。郭氏从此再也没有子嗣。

※ 原文

孙秀[1]降晋，晋武帝厚存宠[2]之，妻以姨妹蒯氏，室家[3]甚笃。妻尝妒，乃骂秀为"貉子[4]"。秀大不平，遂不复入。蒯氏大自悔责，请救于帝。时大赦，群臣咸见。既出，帝独留秀，从容谓曰："天下旷荡[5]，蒯夫人可得从其例不？"秀免冠而谢，遂为夫妇如初。

※ 注释

1 孙秀：字彦才，原任吴国前将军，降晋后拜骠骑将军，封会稽公。2 存宠：抚慰，宠爱。3 室家：夫妇。4 貉子：北方人对南方人的蔑称。5 旷荡：宽宏浩荡。

※ 译文

孙秀降晋后，晋武帝司马炎对他厚爱有加，把姨家的表妹蒯氏嫁给了他，夫妻二人感情很深。有一次妻子生气，就骂孙秀是"貉子"，孙秀大怒，从此就不再进蒯氏的屋子。此事发生后，蒯氏非常内疚，她向晋武帝求助。当时正在大赦天下，大臣们都来谒见皇上。散朝后，晋武帝单独留下孙秀，不经意地对孙秀说："国家对有罪之人都宽宏大量，蒯夫人也能按照这个标准宽恕她吗？"孙秀摘掉帽子向武帝谢罪，从此夫妻二人和好如初。

※ 原文

韩寿[1]美姿容，贾充辟以为掾。充每聚会，贾女于青琐[2]中看，见寿，说之。恒怀存想，发于吟咏。后婢往寿家，具述如此，并言女光丽。寿闻之心动，遂请婢潜修音问，及期往宿。寿跻捷[3]绝人，踰墙而入，家中莫知。自是充觉女盛自拂拭[4]，说畅有异于常。后会诸吏，闻寿有奇香之气，是外国所贡，一著人，则历月不歇。充计武帝唯赐己及陈骞[5]，余家无此香，疑寿与女通，而垣墙重密，门阁急峻，何由得尔？乃托言有盗，令人修墙。使反曰："其余无异，唯东北角如有人迹，而墙高，非人所踰。"充乃取女左右婢考问[6]，即以状对。充秘之，以女妻寿。

※ 注释

1 韩寿：字德真，历任散骑常侍、河南尹，死后追赠骠骑将军。2 青琐：刻镂成格子并涂上青色的窗户。3 捷：行动轻灵敏捷。4 拂拭：这里指修饰打扮。5 陈骞：字休渊，官至大司马。6 考问：审问。

※ 译文

韩寿相貌出众，贾充召他做属官。贾充每次召集聚会时，他女儿就透过窗格朝里观望，见到韩寿，很喜爱他，总为他朝思暮想，还把自己的思念之情抒发到诗文里。后来她的婢女到韩寿家，把贾充女儿对他的爱慕之情说了，还告诉韩寿贾充的女儿非常漂亮。韩寿听罢心动了，让婢女暗中为他传递消息，并约定时间去贾女那里过夜。韩寿身手矫健，晚上翻墙而入，贾充家里没人知道。从此以后，贾充发现女儿总是极力装扮自己，心情也比以往愉快多了。后来和官吏们聚会，他闻到韩寿身上有一种奇异的香味，这种香料是国外的贡品，涂到身上，香味几个月都不会消失。贾充心想，这种香料晋武帝只赐给了自己和陈骞，别人家没有这种香料，于是就怀疑韩寿和女儿私通，不过家中院墙高大，门户看管得也很严密，韩寿怎么能够进来呢？于是借口发现盗贼，让人修整围墙。派遣的人回来说："别的地方没什么异常，只有东北角好像有翻越的痕迹，不过墙那么高，人是翻不过去的。"贾充就把女儿身边的婢女叫来审问，婢女把实情告诉了他。贾充把此事隐瞒下来，让女儿嫁给了韩寿。

※ 原文

王安丰妇常卿安丰[1]。安丰曰："妇人卿婿，于礼为不敬，后勿复尔。"妇曰："亲卿爱卿，是以卿卿；我不卿卿，谁当卿卿？"遂恒听之。

※ 注释

1 卿安丰：用卿来称呼安丰。卿，相当于"你"，常用来称呼地位、辈分低于自己的人；用于平辈之间，显得亲昵而不拘礼节。

※ 译文

安丰侯王戎的妻子常称他为卿。王安丰说："妻子称丈夫为卿是不礼貌的，以后不要再这样了。"妻子说："我亲你爱你，所以才称你为卿。我不称你为卿，谁该称你为卿？"从此王安丰就任凭她这样称呼了。

仇隙第三十六

仇隙记载了各种因仇恨而产生报复的仇杀事件，而这些多半和权力斗争相关。

※ 原文

孙秀[1]既恨石崇不与绿珠[2]，又憾潘岳昔遇之不以礼[3]。后秀为中书令，岳省内[4]见之，因唤曰："孙令，忆畴昔周旋不？"秀曰："中心藏之，何日忘之[5]？"岳于是始知必不免。后收石崇、欧阳坚石[6]，同日收岳。石先送市[7]，亦不相知。潘后至，石谓潘曰："安仁，卿亦复尔邪？"潘曰："可谓'白首同所归'。"潘《金谷集》诗云："投分寄石友，白首同所归[8]。"乃成其谶[9]。

※ 注释

1 孙秀：字俊忠，赵王司马伦的心腹，司马伦篡位后，任中书令，专擅朝政。2 绿珠：石崇的歌妓，美丽而善于吹笛。司马伦专权时，孙秀曾指名索取绿珠，后石崇被捕，她坠楼自杀。3 又憾潘岳昔遇之不以礼：潘岳父亲为琅琊太守时，孙秀是他手下的役吏，服侍潘岳，潘岳曾多次踢打孙秀，不把他当人看，所以孙秀心怀不满。

4 省内：官署里。5 “中心”二句：语出《诗经·小雅·隰桑》，意思是心中记着这件事，哪一天能忘记呢？6 欧阳坚石：欧阳建，字坚石，石崇的外甥，历任山阳令、尚书郎、冯翊太守。7 市：东市，是执行死刑的地方。8 “投分”二句：这是潘岳在《金谷集》中的诗句，意思是寄语志同道合的朋友，白头以后一道归去。投分，志向相合。石友，情谊坚如金石的朋友。《金谷集》，晋惠帝元康六年（公元296年），石崇在金谷园设宴送征西大将军王翊回长安，与会者三十人，各自饮酒赋诗，后编为一集，由石崇写成《金谷诗序》，记载当时的盛况。9 谶：预言吉凶得失的话。

※ 译文

孙秀既憎恨石崇不把绿珠给自己，又怨恨潘岳以前对自己的无礼。后来孙秀做了中书令，潘岳在中书省见到他，就招呼他说：“孙令，你还记得以前我们的交往吗？”孙秀说：“我一直记在心里，一天也不会忘！”潘岳于是知道孙秀的报复是不可避免的。后来孙秀派人逮捕石崇、欧阳坚石（建），当天也把潘岳抓起来了。石崇先被送到东市刑场，他还不知道潘岳的情况。潘岳随后到了，石崇对潘岳说：“安仁，你也落到了这个地步？”潘岳说：“这可以说是‘白首同所归’呀。”潘岳在《金谷集》中的诗写道：“投分寄石友，白首同所归。”没想到竟成了他们的谶语。

※ 原文

刘玙兄弟[1]少时为王恺所憎，尝召二人宿，欲默除之。令作坑，坑毕，垂加害矣。石崇素与玙、琨善，闻就恺宿，知当有变，便夜往诣恺，问二刘所在。恺卒迫[2]不得讳，答云：“在后斋中眠。”石便径入，自牵出，同车而去。语曰：“少年何以轻就人宿！”

※ 注释

1 刘玙兄弟：指刘玙、刘琨兄弟二人。刘玙，《晋书》本传作“刘舆”，字庆孙，刘琨的哥哥，参见《雅量》注。2 卒迫：猝迫，仓促急迫。卒，通“猝”。

※ 译文

刘玙兄弟年轻时被王恺憎恨，有一次，王恺让兄弟二人在自己家住宿，想悄悄除掉他们。王恺让人挖坑，坑挖好后，就要加害他们。石崇一向和刘玙、刘琨兄弟关系不错，听说他们在王恺家留宿，知道会发生变故，就连夜来到王恺家，问刘玙兄弟在哪里。王恺仓促之间没有隐瞒，回答说：“在后面的屋里睡觉。”石崇就径直去了后屋，把他们兄弟拉出来，一起坐车走了。他对他们说：“年轻人怎么能随随便便到别人家住宿！”

※ 原文

王大将军执司马愍王[1]，夜遣世将[2]载王于车而杀之，当时不尽知也。虽愍王家亦未之皆悉，而无忌[3]兄弟皆稚。王胡之与无忌，长甚相昵，胡之尝共游，无忌入告母，请为馔。母流涕曰："王敦昔肆酷[4]汝父，假手世将。吾所以积年不告汝者，王氏门强，汝兄弟尚幼，不欲使此声著[5]，盖以避祸耳！"无忌惊号，抽刃而出，胡之去已远。

※ 注释

1 司马愍王：司马丞，字元敬，袭父爵封为谯王，曾任湘州刺史。王敦起兵时，他兴兵讨伐，后被王敦所害，死后谥为愍王。2 世将：王廙，字世将，王胡之的父亲。他又是王敦的堂兄弟，曾追随王敦叛乱，担任平南将军、荆州刺史。3 无忌：司马无忌，字公寿，司马丞的儿子。4 肆酷：肆意残害。5 声著：声张，张扬。

※ 译文

大将军王敦抓了愍王司马丞，夜里派王世将在车里把愍王给杀了，当时人们并不知道事情的真相。即使愍王的家人也不是全都知道，司马无忌兄弟年纪还小。王胡之（王世将子）和无忌长大后关系很好，有一次王胡之和他一起玩，无忌回家告诉母亲，请她准备饭食。母亲流着眼泪说："王敦以前肆意残害你的父亲，借王世将的手把你父亲杀了。我之所以这么多年不告诉你，是因为王氏家族势力庞大，你们兄弟年纪还小，我不想把这件事声张出去，是为了避祸啊！"无忌听罢大叫，拔刀往外跑，此时王胡之已经走得很远了。

※ 原文

应镇南[1]作荆州，王修载[2]、谯王子无忌同至新亭与别，坐上宾甚多，不悟二人俱到。有一客道："谯王丞致祸，非大将军意，正是平南[3]所为耳。"无忌因夺直兵参军[4]刀，便欲斫。修载走投水，舸上人接取，得免。

※ 注释

1 应镇南：应詹，字思远，曾任江州刺史，死后追赠镇南大将军。2 王修载：王耆之，字修载，王廙的儿子，王胡之的弟弟。3 平南：指王廙，字世将，曾任平南将军。4 直兵参军：值班的参军。

※ 译文

镇南大将军应詹出任荆州刺史时，王修载（耆之）和谯王司马丞的儿子司马无忌一起到新亭为他送别。当时在座的人很多，没料到这两人一块儿来了。有一个客人说："谯王司马丞遇难，不是大将军王敦的意思，正是平南将军王世将（廙）做的。"无忌听了立即夺过值班参军的刀，就要砍王修载（王世将子）。王修载急忙逃走，跳入水中，幸亏船上的人搭救，这才得以幸免。

※ 原文

王右军素轻蓝田，蓝田晚节[1]论誉转重，右军尤不平。蓝田于会稽丁艰[2]，停山阴治丧。右军代为郡，屡言出吊，连日不果。后诣门自通，主人既哭，不前而去，以陵辱之。于是彼此嫌隙大构。后蓝田临扬州[3]，右军尚在郡，初得消息，遣一参军诣朝廷，求分会稽为越州[4]，使人受意失旨，大为时贤所笑。蓝田密令从事数其郡诸不法，以先有隙，令自为其宜[5]。右军遂称疾去郡，以愤慨至终。

※ 注释

1 晚节：晚年。2 丁艰：据《晋书·王述传》记载，这里指王述在担任会稽内史时，遭遇母亲的丧事。3 临扬州：指王述守孝期满后出任扬州刺史。临，出任。4 求分会稽为越州：会稽郡本属扬州，王羲之要求把会稽郡从扬州划出来新建越州，目的是避开王述的管辖。5 自为其宜：自己采用适宜的办法去处理。

※ 译文

右军王羲之一向看不起蓝田侯王述。王蓝田晚年声誉越来越高，王右军为此愤愤不平。王蓝田在会稽任内遭遇母丧，留在山阴办理丧事。王右军代为会稽郡守，他屡次说要前去吊唁，却接连多日都没有去。后来去了王蓝田家，自己通报要进去吊唁，主人哭起来以后，王右军却没进去哭吊就走了，以此来侮辱王蓝田，于是两人之间的仇隙就更深。后来王蓝田出任扬州刺史，王右军还在会稽郡。刚得到这个消息，王右军就派一名参军到朝廷去，要求把会稽分出去，成立越州。没想到使者未能领会他的意思，此事成了名流们的一大笑柄。王蓝田也暗地里命令下属挑剔会稽郡的诸多不法行为，因为先前的结怨，王蓝田让他自己看着办。王右军就称病辞职，因愤恨而死。

※ 原文

王东亭与孝伯语，后渐异[1]。孝伯谓东亭曰："卿便不可复测！"答曰："王陵廷争，陈平从默[2]，但问克终[3]云何耳。"

※ 注释

1 渐异：指意见逐渐不同。王孝伯曾想杀掉把持朝政的中书令王国宝，王珣暂时没有同意，两人意见略有分歧。2 “王陵”二句：西汉惠帝时，吕后想封吕氏诸人为王，问右丞相王陵，王陵认为不可；又问左丞相陈平，陈平说可以。后来陈平却和周勃一道消灭诸吕，安定了天下。从默，顺从沉默。3 克终：这里指结果。

※ 译文

东亭侯王珣和王孝伯（恭）原本志趣相投，后来渐渐出现分歧。王孝伯对王珣说：“你真让人难以捉摸！”王珣答道：“王陵在朝廷和吕后抗争，陈平却保持沉默，只是要看看事情最后的结果如何啊。”

※ 原文

王孝伯死[1]，悬其首于大桁[2]。司马太傅命驾出至标[3]所，孰视首，曰：“卿何故趣[4]欲杀我邪？”

※ 注释

1 王孝伯死：晋安帝隆安二年（公元 398 年），王恭联合殷仲堪再次起兵，讨伐专擅国政的太傅司马道子，兵败后，被部将刘牢之杀死。2 大桁：大浮桥，这里指建康秦淮河上的朱雀桥。3 标：受刑者斩首后悬首示众的高柱子。4 趣：通“促”，急促。

※ 译文

王孝伯（恭）被杀后，他的头颅被挂在朱雀桥上示众。太傅司马道子乘车来到悬首的柱子前，他仔细看着王孝伯的脑袋，说道：“你为什么要急着杀我呢？”

※ 原文

桓玄将篡，桓修[1]欲因玄在修母许袭之。庾夫人云：“汝等近，过我余年，我养之，不忍见行此事。”

※ 注释

1 桓修：字承祖，小字崖，桓冲的第三子，桓玄的堂兄弟。据《世说新语》原注引《晋安帝纪》说，桓修小时候常受桓玄欺侮，他深感不满，暗中有杀桓玄之意。

※ 译文

桓玄将要篡位，桓修想趁桓玄在他母亲庾夫人那里时，杀了他。庾夫人说：“你们关系亲近，等到我度过晚年吧。我抚养了他，不忍心看你做这种事。”